Der letzte Großmeister
Jürgen Ebertowski

Jürgen Ebertowski

Der letzte Großmeister

Historischer Roman

Südwestbuch

Umwelthinweis:
Dieses Buch ist auf chlor- und säurefreiem Papier gedruckt

1. Auflage 2012
© 2012 Verlag Jürgen Wagner
Südwestbuch, SWB-Verlag Stuttgart
www.swb-verlag.de
Lektorat: Maria Konstantinidou, Stuttgart
Titelfoto, Titelgestaltung und Satz: Südwestbuch
Druck und Bindung: E. Kurz + Co. Druck und Medientechnik GmbH
Printed in Germany
ISBN 978-3-942661-67-6

Der letzte Großmeister ist meinem Freund
Joseph F. Abela in Malta gewidmet.
Seine Romane und geschichtlichen Abhandlungen
waren mir eine Quelle beständiger Inspiration.

Herrlich kleidet sie euch, des Kreuzes furchtbare Rüstung,
Wenn ihr, Löwen der Schlacht, Akkon und Rhodus beschützt,
Durch die syrische Wüste den bangen Pilger geleitet
Und mit der Cherubim Schwert steht vor dem heiligen Grab.
Aber ein schönerer Schmuck umgibt euch die Schürze des Wärters,
Wenn ihr, Löwen der Schlacht, Söhne des edelsten Stamms,
Dient an der Kranken Bett, dem Lechzenden Labung bereitet
Und die niedrige Pflicht christlicher Milde vollbringt.
Religion des Kreuzes, nur du verknüpfst in einem Kranze,
der Demut und Kraft doppelte Palme zugleich!

Friedrich Schiller: „Die Johanniter"

Inhalt

1. KAPITEL

Der Passagier aus Frankreich

Als Kaptan Agostino Sultana um die Mittagsstunde herum Antonio Abela, seinen Steuermann, am Ruder ablöste, redete der französische Passagier noch immer in holprigem Maltesisch auf den Schiffsjungen ein.

Der Skipper bedachte beide mit einem argwöhnischen Blick und knurrte etwas Unverständliches, während er sich mit dem Hemdsärmel die Schweißperlen aus dem Gesicht wischte. Tagelang hatte die „Seeschwalbe" kaum oder nur mäßig Fahrt gemacht, aber seit Sonnenaufgang blies der Wind endlich wieder beständig aus Nordwest. Wieder glitt sein Blick zum Bug. Sie redeten noch immer.

Kaptan Sultana hatte schon viele merkwürdige Reisende nach Malta befördert: arrogante Ritter des Johanniterordens, zu stolz, auch nur ein einziges Wort mit den Matrosen zu wechseln, weltentrückte Priester, die keine Sekunde den Rosenkranz unbefingert ließen, und misstrauische Kaufleute, die, beständig ihre Warenbündel im Auge behaltend, ohne Unterlass wegen des Fahrpreises grollten. Aber dieser Passagier war ihm von Anfang an suspekt gewesen. Er hatte in Marseille, ohne zu feilschen, für die Passage bezahlt und sogleich, nachdem sein Gepäck verstaut worden war, damit begonnen, leutselig mit der Mannschaft zu plaudern.

An sich war das natürlich nichts Außergewöhnliches. Kaptan Sultana spuckte über die Reling. Auch Schwätzer hatte er mehr als genug an Bord gehabt. Dennoch war da etwas in der Art, wie er sich gab, was dem Skipper überhaupt nicht behagte, denn kein Schiffseigner sah es gerne, wenn jemand der Besatzung allzu viele neugierige Fragen stellte.

Er musterte den Passagier erneut verstohlen aus den Augenwinkeln. Das Alter des Mannes vermochte er nur schwer zu schätzen, obwohl sein Kinnbart bereits ergraut war. Er war hager, fast so ausgemergelt wie einer von den Galeerensträflingen, und angeblich nach Malta unterwegs, um dort Wein einzukaufen.

Kaptan Sultana verzog das Gesicht. Ausgerechnet Wein! Gewiss kelterte man hier und da auf den Inseln einen durchaus genießbaren Tropfen, dennoch war Malta-Wein durchgängig um etliche Klassen dürftiger als jeder beliebige Festland-Wein, sei es italienischer oder französischer. – Für wie einfältig hatte ihn der Hagere eigentlich gehalten, um ihm eine derart fantastische Geschichte aufzutischen? Wein von Malta nach Marseille auszuführen, das bedeutete Eulen nach Athen zu tragen! – Außerdem sah der Hagere kaum wie ein Händler aus. Er erinnerte den Kaptan an einige Aristokraten, die er während der Schreckensherrschaft der Guillotine und auch später noch auf seiner „Seeschwalbe" aus Frankreich geschmuggelt hatte.

Der Skipper der „Seeschwalbe" und sein Steuermann trugen zu ihren engen Hosen weite und nicht besonders saubere Hemden aus grobem Leinen, die ihnen förmlich am Körper klebten. Beide waren wie die Matrosen und der Schiffsjunge barfuß.

Die Kleider des seltsamen Passagiers hingegen waren aus feinstem Tuch gefertigt, und blanke, schwere Silberknöpfe zierten eine dicke, weinrote Samtweste. Die Schnalle des Leibgurts schien sogar vergoldet zu sein, und seine halbhohen Lederstiefel glänzten wie die der Leibgardisten vor dem Großmeisterpalast in Valletta.

Die brennende Mittagshitze machte dem Passagier anscheinend überhaupt nichts aus. Kein Schweißfleck zeigte sich auf seinem Hemd.

Die Mannschaft döste, wo immer sich ein schattiger

Fleck an Deck fand, und der Schiffsjunge hatte sich in einen geschützten Winkel des Bugverschlags hingekauert. Aber der Hagere hockte ganz entspannt in Stiefeln und Samtweste in der prallen Sonne auf den Deckplanken und plapperte dabei ununterbrochen weiter.

Allein der Anblick machte den Skipper durstig. Er bedeutete dem Steuermann, ihm den Wasserkrug zu geben, und trank gierig.

„Was zum Teufel gibt es bloß stundenlang ausgerechnet mit dem Schiffsjungen zu bereden, Toni?"

Der Steuermann langte nach dem Krug, nahm einen Schluck und schnitt eine Grimasse.

Der Kaptan korrigierte den Kurs geringfügig um ein, zwei Grad.

„Dieser maulfaule Bursche kriegt doch sonst kaum die Zähne auseinander."

Antonio Abela wischte sich den Mund mit dem Handrücken ab und grinste verschmitzt.

„Vielleicht fühlt er sich geschmeichelt, dass sich ein feiner Herr mit ihm unterhalten will? – Du wirst es kaum glauben: Unser guter Rikardu klärt den Herrn über die letztjährige Kürbisernte in seinem Heimatdorf Birkirkara auf."

Der Skipper fasste sich an die Stirn und schüttelte den Kopf.

‚Gibt es irgendetwas, für das diese Plaudertasche sich eigentlich nicht interessiert?', dachte er. ‚Bei Bartolo, dem einfältigen Matrosen aus Marsaxlokk, hat er sich nach allen Priestern im Ort erkundigt, und meinen Steuermann hat er gestern noch spät in der Nacht versucht, in ein Gespräch über die Hafenbordelle von Valletta zu verwickeln.'

Der Steuermann räusperte sich.

„Und noch was, Kaptan. Hat mich an manches erinnert, was ich in Marseille gehört habe. – Noch kurz bevor du das Ruder übernommen hast, hat er den Leuten eine lange feurige Predigt gehalten. Alle Menschen wären doch Brüder und so weiter."

Kaptan Sultana hob die Augenbrauen und knurrte: „Ach, sieh mal einer an, so ein Vogel ist das also!"

„Ja. Und die Johanniterritter hat er in einem Atemzug als gierige Blutsauger und Despoten beschimpft, die bestimmt bald so enden würden wie die feisten Pfaffen und feinen Herren in Frankreich."

Kaptan Sultana strich sich nachdenklich über seinen Stoppelbart.

Die Malteser und der alte, in seinen Rechten eingeschränkte Inseladel liebten ihre hochtrabenden Herren, die Ritter vom Orden des Heiligen Johannes, nicht gerade übermäßig, und er hatte bereits des Öfteren in Valletta und anderswo Leute verstohlen so sprechen hören wie den geschwätzigen Passagier am Bug. Wenn der Hagere allerdings in Malta seine Zunge nicht etwas mehr im Zaum hielt als auf der „Seeschwalbe", würde er mit Sicherheit einigen Ärger bekommen. Mit solchen Leuten pflegte der Orden nicht lange zu fackeln.

Seit der Revolution war der Orden des Heiligen Johannes zu Jerusalem fast aller seiner Besitzungen in Frankreich und in den Ländern, die die siegreiche französische Armee überrannt hatte, verlustig gegangen. Der Zustand der Staatsfinanzen war deshalb desolat, und die Ritter waren alles andere, als gut auf die Französische Republik zu sprechen.

‚Wer wie der das Maul zu weit aufreißt, landet schnell im Kerker von Sankt Elmo, wenn er nicht aufpasst‘, dachte der Skipper und griff wieder nach dem Wasserkrug.

Im Januar erst hatten sie wieder ein paar Männer eingekerkert oder in die Verbannung geschickt, weil sie für die politische Entwicklung in Frankreich Sympathie bekundet und den Sturz der Ordensherrschaft gefordert hatten. Selbst in ihren eigenen Reihen waren solche Stimmen laut geworden, zumeist von Ordensleuten der französischen oder spanischen *Zunge*. Auch diese Ritter hatte man rigoros verhaftet und ins Verlies von Sankt Elmo gesteckt. Da allerdings einigen von dort die Flucht gelingen konnte, war man nicht aller Verschwörer habhaft geworden.

Ein leiser Ausruf des Steuermanns riss den Kaptan der „Seeschwalbe" aus seinen Gedanken. Er kniff die Augen zusammen, beschirmte sie mit der Handfläche und spähte angestrengt in die Richtung, die Antonio Abelas ausgestreckter Arm ihm wies.

„Da vorne ist Kap Sankt Dimitri", sagte der Steuermann mit Bestimmtheit.

Der Skipper nickte zufrieden. „Dann haben wir es ja endlich geschafft. Wird auch langsam Zeit. Das Wasser fängt schon an, leicht brackig zu schmecken."

Gozos westlichster Punkt war als schwacher, flacher Schatten in der flirrenden Julihitze am Horizont aufgetaucht.

Der Skipper übergab das Steuerruder wieder an Antonio Abela, dann entriegelte er die schwere Luke zum Heckfrachtraum, spuckte sich in die Hände und wuchtete die Luke fluchend hoch.

Feuchtwarmer, säuerlicher Geruch schlug ihm entgegen. Behände kletterte der Skipper nach unten. Außer den Fässern mit Bordeaux- und Burgundweinen für seinen Freund, den Weinhändler Francesco Camilleri, bestand die Ladung der „Seeschwalbe" aus Eichen- und Buchenbalken verschiedener Längen und Stärken. Holz auf die baumarmen Maltesischen Inseln zu bringen, war immer ein lohnendes Geschäft – besonders, wenn man sich mit den Leuten vom Zoll zu einigen verstand.

Kaptan Sultana knüpfte seinen speckigen Geldbeutel auf. Ein paar unübersehbar auf den Frachtgütern platzierte Silbermünzen für die diensthabenden Hafeninspektoren erleichterten alle bürokratischen Formalitäten ungemein und regelten selbstverständlich ebenso die Höhe der zu entrichtenden Einfuhrgebühr, ohne dass darüber lange palavert werden musste.

Es war ein seit Jahren erprobtes Verfahren, das in letzter Zeit sogar noch besser funktionierte, da das Ordensschatzamt den Sold der Hafenbediensteten neuerdings immer verspätet und dann auch meistens in Raten ausbezahlte.

‚Dass die Staatskasse ständig klamm ist, hat durchaus auch seine Vorteile‘, dachte der Skipper vergnügt und schnürte den Geldbeutel an seinen Gürtel.

Nachdem er die Ladeluke wieder geschlossen und verriegelt hatte, sagte der Steuermann irritiert: „Stell dir vor, als du gerade unten warst, erkundigte sich der Bursche doch bei mir danach, wo denn der französische Konsul in Valletta seine Residenz hat."

Kaptan Sultana schlug sich mit der flachen Hand gegen die Stirn.

Antonio Abela sah ihn verblüfft an.

„Was ist denn los, Kaptan?"

„Jetzt wird mir einiges viel klarer", zischte der Skipper. „Bei seinem Einschiffen in Marseille wurden ja gerade die Weinfässer für Francesco an Bord gebracht. Ich habe ihm deshalb nur halb zugehört, als er mir seinen Namen genannt hat, und habe ‚Garçon‘ verstanden."

„Ja und? Was heißt das?"

Kaptan Sultana betrachtete nachdenklich den hageren Passagier, der jetzt neben dem einäugigen Bartolo an der Reling stand und auf ihn einpredigte.

„Er hat nicht ‚Garçon‘ gesagt, sondern ‚Caruson‘."

Der Steuermann stieß einen leisen Pfiff aus.

„Das würde bedeuten ..."

„Das heißt nicht mehr und nicht weniger, als dass er denselben Familiennamen wie der derzeitige Konsul der Französischen Republik in Malta trägt, mein Lieber, was mir nun auch hinlänglich die feurigen Reden erklärt, die er hier an Bord so geschwungen hat."

2. Kapitel

Die Weinhandlung Camilleri

Als Paolo Camilleri die väterliche Weinhandlung in dem hohen Gewölbekeller unter der Casa Cammenzuli in der Sankt Kristofu Straße betrat, war sein Vater gerade damit beschäftigt, einen Deckelkorb auf dem großen runden Tisch zu öffnen. Francesco Camilleri war ein stämmiger Endvierziger, aber noch vollen schwarzen Haares. Er trug über Hemd und Hose eine lange dunkelblaue Kittelschürze, denn er hatte gerade Flaschen gespült und verkorkt.

Durch eine halb geöffnete Luke in der Mitte der Gewölbedecke fiel ein matter Lichtkegel auf die mit Olivenöl polierte, glänzende Tischplatte.

Der Weinhändler legte den Korbdeckel aus der Hand und schaute seinen Sohn fragend an.

Paolo schüttelte den Kopf. „Ich komme gerade vom Hafen. Die ‚Seeschwalbe' ist immer noch nicht eingetroffen, Vater."

Der Weinhändler band die Schürze ab. „Das ist wirklich ärgerlich", brummelte er und schnippte gereizt mehrmals mit dem Zeigefinger gegen den Korb. „Am Sonntag gibt der Großmeister sein Sommerfest für die ausländischen Gesandten, und uns entgeht vermutlich das beste Geschäft dieser Saison." Missmutig betrachtete er die Fassreihe an der Kellerstirnwand.

Vom weißen Bordeaux war der Vorrat bis auf ein paar Tropfen völlig aufgebraucht, und vom roten ließen sich gerade noch mit Mühe vier, fünf Flaschen abziehen. Der

Zypern-Wein, den Kaptan Sultana im Frühling über einen jüdischen Zwischenhändler aus Algier herangeschafft hatte, und von dem er noch ausreichend besaß, war zwar gut, aber eben nicht gut genug für die Tafel Seiner Eminenz. Und der Landwein aus Gozo im hinteren Teil des Kellers war für die Zungen der edlen Herren natürlich zu derb.

„Du regst dich bestimmt wieder einmal unnötig auf, Vater. Auf Kaptan Sultana war bislang immer Verlass. Er hat dir versprochen, rechtzeitig zum Sommerfest zurück zu sein. Und bis zum Sonntag sind es ja noch drei Tage hin."

Francesco Camilleri seufzte. Der Junge hatte vermutlich recht. Selbst wenn Agostino Sultana erst am Sonntagmorgen den Großen Hafen erreichen würde, blieb immer noch genug Zeit, den Wein zum Großmeisterpalast zu schaffen. Die Feierlichkeiten begannen nach Einbruch der Dunkelheit.

„Hast du auch Hunger, Paolo?"

„Einen kleinen Happen könnte ich durchaus vertragen." Der junge Mann beugte sich neugierig über den Korb. „Hat die Mutter uns was Leckeres eingepackt?"

„Hat sie. Aber nichts von ihr Gekochtes. Eine nette Überraschung ist es dennoch, nehme ich mal an."

Francesco Camilleris älterer Bruder, Dun Salvatore, hatte in aller Früh mit dem ersten Boot Ziegenkäse durch einen Bauernjungen seiner Pfarre aus Gozo nach Valletta geschickt. Jeder der handtellergroßen, runden Käsestücke war mit würzigen Kräutern oder gestoßenem Pfeffer bestreut.

Dem Sohn des Weinhändlers lief augenblicklich das Wasser im Munde zusammen.

„Dann geh erst mal frisches Brot kaufen."

*

Als Paolo die ausgetretene Kellertreppe hinaufstieg, hörte er aufgeregte Stimmen. Normalerweise verließ kein Mensch in Valletta ohne triftigen Grund sein Haus während der heißen Mittagsstunden, aber jetzt war die Straße vor der Casa Cammenzuli von Männern und Frauen der Nachbarschaft bevölkert wie bei einer Festa. Alle eilten in Richtung Großmeisterpalast.

Der junge Mann entdeckte einen Bekannten. „He, was ist los?"

„Komm mit! Man munkelt, der Großmeister soll im Palasthof tot umgefallen sein. – Gesehen hat es natürlich keiner."

Als Paolo und sein Bekannter aus der Sankt Kristofu Straße in die Strada San Giorgio, Vallettas breite Hauptstraße, abbogen, sahen sie, dass sich auf dem Platz vor der Residenz *Fra* Emmanuel de Rohan-Polducs bereits eine riesige Menschenmenge eingefunden hatte. Niemand sprach ein lautes Wort.

Paolo drängelte sich an einer Gruppe ältlicher Matronen bis zum Palasteingang vor. Eine Abteilung der großmeisterlichen Leibwache, erkenntlich an den roten Mänteln mit dem aufgestickten Malteserkreuz, sorgte dafür, dass niemand dem geschlossenen Hauptportal zu nahe kam.

Auf einmal ging ein Raunen durch die Menge. Das Palasttor schwang auf, und zwei livrierte Bedienstete des Großmeisters traten auf den Platz. Einer von ihnen war der Garzone di Camera Seiner Hoheit, der andere sein Mundschenk. Augenblicklich wurden sie von den Wartenden mit Fragen bestürmt.

Das Gerücht, das sich wie ein Lauffeuer verbreitet haben musste – denn Paolo sah in der Menge sogar ein paar bekannte Gesichter aus den Städten Vittoriosa, Senglea und Cospicua von der gegenüberliegenden Seite des Großen Hafens von Valletta –, stimmte nur teilweise.

Seine Eminenz wäre zwar gestürzt, aber es hätte sich nur um einen leichten Schwächeanfall gehandelt, den er sicherlich bald wieder überwinden würde. Die besten Ärzte des Ordenshospitals kümmerten sich bereits um Seine Hoheit.

Die Ansammlung auf dem Platz begann, sich daraufhin zögerlich aufzulösen.

Auch Paolo wandte sich zum Gehen und fand sich neben seinem Bekannten wieder. „Glaubst du, die haben uns gerade die Wahrheit gesagt?"

„Warum sollten sie nicht? Rohan ist ein alter Mann. Mein Großvater ist auch einmal ohne ersichtlichen Grund zusammengebrochen und hat sich danach wieder erholt."

„Ich weiß nicht so recht. Du vergisst, dass der Großmeister bereits schwer vom Schlag gezeichnet ist und nur noch mühsam reden oder sich bewegen kann. – Da, schau mal, wer da alles herbeieilt!"

Ein Trupp Berittener in leichten Jagdgewändern sprengte aus der Richtung der Porta Reale, dem landseitigen Stadttor Vallettas, heran. Unter den Reitern befanden sich mehrere *Baillis*, Großkreuzritter und anderere Honoratioren des Johanniterordens. Dem Anschein nach hatten sie einen langen, anstrengenden Ritt hinter sich. Ihre Pferde glänzten vor Schweiß.

Paolo erkannte an der Spitze der Schar den Großbailli Fra Freiherr Ferdinand von Hompesch, *Pilier*, Oberhaupt, der deutschen Zunge der Johanniterritter, in dessen Palazzo Casa Correa de Souza in der Bäckerstraße er schon des Öfteren Wein geliefert hatte. Der Großbailli war ein umgänglicher Mann und einer der wenigen Ordensoberen, der die maltesische Sprache fließend beherrschte. Fra Ferdinand mischte sich gerne bei den Festas unter das einfache Volk zum Feiern und wechselte dann selbst mit Bettlern ein paar freundliche Worte.

Auch wenn Fra Ferdinand von Hompesch seine letzten vier Weinrechnungen noch nicht beglichen hatte, bedeutete es doch eine große Ehre, ihn in der Weinhandlung Camilleri zu den Stammkunden zählen zu dürfen.

Ein Leutnant brüllte ein Kommando. Die Gardesoldaten präsentierten die Waffen und öffneten eiligst die Torflügel. Die Reiter trabten in den Palasthof. Hinter ihnen schloss sich das Palastportal sogleich wieder.

„Wie haben die denn so schnell von dem Schwächeanfall Wind bekommen?", murmelte Paolo. „Es hieß doch, Fra Ferdinand und seine Freunde würden für drei Tage an der Nordküste jagen."

„Sie waren nicht an der Nordküste", widersprach ihm sein Bekannter. „Sie wollten im Wald vom Verdala Palast auf Rebhuhnjagd gehen. – Wahrscheinlich hat man sie durch die Signalspiegel benachrichtigt."

Paolo nickte.

Ein ausgeklügeltes Warnsystem der Ritter ermöglichte es, durch Lichtsignale oder Rauchzeichen mit jedem wichtigen Ort der Inseln und mit den Küstenwachtürmen Botschaften auszutauschen.

Weitere Würdenträger des Johanniterordens trafen nach und nach ein.

„Mir gefallen die ernsten Mienen dieser hohen Herren nicht besonders", sagte Paolo. „Vielleicht ist der Großmeister ja doch gestorben, und man sagt es uns bloß nicht."

Der Bekannte zuckte mit den Achseln. „Würde dich das etwa überraschen?", zischte er. „Sie tun doch eh nur, was sie für richtig halten, und kümmern sich einen Dreck um uns. Wir Malteser sind für sie lediglich ein Haufen rechtloser, nützlicher Diener, kaum besser als die Sklaven auf ihren Galeeren. Nur williger, weil wir so blöd sind und ihnen freiwillig die Füße küssen." Er senkte die Stimme verschwörerisch und strich sich mit dem Zeigefinger über die Kehle. „In Frankreich, mein Lieber, da ist man richtig mit ihnen umgesprungen, mit all diesen verdammten Blutsaugern und Tyrannen. – Glaub mir, mein Freund, auch hier ist ihre Stunde nicht mehr fern. Dann baumeln sie nämlich!" Paolos

Bekannter wandte sich zum Gehen. „Und wie ich denken viele." Er winkte und verschwand in der Menge.

Paolo machte sich langsam auf den Rückweg. Ganz unrecht mochte er seinem Bekannten nicht geben. Wer sich mit einem der Ordensleute anlegte, zog immer den Kürzeren. Sie waren fast alle korrupt, und wehe dem, der versuchte, einen Prozess gegen sie anzustrengen, etwa, weil er ausstehende Schulden eintreiben wollte. Ein hoffnungsloses Unterfangen! Aber musste man deshalb gleich an Aufruhr denken?

*

Mit zwei noch warmen, knusprigen Brotlaiben im Arm, die er einem Straßenhändler abgekauft hatte, stieg er wenig später in den Weinkeller hinab.

„Vater", rief er, „hast du schon gehört? Der Großmeister ist ...!"

„Ich weiß es bereits", unterbrach ihn Francesco Camilleri und bedeutete seinem Sohn mit einer energischen Geste zu schweigen.

Erst jetzt bemerkte Paolo, dass der Vater einen Kunden hatte. Er saß etwas außerhalb des Lichtkegels, der durch die Deckenluke fiel, an dem großen Tisch und trug eine eng geschnittene Jacke aus gelbem, feinem Leinen.

Es war Jean André Caruson, der Gesandte der Französischen Republik.

„Komm her zu uns, setz dich und hör zu!", befahl der Weinhändler.

„Ja, Vater."

Paolo legte die Brote auf eines der Fässer, ging zum Tisch, in dessen Mitte noch immer der offene Bastkorb mit dem Gozo-Käse stand, verbeugte sich vor Jean André Caruson und hockte sich rittlings auf einen Stuhl neben seinen Vater.

„Du wirst morgen Nachmittag dem Herrn Gesandten

ein kleines Fass vom besten Zypern-Wein in seine Residenz schaffen."

„Ja, Vater."

Jean André Caruson räusperte sich. „Sollte die Lieferung aus Marseille, von der Ihr mir erzählt habt, womöglich bis dahin doch noch eingetroffen sein, dann nehme ich auf jeden Fall auch zwanzig Flaschen von dem roten Bordeaux ab, der für das Sommerfest vorgesehen war ... Ich glaube kaum, dass man im Großmeisterpalast demnächst zu Festivitäten aufgelegt sein wird." Caruson erhob sich und strich seine Jacke glatt. „Selbstverständlich wird mein Hausbesorger die Lieferung sofort bei Erhalt bezahlen."

„Danke, Herr." Francesco und Paolo Camilleri erhoben sich ebenfalls und begleiteten ihren Kunden zur Treppe. „Ihr könnt Euch auf uns verlassen. Spätestens morgen Nachmittag habt Ihr den Wein."

„Bestimmt, Herr", sagte Paolo. „Ich werde ihn Euch persönlich anliefern."

*

Nachdem der französische Gesandte gegangen war, nahm Francesco Camilleri die Brotlaibe, die sein Sohn auf dem Weinfass abgelegt hatte, und kehrte an den Tisch zurück.

„Wenigstens einer, der nicht immer die Rechnungen bei uns wochenlang unbeglichen lässt", brummelte er und dachte an seine vielen Außenstände.

Je renommierter der Kunde, desto länger dauerte es in der Regel, bis der Weinhändler sein Geld sah. Es durch einen Advokaten eintreiben zu lassen, ergab bei den Ordensrittern wenig Sinn. Etliche der hohen Herren bestellten stets nur mündlich und würden sich nicht scheuen, alles abzustreiten. Und Fra Ferdinand von Hompesch war beileibe nicht der Einzige von ihnen, der bei ihm tief in der Kreide stand.

„Der Großmeister, Vater …"

Francesco Camilleri nickte. „Der französische Gesandte hatte es mir schon berichtet, bevor du zurückkamst. Seine Eminenz ist plötzlich schwer erkrankt. Das Sommerfest findet nicht statt."

„Man munkelte bereits, er sei gestorben. – Nicht alle wären darüber traurig, schien es mir."

Der Weinhändler hatte Paolos letzten Satz überhört und schüttelte den Kopf. „Nein, er lebt noch. Caruson war im Palast, als es passierte, und hat mit einem der Leibärzte sprechen können. Sie rechnen aber nicht damit, dass Seine Hoheit die nächsten zwei, drei Tage übersteht." Francesco Camilleri reichte seinem Sohn einen knusprigen Brotlaib. „Fast scheint es mir ein Segen, dass Kaptan Sultana sich wegen einer Flaute derart verspätet hat. Wir haben dadurch womöglich ein hübsches Sümmchen gespart." Er stellte einen Krug mit Olivenöl und zwei flache Tonschalen auf den Tisch.

Paolo verstand, was der Vater mit dieser Bemerkung sagen wollte.

Auch im Großmeisterpalast hatte man es nicht eilig, längst fällige Lieferantenschulden zu begleichen. Von Seiner Eminenz Fra Emmanuel de Rohan-Polduc hatte die Weinhandlung Camilleri noch erhebliche Außenstände vom letzten Bankett Anfang März, die man nun vermutlich abschreiben konnte.

Paolo wählte ein mit Pfeffer bestreutes Käsestück, legte es in seine Schale, übergoss es mit Öl und musste plötzlich, während er es genüsslich verzehrte, an seinen Onkel, den kleinen Priester, in Nadur denken.

Die Erwachsenen liebten ihren Pfarrer, der sich nie scheute sie bei Bedarf mit Donnerstimme kräftig zurechtzustauchen, aber die Dorfkinder verehrten ihren „Dun Salv" über alles. Wenn die Ziegenhirten ihm jeden Mittwoch den Käse brachten, war sein Haus von einem Schwarm kleiner Bettler umgeben.

„Nur noch ein kleines Stück, Dun Salv!"

Dun Salvatore ließ sich immer so lange erweichen, bis die resolute Leonora, seine Haushälterin, die quängelnden Bälger fortjagte.

„Wirklich, Dun Salv, das geht zu weit! Es fehlt ja schon wieder die Hälfte", wetterte sie dann, obwohl sie wusste, dass ihre Ermahnungen auf fruchtlosen Boden fielen, denn das Spektakel würde sich am nächsten Mittwoch unweigerlich wiederholen.

3. Kapitel

Kaptan Sultanas „Seeschwalbe" trifft im Großen Hafen von Valletta ein

Paolo schob den leichten Handkarren in einen Holzverschlag neben der Kellertreppe. Er hatte soeben das Fässchen Zypern-Wein in Carusons Residenz in der Nähe vom Fischmarktkai geschafft.

Als er sich anschickte, die Kellertreppe hinabzusteigen, um dem Vater das Geld zu bringen – der Hausbesorger des Konsuls hatte es tatsächlich parat gehabt –, hörte er jemanden laut seinen Namen rufen. Paolo drehte sich um und sah seinen Freund Toni, den Steuermann der „Seeschwalbe".

Antonio Abela hatte sich für den Landgang in seinem Heimathafen fein zurechtgemacht und über ein altes, aber blütenweißes Seemannshemd eine helle mit glänzender Samtborte verbrämte Leinenweste gezogen, die er in Marseille erstanden haben musste, denn Paolo hatte sie noch nie zuvor gesehen.

„Na, endlich! Habt ihr auf der Überfahrt erst noch schnell einen Abstecher nach Tunis und Algier unternommen, oder seid ihr Piraten in die Hände gefallen? Vater und ich dachten schon, ihr kommt überhaupt nicht mehr nach Malta zurück."

Antonio Abela lachte. „Manchmal haben wir das auch gedacht. Von Sardinien bis kurz vor Gozo hingen wir ewig in einer Flaute fest. Wir sind zwar reichlich spät dran, aber immerhin hätten wir euch den Wein noch rechtzeitig zum Sommerfest geliefert."

„Du hast also schon im Hafen erfahren, dass es offenbar mit Großmeister Rohan zu Ende geht und das Fest ausfällt?"

„Ja, gleich bei unserer Ankunft. Es muss sehr schlecht um seine Gesundheit stehen."

„Noch lebt er anscheinend. – Aber wo ist Kaptan Sultana? Es gab doch nicht etwa Probleme mit den Hafeninspektoren?"

Antonio Abela zwinkerte Paolo zu, und der Freund verstand.

„Nein, es lief alles wie geschmiert. Er wird aber noch ein Weilchen mit den Zollformalitäten beschäftigt sein. Ich soll euch schon mal vorab ausrichten, dass er herkommt, sowie er die erledigt hat. – Was gibt es sonst Neues in der Heimat?"

„Es scheint in der Tat niemand mehr richtig daran zu glauben, dass Großmeister Rohan sich noch einmal erholen wird. Die Ritter der verschiedenen Zungen bereiten sich schon jetzt in ihren Auberges darauf vor, einen Nachfolger zu wählen."

Die meisten Ritter vom Orden des Heiligen Johannes in Valletta wohnten in Auberges. Diese Auberges waren geräumige Wohnquartiere, prächtige Paläste mit aufwendigem Wappenschmuck, in denen die Ordensmitglieder nach ihren Zungen – sprich Nationalitäten – getrennt lebten.

Die acht Zungen hießen: Provence Auvergne, Frankreich, Italien, Aragon, Deutschland, Kastilien und England. Der englischen Zunge war die von Bayern und erst kürzlich die von Russland angegliedert worden.

„In den Auberges geht es zu wie in einem Bienenstock. – Tja, und was sonst noch?" Paolo berichtete seinem Freund ausführlich von dem Gespräch mit seinem republikanisch gesinnten Bekannten auf dem Palastplatz.

Antonio Abela wiegte nur mitleidig den Kopf. „Bei euch hier in Valletta mag es vielleicht eine ganze Menge Leute geben, die sich einen Staat nach französischem Vorbild wünschen", gab er zu bedenken. „Aber bei uns in Gozo redet man kaum darüber."

„Wirklich laut sagt das zwar auch niemand in aller Öffentlichkeit, sonst ergeht's ihm übel. Dennoch scheint die Anzahl derjenigen zu wachsen, die so radikal wie mein Bekannter denken."

Antonio zog die Stirn in Falten. „Wir hatten da einen merkwürdigen Passagier an Bord, den Bruder des französischen Gesandten übrigens. Will hier angeblich Wein kaufen."

„Wie bitte? Das kann doch nicht dein Ernst sein. Ausgerechnet in Malta Wein kaufen – ein Franzose? Das wäre das erste Mal, dass mir so etwas zu Ohren kommt", unterbrach ihn Paolo. „Bestimmt will er keinen einheimischen kaufen. – Aber halt, da fällt mir etwas ein! Wahrscheinlich hat er eine Verabredung mit einem griechischen Frachtschiff. Es werden demnächst einige mit Samos-Ware erwartet."

Antonio schnalzte missbilligend mit der Zunge. „Nein, mein Freund, der Kerl hat steif und fest behauptet, dass er *maltesischen* Wein kaufen will. Das haben wir ihm natürlich auch nicht abgenommen, aber egal! – Er predigte jedenfalls auch viel von Freiheit, Brüderlichkeit und so fort, obwohl ich bezweifle, dass ihm jemand von der Mannschaft ernsthaft zugehört hat. – Ah, da kommt ja Kaptan Sultana!"

Der Skipper der „Seeschwalbe" war bester Stimmung und summte ein munteres Seemannslied.

Der Adjutant des Hafenkommandanten hatte sein dezent platziertes Bestechungssümmchen wie erwartet nicht verschmäht. Die Hälfte der kostbaren Eichenbalkenladung würde noch heute ohne Zollabgaben gelöscht werden können.

Grinsend begrüßte er Paolo. „Nun, dein Vater hat uns sicher schon schmerzlich vermisst!"

In diesem Moment tauchte Francesco Camilleri in der Kellertür auf.

„Agostino, du alter Erzgauner! Hast du von Marseille aus erst eine Rundreise durchs Mittelmeer unternommen, oder warum triffst du so spät ein?"

Kaptan Sultana drohte schelmisch mit dem Finger. „Ihr solltet der Muttergottes und allen Heiligen auf Knien danken, dass die verdammte Flaute vor Sardinien nur ein paar Tage angedauert hat, sonst hätten wir uns irgendwann bestimmt an deinem kostbaren Wein vergreifen müssen, denn das Wasser wurde schon langsam arg knapp und bitter."

Der Weinhändler bat seinen Freund zu einem Willkommenstrunk in den Keller.

Paolo und Antonio machten sich auf den Weg hinunter zum Großen Hafen. Der Steuermann musste das Entladen der „Seeschwalbe" überwachen. Die dazu nötigen Schauerleute hatte der Skipper schon besorgt.

4. KAPITEL

Der Große Hafen

Paolo hatte die meisten Jahre seiner Kindheit und Jugend vorwiegend im ländlichen Gozo im Dorf Nadur verbracht und dort mit der Mutter im Haus von Dun Salvatore, dem ältesten Bruder des Vaters, gelebt. Nach Valletta waren Mutter und Sohn erst dauerhaft umgesiedelt, als der Vater durch mühsame Arbeit die abgewirtschaftete Weinhandlung in der Sankt Kristofu Straße zum Florieren gebracht hatte, die ihm von einem Onkel vererbt worden war.

Durch Kaptan Sultanas spezielle Beziehungen zu den Zollinspektoren vom Großen Hafen war Francesco Camilleri in der glücklichen Lage, seinen Wein günstiger als die Konkurrenz anzubieten. Wer Rang und Namen in Malta hatte, zählte zum Kundenstamm in der Sankt Kristofu Straße.

Maltas Hauptstadt, benannt nach dem Großmeister Jean Parisot de la Valette, der im Jahre 1565 das kleine Inselreich der Johanniterritter erfolgreich gegen ein Invasionsheer Süleyman des Prächtigen verteidigt hatte, lag mit seiner Vorstadt Floriana zwischen dem Marsamxett Hafen im Norden und dem Großen Hafen im Süden auf dem Rücken der zungenförmigen Sciberras-Halbinsel. Trotz des hügeligen Geländes waren die Straßen schnurgerade angelegt und zogen sich wie ein gleichmäßiges, rechtwinkliges Gitternetz vom Haupttor Porta Reale bis nach Fort Sankt Elmo an der Halbinselspitze durch die Stadt.

Obgleich Paolo jetzt bereits schon seit drei Jahren dort lebte, war er doch immer wieder aufs Neue fasziniert von der Pracht der Paläste und Kirchen, den imposanten Auberges der Ritter und den atemberaubenden Festungsbauwerken, die die Hauptstadt und ihre beiden Häfen schützten. Die wichtigsten Wallabschnitte wurden im Kriegsfall von den Ritteroffizieren der acht Zungen befehligt.

Wenn Paolo auf den turmhohen *Bastionen* an den Flanken des Monte Sciberras entlangging – und besonders, wenn er auf den turmhohen Bollwerken beiderseits der Porta Reale stand –, erschienen ihm die Menschen tief unten jedes Mal wie Zwerge.

Trat man aus der Weinhandlung Camilleri auf die Sankt Kristofu Straße und folgte ihr nach Norden, kreuzte sie nach wenigen Schritten die Strada San Giorgio, die Hauptstraße. Nach links ging es zum Großmeisterpalast und dann weiter zur Porta Reale. Wandte man sich an der Kreuzung nach rechts, führte die Strada San Giorgio hinunter zum Fort Sankt Elmo, das die Spitze der Sciberras-Halbinsel schützte.

Nach Süden senkte sich die Sankt Kristofu Straße zum Großen Hafen hin ab und mündete dort neben einem Exerzierplatz der Ritter auf die Hafenmauer, deren Verteidigung der Zunge von Kastilien oblag. Diesen Weg wählten Paolo und sein Freund.

Paolo lehnte sich gegen die Mauerbrüstung und ließ den Blick über die riesige Wasserfläche des vielarmigen Hafenbeckens schweifen, in die sich von der gegenüberliegenden Hafenseite die Landzungen der Städte Senglea und Vittoriosa schoben.

Dutzende von Ruder- und kleineren Segelbooten eilten geschäftig zwischen den verschiedenen Hafenteilen hin und her. Eine Ordensbarkasse transportierte eine Kanone zu einem *Linienschiff*, das vor Vittoriosa ankerte.

Direkt unter ihnen lag ein portugiesischer Zweimaster an der Kaimauer. Er wurde gerade mit Baumwollballen beladen. Ein paar Fischer flickten ihre Netze, andere wiederum beluden ihre Boote mit leeren Fischkästen und Hummerfallen für den nächtlichen Fangzug.

Antonio stieß Paolo an. „Sind das da unten nicht Marcello und seine Frau?"

Das Wirtsleuteehepaar vom „Schwertfisch" schleppte einen Korb mit zappelnden Fischen über den Kai zu ihrer Taverne.

„Sieht ganz danach aus, als ob das Sardinen wären", sagte Antonio.

Paolo seufzte. „Wollen wir nicht doch schnell auf einen Schluck ...?"

Antonio lachte. „Nix da. Auf uns wartet Arbeit."

In vollem Flaggenschmuck passierte eine Ordensgaleere die Hafeneinfahrt zwischen Fort Sankt Elmo und Fort Ricasoli und nahm Kurs auf das offene Meer. Eine mit Gemüse beladene *Speronara del Gozzo*, ein offener, leichter Einmastsegler mit drei Ruderpaaren, wich dem Kriegsschiff respektvoll aus.

„Wo ist die ‚Seeschwalbe' jetzt?", fragte Paolo und lehnte sich über die Mauerkrone. „Liegt sie noch vorne am Zollkai?"

„Nein, nicht mehr." Antonio Abela zeigte auf den Mastwald von Schiffen aller Größe unterhalb der Sankt Barbara Bastion, die sich unmittelbar an die kastilische Mauer anschloss. Die „Seeschwalbe" lag eingekeilt zwischen zwei hochbordigen griechischen Frachtschiffen am Fischmarktkai. Dort hatten sich auch schon die Schauerleute eingefunden, die Kaptan Sultana engagiert hatte.

Nachdem Antonio die Männer instruiert hatte, begann das Löschen der Ladung. Zuerst wurden die Weinfässer an Land gebracht, und Paolo mietete mehrere Eselfuhrwerke an, während die Träger anfingen, das Bauholz aus dem Frachtraum zu schleppen.

Als die Fässer sicher auf den Karren verstaut waren, verabschiedete Paolo sich von seinem Freund.

„Morgen können wir uns leider erst am Abend treffen. Ich muss schleunigst überall in Valletta und Floriana den bestellten Wein ausliefern, aber am Sonntag habe ich garantiert Zeit für dich. Ich bin sehr gespannt zu erfahren, was du alles in Marseille erlebt hast."

Antonio grinste. „Wenn du auf irgendwelche Weiberabenteuer anspielst, werde ich dich vermutlich enttäuschen müssen, aber es gibt in der Tat viel zu berichten." Er überlegte einen kurzen Moment. „Hmm, übermorgen ist schlecht. Am Sonntag will ich ja schon gleich mit dem ersten Schiff nach Gozo rüber. – Weißt du was? Ich schlage vor, ich begleite dich morgen einfach auf deiner Liefertour, dann haben wir genug Zeit zum Plaudern. Einverstanden?"

„Einverstanden. Komm erst am späten Nachmittag zu uns in den Keller. Vater und ich müssen den meisten Wein vorher noch auf Flaschen ziehen."

„Gut. Und anschließend gehen wir dann in den ‚Schwertfisch'."

„Unbedingt."

In der Taverne am Fischmarkt verkehrten die Kapitäne und Matrosen aus Gozo.

*

Der Skipper der „Seeschwalbe" war noch immer nicht gegangen, als Paolo mit den weinbeladenen Eselskarren eintraf.

„Agostino, alter Halunke, dann wollen wir mal gleich testen, ob das Zeug auch trinkbar ist, das du mir andrehen willst", scherzte der Weinhändler.

Kaptan Sultana griente breit und verschränkte die Arme. „Francesco Camilleri, lass dir in aller Freundschaft eins gesagt sein, wenn dir der Stoff nicht zusagt, verstehst du nichts von gutem Wein."

Als man mit vereinter Hilfe alle Fässer über eine steile Rampe auf der Rückseite der Casa Cammenzuli in den Gewölbekeller geschafft hatte und die Spundlöcher mit Zapfhähnen aus Zinn versehen waren, holte Francesco Camilleri drei blitzende Kristallgläser, zündete eine dicke Bienenwachskerze an und verriegelte umständlich die Kellertür.

Die Weinprobe verlief zur Zufriedenheit aller Beteiligten. Der französische Handelspartner von Kaptan Sultana hatte wie immer ein paar ausgezeichnete Tropfen für die Camilleris ausgewählt.

Vater und Sohn saßen noch lange mit dem Kaptan an

dem runden Tisch. Als die Kerze bis knapp auf Fingerbreite niedergebrannt war, pochte es plötzlich heftig an der Kellertür.

Eine resolute Frauenstimme rief: „Franco! Paolo! Ihr seid doch da unten! Macht auf!"

Vater und Sohn schauten sich betroffen an.

„Hast du der Mutter nicht gesagt, dass die ‚Seeschwalbe' eingetroffen ist?"

„Nein. Du etwa?"

Paolo spang auf, hastete zur Tür und entriegelte sie eiligst.

Maria Camilleri spähte in den Keller. Dann verschränkte sie die Arme vor der Brust. „Aha! Wie vermutet. Ihr bechert ohne mich!"

Der schon halb eingedöst auf seinem Schemel balancierende Kaptan Sultana schreckte hoch, warf dabei fast die Kerze um und grummelte: „Jesusmaria, was ist denn hier für eine Unruhe?"

Maria stieg ins Gewölbe hinab. Sie baute sich mit in die Seite gestemmten Händen breitbeinig vor dem Skipper auf und lachte. „Genau das wollte ich auch in Erfahrung bringen, Agostino."

„In der Aufregung hat irgendwie keiner von uns daran gedacht, dir Bescheid zu geben, dass die ‚Seeschwalbe' ...", stammelte der Weinhändler verlegen. „Stimmt doch, Paolo?"

„Unsinn", fuhr sie ihm ins Wort. „Ihr wolltet die neue Lieferung ohne mich verkosten. – Das könnte euch so passen!"

„Keineswegs, keineswegs", beeilten sich Vater und Sohn zu versichern. „Wir haben wirklich einfach vergessen, dass Kaptan Sultana ..."

„Dann fordere ich schleunigst eine angemessene Entschädigung für eure Nachlässigkeit."

„Selbstverständlich, Mutter!" Paolo sprang und holte ihr ein Glas.

Kaptan Sultana reckte sich, gähnte und saß wie durch ein Wunder wieder kerzengerade am Tisch. „Sahha! Auf dein Wohl, Maria!" Er hob sein Glas.

„Sahha, Maria!", sagte ihr Mann.

„Sahha, Mutter! Auf dein Wohl!"

Ein verschmitztes Lächeln umspielte ihre Lippen. Gespielt streng sagte sie: „Ob der Wein mir auch wirklich bekömmlich ist, kann ich euch leider erst nach ein paar Gläsern verraten. – Right, Paul?"

„Yes, Mum."

Maria Camilleri, geborene Mary Targett, die oft in der elterlichen Hafenschenke in Portsmouth ausgeholfen hatte, bevor es sie als Dienstmädchen einer reichen Baumwollkaufmannsfamilie nach Malta verschlagen hatte, kannte sich aus.

Die Frau des Weinhändlers gab sich erst zufrieden, als sie von allen Sorten einen Schluck probiert hatte.

Am Ende nickte sie beifällig. „Alle waren vorzüglich – bis auf den Letzten, meine ich. Er ist zwar auch schon recht gefällig, könnte jedoch noch gut und gerne ein weiteres Jahr im Fass vertragen."

Kaptan Sultana hörte Marias Lob und Tadel nicht mehr. Er schlief bereits wieder tief und fest.

Paolo hatte sich bei der Weinprobe zurückgehalten, aber dem Vater ging die Zunge merklich schwer, als er sagte: „Bist du uns noch böse?"

Drohend hob Maria Camilleri den Zeigefinger. „Nur wenn ihr mir morgen früh wegen eures Gelages die Ohren volljammert."

Francesco Camilleri tippte den Skipper behutsam an, doch der zeigte keine Reaktion und schnarchte weiter.

„He, Agostino, wach auf!", brüllte der Weinhändler. „Es tagt schon fast."

Erst zwei kräftige Rippenstöße brachten seinen Freund dazu, endlich die Augen einen winzigen Spaltbreit zu öffnen.

„Zeit, nach Hause zu gehen."

„So?" Der Skipper stemmte die Arme auf den Tisch und rappelte sich mühsam hoch.

„Oder schlaf hier im Keller, wenn du willst. Hinten steht eine Pritsche."

Der Kaptan schüttelte matt den Kopf.

„Dann komm mit uns nach oben in die Wohnung! Du kannst auf der Küchenbank übernachten, falls sie nicht unter dir zusammenkracht."

Der Weinhändler schaffte den Aufstieg in den ersten Stock der Casa Cammenzuli, den die Camilleris bewohnten, aus eigener Kraft. Kaptan Sultana musste allerdings tüchtig von Maria und Paolo nachgeholfen werden.

5. Kapitel

Ein unverhofftes Geschäft

Der Wein war bekömmlich gewesen. Sowohl Paolo als auch Francesco Camilleri wachten am nächsten Tag – obschon später als gewöhnlich – mit erträglichem Kater auf. Nur Kaptan Sultana klagte über heftige Nacken- und Gliederschmerzen, die allerdings wohl mehr auf die harte, schmale Küchenbank als auf den Weingenuss zurückzuführen waren.

Gleich nach dem Frühstück machten sich Vater und Sohn daran, einen Teil von Kaptan Sultanas neuer Lieferung im Keller auf Flaschen zu ziehen. Der Skipper begab sich brummelnd zu seiner „Seeschwalbe".

Paolo verkorkte gerade die letzten Flaschen des roten

und weißen Bordeaux für seine Auslieferungstour, als um die zweite Mittagsstunde herum ein Schatten auf die Kellertreppe fiel. Der Schatten eines sehr dicken Menschen, der zu ihnen hinunterkeuchte.

Es war Victor Sammut, der Hausbesorger des französischen Gesandten, ein entfernter Verwandter von Francesco Camilleris verstorbenem Onkel.

„Nun erzähl mir bloß nicht, dein Herr will sich über den Zypern-Wein beschweren, den er gestern von uns bekommen hat!", begrüßte ihn Paolo.

„Bewahre, der Wein war bestens!" Victor Sammut grinste. „Das Kaninchenragout, das die Herren dazu gespeist haben, übrigens auch."

Francesco Camilleri kam zu den beiden aus dem hinteren Teil des Kellers an die Treppe. Er hatte Flaschen gespült und trocknete sich die Hände an seiner blauen Kittelschürze ab. „Es gibt da eins von den zehn Geboten, das dir entfallen zu sein scheint."

Mit ungespielter Entrüstung erwiderte Victor pikiert: „Nie und nimmer. Was soll diese Anspielung?! Ein umsichtiger Diener muss schließlich darauf achten, dass das, was sein Herr trinkt oder isst, weder verdorben noch minderwertig oder sogar vergiftet ist. – Und vom Anschauen allein findet er das natürlich nicht heraus." Er setzte eine mitleiderregende Miene auf.

Paolo lachte schallend los.

Der Weinhändler tätschelte Victors tonnenförmigen Bauch. „Du Armer! Man sieht dir die Sorge um Carusons Wohlergehen regelrecht an."

„Ich mag mich über meine aufreibenden Pflichten nicht ernstlich beklagen", erwiderte der Dicke mit einem Seufzer, „aber der Grund meines Kommens ist keinesfalls, mit euch nur über meine verantwortungsvolle Tätigkeit in der französischen Gesandtschaft zu schwätzen. Ich habe einen Auftrag: Caruson schickt mich, weil er nicht zwanzig, sondern dreißig Flaschen von deinem neuen Bordeaux haben will."

„Wie, zum Teufel, hat er denn so schnell davon erfahren?", fragte der Weinhändler verblüfft. „Die ‚Seeschwalbe' ist doch erst gelandet, nachdem mein Sohn ihm den Zypern-Wein schon gebracht hatte."

Paolo schnippte mit Daumen und Zeigefinger. „Ah, natürlich! Sein Bruder ist ja mit dem gleichen Schiff gekommen."

„Genau so ist es", sagte Victor. „Allerdings will der Konsul die Flaschen nicht in die Gesandtschaft geschafft haben. Ihr sollt sie noch vor Sonnenuntergang im Dorf Lija bei Fra Bosredon anliefern."

„Das ist völlig unmöglich", warf Paolo ein. „Bis ich mit meiner Tour durch Valletta und Floriana fertig bin, ist es Nachmittag."

„Dann verschieb sie doch einfach auf morgen. Schaut mal, hier!" Victor Sammut hielt ein Ledersäckchen hoch und schüttelte es.

Das Geräusch aneinanderschlagender Münzen ließ Francesco Camilleri schnell nachdenken. „Bedeutet das, Caruson zahlt im Voraus?"

Victor nickte.

Der Weinhändler und sein Sohn sahen sich an.

Dann sagte Paolo: „Wenn ich gleich aufbrechen würde, könnte ich es schaffen, noch bei Sonnenuntergang wieder zurück zu sein, Vater. Mit einem Eselskarren voller Flaschen auf dieser Holperstrecke zu fahren, ohne dass etwas zu Bruch gehen soll, dauert zwei, wenn nicht drei Stunden. Und bei Dunkelheit", fügte er hinzu, „ist die Straße nach Lija mit einem leeren Wagen auch kein so rechtes Vergnügen. – Aber warum will Caruson den Wein denn ausgerechnet dorthin gebracht haben? Und bei wem im Dorf soll ich ihn abgeben?"

„Sagte ich euch doch eben. Bei Fra Bosredon. Als Caruson vorhin mit seinem Bruder nach Lija losgeritten ist, hat er mir aufgetragen, euch auszurichten, die Flaschen zum Landsitz von Fra Bosredon de Ransijat, dem Ordensschatzmeister, zu schaffen. Mehr weiß ich auch nicht." Victor zuckte mit den Achseln. „Vermutlich findet dort wieder mal so ein Besäufnis dieser hohen Herren statt. Letzte Woche gab's eins beim Hafenkommandanten, und die Woche davor haben sie bei Baron Giovanni Galea in Mdina gebechert."

„Aber dass wir den Auftrag hurtig ausführen, daran hat Caruson nicht gezweifelt, oder?", fragte der Weinhändler schmunzelnd.

Victor Sammut ließ die Münzen in dem Ledersäckchen klingeln. „Mein Herr ist eben ein vorzüglicher Menschenkenner, Franco!"

„Mit Einschränkung, würde ich behaupten, wie man an der nicht gerade glücklichen Wahl seines Hausbesorgers sieht", konterte der Weinhändler und deutete auf Victors eindrucksvollen Schmerbauch.

Victor Sammut zog es vor, diese Bemerkung nicht zur Kenntnis zu nehmen.

Dann nannte Francesco Camilleri den Preis für den Wein, holte Papier, Tinte und Feder und machte sich ans Schreiben der Rechnung, während Carusons Hausbesorger den geforderten Betrag säuberlich in neuen, blitzenden Silbermünzen und alten Kupferstücken auf der Tischplatte aneinanderreihte.

Die 15-Tari-Stücke waren frischer Prägung; auf ihnen glänzte das Konterfei von Großmeister de Rohan-Polduc. Die Kupfer-Cinquini und Carlini mit dem Bild von de Rohans verhasstem Vorgänger, des Tyrannen Ximenes de Texada, der sogar Steuer auf Brot erhoben hatte, waren hingegen abgegriffen, und auf jeder zweiten Münze war Großmeister Ximenes' Kopf durch einen Kratzer unkenntlich gemacht.

Francesco Camilleri stieß plötzlich einen Fluch aus. Zwar konnte er lesen und schreiben, aber immer wenn er sich in Schönschrift versuchte, wollte es nicht so recht gelingen.

„Ach, Paolo, mach du das besser!", knurrte er gereizt, denn wieder hatte er zu stark aufgedrückt und Tinte über das Papier verspritzt. Er erhob sich. „Ich fang unterdessen schon mal an, die Flaschenkisten zu holen und sie mit Stroh auszupolstern."

Victor schaute sehnsüchtig zu den Fassreihen an der Kellerwand.

Der Weinhändler verstand und füllte dem Überbringer des guten Auftrags schmunzelnd eine Flasche vom Zypern-Wein ab. „Damit tue ich eine Menge für dein Seelenheil, mein Lieber. Heute gibt es keine Ausrede für dich, das heilige Gebot, was anderer Leute Eigentum betrifft, zu übertreten."

Francesco Camilleris Predigt fruchtete erwartungsgemäß wenig.

Mit dem Hinweis auf die herrschende Sommerhitze bemerkte Victor nur ernst, dass um diese Jahreszeit viele der Speisen – besonders Kaninchenragout in sahniger Soße – leider, leider sehr schnell verderben würden, und er beschrieb daraufhin genüsslich, wie er die Überbleibsel von Carusons gestriger Tafel vor diesem Schicksal zu bewahren gedachte.

Paolo hatte die Schreibarbeit im Handumdrehen erledigt, trocknete die Tinte mit Löschpapier und händigte dem Dicken den Beleg aus. Dun Salvatore, sein Onkel, war ihm ein strenger, aber auch erfolgreicher Lehrer in Gozo gewesen. Lesen und Schreiben und sogar die Grundzüge der lateinischen Grammatik hatte der Priester seinem Neffen eingebläut.

Victor Sammut, bereits in Vorfreude auf sein herrschaftliches Abendessen, verließ ein Liedchen summend den Weinkeller.

6. Kapitel

Eine illustre Tafelgesellschaft

Paolo legte drei Lagen dicker Binsenmatten als Hitzeschutz auf die Weinkisten in den hochbordigen, zweirädrigen Eselskarren. Er selbst hatte sich einen ausladenden Strohhut aufgesetzt, wie ihn die Bauern in Gozo während der Feldarbeit im Sommer trugen. Auch der Esel hatte einen ähnlichen Hut. In die Krempe waren zwei Löcher für die Ohren geschnitten.

Bevor Paolo sich auf den Weg machte, bat er den Vater noch, seinem Freund Antonio zu bestellen, dass er am Abend im „Schwertfisch" zu ihm stoßen würde.

„Hier, nimm das mit für unterwegs!", sagte Francesco und gab ihm eine große, fettglänzende Papiertüte. „Die Mutter hat dir als Wegzehrung extra noch ein paar *Pastizzi* gebacken."

Knusprige, mit Ricottakäse und Kichererbsenpürree gefüllte Blätterteigpasteten waren Paolos erklärte Lieblingsspeise.

Der Esel, der den Karren zog, stellte eine seltene Ausnahme unter seinen störrischen Artgenossen dar. Er parierte fast wie ein gut dressiertes Pferd, und wenn er sich doch hin und wieder ein klein wenig unwillig zeigte, so wirkten ein Brocken Gemüseabfall oder ein Stück alter Brotkruste wahre Wunder. Paolo hatte es nicht vergessen, das Leinensäckchen mit den entsprechenden Überzeugungshilfen an die Karrenwand zu binden. Ein mit Wasser gefüllter Lederschlauch für den Esel befand sich ebenfalls zwischen den Weinkisten.

Ein ausgehöhlter Flaschenkürbis mit einem Korkstöpsel am Gürtel von Paolo enthielt dessen Trinkwasservorrat für den Weg nach Lija.

Paolo Camilleri trug eine graue, wadenlange Baumwollhose, ein weites Hemd aus demselben einfachen Material und als Fußbekleidung derbe Bastsandalen. Im Gürtel neben der Befestigungskordel des Flaschenkürbisses steckte in einer verbeulten Blechscheide ein kurzes Messer.

Auf den Staßen Vallettas herrschte Mittagsruhe. Nur ein paar Kinder spielten unbeeindruckt von der brennenden Sonne zwischen den Johannisbrotbäumen am Rande des Palastplatzes ein Fangspiel. Auch in der Vorstadt Floriana sah Paolo nur wenige Menschen. Selbst die Bettler, an denen er vorbeikam, machten sich nicht die Mühe, ihn um ein Almosen zu bitten.

Vor dem Stadttor von Floriana, der Porte des Bombes, überholten ihn zwei Reiter auf prächtigen Rappen. Die Sättel und das Zaumzeug der Pferde waren aus weinrotem Leder mit massivem Silberbeschlag.

Im Nu waren sie an ihm vorbeigeprescht.

Wer die Männer gewesen waren, hatte Paolo nicht erkennen können. Sie hatten sich in weite, leichte Staubmäntel gehüllt, die das achtspitzige Kreuz der Johanniterritter zierte, und hatten ihre Mantelkapuzen als Sonnenschutz bis tief in die Stirn über den Kopf gestreift. – Aber wer solche edlen Pferde mit rotem Sattelgeschirr sein Eigen nannte, das wusste Paolo: Matthias Poussielgue, der Hafenkommandant, war ein stadtbekannter Pferdenarr, der, wie es hieß, seine Lieblingsreittiere mit eigens dafür aus Frankreich eingeführtem Getreide füttern ließ.

Ansonsten begegnete Poalo bis zu den ersten Häusern des Dorfes Birkirkara abgesehen von einem Ziegenhirten niemandem.

Die Straße nach Lija war, wie er sie in Erinnerung hatte: Streckenweise schien sie nur aus knietiefen Löchern oder holprigem Belag zu bestehen, manchmal glich sie einem Geröllfeld.

Paolo rastete kurz unter einem Zitronenbaum am Straßenrand, dem einzigen Schattenspender weit und breit. Eine Kirchenglocke von Birkirkara schlug die dritte Stunde an.

Er tränkte den Esel, ließ sich dann die Hälfte der Pastizzi schmecken und hielt ein kurzes Nickerchen.

Er war trotz des erbärmlichen Straßenzustands recht schnell gelaufen, und der Esel hatte die ganze Zeit über gefügig mit ihm Schritt gehalten, ohne sonderlich aufzubegehren, was ihm die eine oder andere Belohnung aus dem Leinensack eingetragen hatte.

Eine Stunde nach der Rast in Birkirkara erreichte Paolo endlich das Dorf Lija. Er fragte eine alte Frau, die vor einem Stall ein Huhn rupfte, nach dem Anwesen von Fra Bosredon de Ransijat.

„Es ist das Haus gegenüber der Kirche", wurde ihm beschieden. „Das größte Haus am Platz", fügte die Alte ehrfürchtig hinzu. „Das mit dem Wappen aus Stein über dem Eingang in der Grundstücksmauer. Du kannst es nicht verfehlen."

*

Paolo lenkte den Eselskarren durch das offen stehende Mauertor auf das Anwesen des Ordensritters. Die kastenförmige, trutzige Villa des Ordensschatzmeisters, zu der ein kurzer, mit kunstvoll gestutzen Büschen gesäumter Weg führte, war das einzige Gebäude im Dorf, das ein Obergeschoss mit farbigen Glasfenstern und einem Balkon besaß. Ein großes Banner in den Farben des Ordens wehte vom Dachfirst. Rechts und links der Villa befanden sich ausgedehnte Stallungen und verschiedene Wirtschaftsgebäude.

Kaum war der Eselskarren vor der Haustür zum Stehen gekommen, wurde diese auch schon geöffnet.

„Willkommen, mein Junge, du bringst bestimmt den Wein." Ein kräftiger Mann im Alter von Paolos Vater mit Lachfältchen um die Augen schloss die Tür hinter sich und kam auf ihn zu. „Ich bin Raimondo Debono und der Verwalter hier, aber alle nennen mich nur is-Surgent, den Sergeanten, weil ich auch die Milizreiter vom Dorf befehlige. – Fahr mit deinem Karren hinter das Haus, dort befindet sich der Kellereingang. Ich helfe dir dann beim Abladen."

In diesem Moment kam Jean André Caruson um die Ecke. „Na, das nenne ich aber pünktlich. – Ist dir auch keine der Flaschen zerbrochen?"

„Ich denke nicht, mein Herr. Der Weg hierher ist zwar in einem erbärmlichen Zustand, aber ich war sehr umsichtig."

Der französische Gesandte hob die Binsenmatten an und öffnete eine der Kisten. Als er die in Stroh gebetteten Flaschen sah, nickte er anerkennend und befühlte eine Flasche. „Sehr gut! Allzu überhitzt sind sie wegen der guten Abdeckung auch nicht. Schafft sie in den Keller, und dann gib dem jungen Mann etwas zu trinken und zu essen, Sergeant!"

„Wird sofort erledigt", sagte der Verwalter und verschwand hinter dem Haus.

„Danke, Herr", sagte Paolo.

Nachdem die Weinkisten ausgeladen waren, spannte Paolo den Esel aus und führte ihn zu der Tränke vor den Ställen. In einem wieherten Pferde. Er schlang die Saumleine um einen Pfosten neben der Stalltür und spähte neugierig hinein.

Neben zwei wohlgestriegelten braunen Stuten und einem Apfelschimmel standen die beiden edlen Rappen des Hafenkommandanten.

„Prachtvolle Tiere, nicht wahr?" Der Sergeant war hinter ihn getreten, ohne dass Paolo es bemerkt hatte.

„Sie gehören dem Hafenkommandanten, wenn ich mich nicht irre."

„Stimmt, aber woher weißt du das?"

Paolo zeigte auf die kostbaren roten Ledersättel auf einem Gestell vor den Pferdeboxen.

„Gut beobachtet, mein Junge. – Ja, die Rappen gehören ihm. Er und sein Cousin sind am frühen Nachmittag hier eingetroffen. Mein Herr gibt nämlich heute Abend wieder mal ein Festessen. Es werden noch mehr erlauchte Gäste erwartet. – Jetzt aber schnell ab in die Küche mit dir, bevor Fra Bosredon mit den anderen Gästen kommt. Meine Frau kocht für die Herrschaften, und es wird sich bestimmt etwas Gutes für dich finden, damit du dich nicht mit leerem Magen auf den Heimweg machen musst."

In der Küche nahm Paolo seinen Strohhut ab, setzte sich auf einen Schemel und bekam von der freundlichen Frau des Sergeanten einen großen Teller Gemüsesuppe mit reichlich Fleischeinlage vorgesetzt. „Lass es dir schmecken, junger Mann!"

Während er schweigend aß, zerteilte sie eine Reihe von abgezogenen Kaninchen, briet sie scharf mit Knoblauch und Oliven an, fügte diverse frische Kräuter hinzu und übergoss alles mit Rotwein.

„Hmm, das gibt bestimmt eine *Torta tal-Fenek*", bemerkte Paolo.

„Fra Bosredon und ich haben die Kaninchen gestern geschossen." Stolz ergänzte der Sergeant: „Ich vier und er drei."

Die Frau bereitete die Kaninchenpastete wie Leonora, die Haushälterin von seinem Onkel Dun Salvatore: Bevor sie einen Deckel auf die fast wagenradgroße Eisenpfanne legte, schürte sie das Feuer, verrührte noch eine Handvoll groben, braunen Zucker in der köchelnden Speise und gab fünf Lorbeerblätter hinzu.

„Ich bin in Gozo geboren", sagte Paolo und wischte seinen Teller sorgfältig mit einem Stück Brotkruste sauber. „Dort würzt man eine Torta tal-Fenek genauso, wie du es eben gemacht hast."

„Wirklich? Freut mich, dass es dir geschmeckt hat", sagte die Köchin. „Sieh an, aus Gozo kommst du also! Meine jüngere Schwester hat vor drei Jahren nach Nadur geheiratet. Die Art, die Torta tal-Fenek so zu machen, habe ich von ihr gelernt. Der Sergeant und ich", Paolo nahm amüsiert zur

Kenntnis, dass Raimondo Debono nicht übertrieben hatte, als er sagte, jeder würde ihn nur mit seinem Spitznamen ansprechen, „wir besuchen sie immer Ende Juni zur Festa von Sankt Peter und Paul."

„Schade, dann kann ich sie nicht kennen. Ich stamme zwar auch aus Nadur, war aber seit ein paar Jahren nicht mehr dort."

„Sie heißt Maria und ist mit Matteo, dem Bäcker, verheiratet", sagte die Frau des Sergeanten.

Paolo lachte schallend. „Na, wenn das kein Zufall ist! Matteos Schwester ist die Haushälterin von meinem Onkel Dun Salvatore."

„Dun Salvatore!", riefen Carmena und Raimondo Debono wie aus einem Munde. „Der kleine Priester mit der gewaltigen Stimme ist dein Onkel?"

Paolo nickte.

Die Frau des Sergeanten ging zum Herd, fischte eine Kaninchenkeule aus der Pfanne und legte sie auf Paolos Teller. „Die müsste eigentlich schon gar sein. Hier, mein Junge, iss!"

„Und was ist mit mir?", protestierte der Verwalter mit gespielter Entrüstung.

„Du wirst schon nicht verhungern, Sergeant. Nach der Torta tal-Fenek speisen die Herrschaften gebratenen Kapaun und Lammfilet. Da fällt noch mehr als genug für dich ab."

Paolo knabberte an der Kaninchenkeule. „Köstlich", lobte er. „Es schmeckt mir bei dir wirklich so gut wie bei meinem Onkel."

Der Sergeant spitzte die Ohren. „Ich glaube, der Herr ist soeben gekommen." Er erhob sich. „Ich schaue mal nach."

„Danke für das Essen", sagte Paolo zu Carmena Debono. „Ich muss mich jetzt auch langsam auf den Rückweg machen."

Er stülpte seinen Strohhut auf und folgte dem Sergeant in den Hof.

Die drei Begleiter von Fra Bosredon de Ransijat waren für Paolo keine Unbekannten.

Sowohl Baron Giovanni Galea, der ein wichtiges Amt an der Getreidebörse innehatte, als auch der Ordendschefingenieur Antoine Étienne Toussard sowie der reiche französische Tuchhändler Robert Legrande aus Floriana kauften häufig in der Camilleri'schen Weinhandlung ein.

Der Sergeant half ihnen beim Absteigen.

Dass der Hafenmeister und sein Cousin, die Carusons und der Chefingenieur Toussard Gäste des Schatzamtssekretärs waren, verwunderte Paolo nicht weiter. Dass Baron Giovanni Galea mit ihnen zu Tisch geladen war, schon eher, denn die Galeas waren ein einheimisches Adelsgeschlecht. Wie alle ihre Standesgenossen waren sie vieler Privilegien verlustig gegangen, als die Johanniter dereinst vom spanischen Thron mit den Maltesischen Inseln belehnt worden waren. Seitdem hielten sich die Testaferratas, Sciberras und die Parisinis, wie die berühmteren der alten Adelsgeschlechter Maltas hießen, für sich.

Sie lebten fast alle in der ehemaligen Inselhauptstadt Mdina in ihren abweisenden Palästen und verkehrten außer zu unumgänglichen öffentlichen Anlässen, etwa der Thronbesteigung eines neuen Großmeisters oder einer Festa, so gut wie nie mit den Ordensrittern. Besonders die Galeas waren eigentlich dafür bekannt, dass sie den gesellschaftlichen Verkehr mit den Johannitern nach Möglichkeit mieden.

‚Was mag Baron Galea veranlasst haben, eine Einladung Fra Bosredons anzunehmen?‘, grübelte Paolo. Aber dann erinnerte er sich an die Unterhaltung zwischen seinem Vater und Kaptan Sultana, als der den Zypern-Wein aus Algier gebracht hatte.

„Neben mir im Hafen lagen gleich zwei große Schiffe, die von den Testaferratas finanziert waren. – Glaub mir, Francesco. Die alten Familien haben zwar politisch nicht viel zu sagen, aber viele von ihnen sind noch immer sehr wohlhabend."

Und der Vater hatte darauf erwidert: „Reichtum bedeutet nicht alles. Wer Geld besitzt, will irgendwann auch einmal mitbestimmen dürfen. Der Orden verwehrt das seit jeher unserer Nobilità. Das schafft gefährliche Spannungen."

Paolo schirrte den Esel vor den Karren.

Die Zusammensetzung der illustren Gesellschaft in Fra Bosredons Villa irritierte Paolo noch immer zutiefst. Fragen über Fragen schossen ihm durch den Kopf. ‚Verschuldet sind die Ritter ja fast alle', überlegte er und dachte an Fra Ferdinand von Hompesch und den Großmeister de Rohan. ‚Vielleicht will der Schatzamtssekretär von Baron Galea Geld borgen? Aber warum war dann auch ausgerechnet der französische Konsul geladen, oder der Hafenmeister, der war doch zumindest immens reich?'

Paolo wurde in seinen fruchtlosen Überlegungen von Raimondo Debono unterbrochen. Der Sergeant hatte die Pferde der Ankömmlinge zu den anderen in den Stall geführt und kam, um ihn zu verabschieden.

7. KAPITEL

Diverse Kurzweil im „Schwertfisch"

Die verwinkelte Taverne der Fischmakler „Zum Schwertfisch" unterhalb der Sankt Barbara Bastion am Großen Hafen war der bevorzugte Treffpunkt der in Valletta lebenden Gozitaner. Hier kehrte auch überwiegend das Schiffsvolk ein, das jeden Tag die Hauptstadt mit Lebensmitteln aus Maltas kleinerer Schwesterninsel belieferte.

Marcello Mifsud, der Wirt, ein gebürtiger *Naduri* wie Paolo, hatte selbst jahrelang mit seiner Speronara del Gozzo die Strecke Valletta-Mġarr bedient. Jeder, der eine Passage zum Hafen von Gozo wollte oder eine Fracht zu transportieren hatte, wandte sich zuerst an ihn, weil er auch als der inoffizielle Organisator für die Gozo-Fährleute fungierte. Gab es Streit wegen der Ladung oder der Frachtrate, war er ihr anerkannter Schiedsmann. Marcello Mifsuds Wort war Gesetz, denn er war der Erfahrenste unter ihnen.

*

Als Paolo eintrat, war kaum ein Platz in der Wirtsstube unbesetzt. An mehreren Tischen wurde Karten gespielt, eine Gruppe Fischer stritt sich wortgewaltig über die besten Fanggründe von Makrelen und Zackenbarschen, während die Makler in einer Raumecke die Köpfe zusammensteckten.

Der Wirt bedeutete Paolo mit einer Kopfbewegung, dass sein Freund Antonio in der Nische saß, die man vom Gastraum aus nicht einsehen konnte und deren schmale Fenster auf den Großen Hafen hinter der Uferstraße gingen.

Vertieft in ein angeregtes Gespräch saß Antonio Abela mit den Brüdern Maurizio und Tarcisio Debrincat zusammen. Sie hatten alle bereits dem herben, dunklen Gozo-Wein, den Marcello ausschließlich ausschenkte, kräftig zugesprochen, wie Paolo bemerkte, als er zu ihnen trat. Er zählte drei geleerte und eine halb volle Flasche. Augenblicklich wurde er lautstark und überschwänglich eingeladen, Platz zu nehmen.

Der jüngere der Brüder, Maurizio, füllte sogleich einen Tonbecher und stellte ihn auffordernd vor Paolo. Dann schwang er eine Flasche und rief: „He, Marcello, bring uns geschwind noch zwei Flaschen davon!"

„Du warst schon eine halbe Stunde weg, als ich bei euch aufgetaucht bin", begrüßte Antonio seinen Freund. „Fast wäre ich dir noch nachgelaufen, aber ich wusste nicht, welche Straße du genommen hattest. – Die durch Birkirkara oder die weiter südlich am Wignacourt Aquädukt entlang?"

„Die durch Birkirkara", sagte Paolo und prostete allen zu. „Ich habe ganz schön geschwitzt, kann ich euch sagen."

„Das will ich dir gerne glauben", polterte Tarcisio Debrincat. „Wir sitzen seit dem Nachmittag hier. Allein vom Becherheben ist uns schon der Schweiß in Strömen ausgebrochen."

Die Lachsalve, die die Brüder daraufhin schüttelte, brachte die Dielenbretter unter ihnen zum Ächzen. Maurizio und Tarcisio Debrincat hatten tonnenförmige Brustkästen, Pranken wie Getreideschaufeln und Unterarme, kaum weniger dick als der Mast ihrer Speronara „Dolfin". Von den Gebrüdern war verbürgt, dass sie einmal einen wild gewordenen Stier mit Faustschlägen zur Räson gebracht hatten.

Es fiel Paolo schwer, sich vorzustellen, dass die beiden Kolosse einmal Messdiener bei seinem Onkel gewesen waren und andächtig Weihrauchgefäße geschwenkt hatten.

„Fährst du morgen mit ihnen nach Mġarr?", wandte er sich an Antonio.

„Ja. Wir legen bei Sonnenaufgang ab. Meine Sachen von der ‚Seeschwalbe' habe ich schon auf die ‚Dolfin' gebracht."

„Wie lange bleibst du in Mġarr? Mein Vater erzählte mir eben, dass die ‚Seeschwalbe' in zwei Wochen eine Ladung Baumwolle für Marseille hat."

„Lange."

Paolo sah den Freund erstaunt an. „Heißt das, du heuerst bei Kaptan Sultana ab?"

„Ja."

„Hast du einen anderen Skipper gefunden, der dir mehr bezahlt?"

„Nein. Agostino Sultana war mir ein guter Kapitän. Ich bin gerne unter ihm gefahren."

„Ich verstehe nicht ...", sagte Paolo.

Er wurde vom Wirt unterbrochen, der die neuen Flaschen auf den Tisch stellte. „Dann will ich es dir erklären. Antonio ist seinem Vater ein guter Sohn, wie es sich gehört."

„He!", protestierte Paolo. „Soll das etwa eine Anspielung sein?"

Marcello Mifsud knuffte ihm in die Seite und lachte. „Unsinn, mein Junge, ich weiß doch, dass du kein Faulpelz bist. Nein, dein Freund will von nun an seinem Vater zur Hand gehen."

„Der alte Melchior ist in den letzten Monaten wirklich recht klapperig geworden, was er natürlich nicht zugibt", schaltete sich Maurizio ein, und sein Bruder hieb Antonio – freundschaftlich – auf die Schulter, dass er fast vom Hocker gefegt wurde. „Und deshalb wird er ab jetzt immer gemeinsam mit dem Alten auf Fischfang gehen."

Antonio setzte sich wieder gerade hin, schob den Hocker aus der Reichweite von Tarcisios Arm und nickte. „So ist es, Paolo. Ich habe ein wenig Geld angespart, das ich dazu verwenden kann, Vaters Schiff auf Vordermann zu bringen. Vielleicht kaufe ich auch ein größeres."

Plötzlich wurde es im Gastraum nebenan sehr laut. Eine Gruppe von Lastträgern hatte die Taverne betreten.

„Die haben heute Getreideschiffe aus Sizilien entladen und wollen feiern", sagte der Wirt. „Jetzt wird's hier richtig gemütlich."

Die Lastträger hatten anscheinend das Ende ihrer Arbeit bereits kräftig begossen. Drei der Männer, die am Nebentisch in der Nische Platz nahmen, schwankten bedrohlich.

„Wein!", schrie der eine.

„Bring gleich drei Flaschen", lallte der zweite.

„Aber schnell, Wirt, wir verdursten", forderte der dritte und rülpste.

Maurizio Debrincat grinste breit. „Ihr scheint ja mächtig geschuftet zu haben, Leute."

„Geschuftet?", krächzte der erste der Männer, der sich dicht neben ihn gesetzt hatte. „Jeder Galeerensklave hat es besser als wir. Zehn Stunden ohne Pause haben wir Säcke geschleppt. Selbst in der Mittagshitze."

„Immerhin", lallte der zweite, „gab's dafür ein paar Cinquini extra."

„Und die versaufen wir jetzt restlos", gröhlte der dritte.

„Pah!", sagte der erste. „Für ein paar lumpige Kupferstücke lassen wir uns wie Vieh behandeln."

Marcello brachte Wein und Becher.

Maurizio hob seinen. „Na, dann: Sahha!"

Die Männer machten sich nicht die Mühe, die Becher zu benutzen. „Sahha!", brüllten sie und setzten die Flaschen an die Kehle.

Während die Debrincat-Brüder, Paolo und Antonio ihre Unterhaltung auch nicht gerade leise fortsetzten, kippten die Lastträger den Wein stumm in sich hinein. Sie leerten die Flaschen im Nu und verlangten sogleich nach mehr.

„Ist das euer Ernst? Ihr seid doch schon randvoll", gab Marcello zu bedenken.

„Quatsch!", fauchte der erste. „Wir legen ja erst gerade richtig los!"

Marcello zuckte mit den Achseln und kam mit den Flaschen an ihren Tisch zurück. „Aber kotzt mir nachher bloß nicht die Bude voll! Und am besten zahlt ihr mir auch gleich."

„Du misstraust uns wohl", knurrte der zweite und warf ein paar Münzen auf den Tisch.

„Das nicht unbedingt", sagte der Wirt und nahm sich, was ihm zustand. „Aber oft lässt einen das Gedächtnis im Stich, wenn's nach dem Bechern ans Bezahlen geht. – So, ihr schuldet mir jetzt nichts mehr." Er wandte sich an die andere Tischrunde. „Wollt ihr noch was?"

„Später bestimmt, aber vorerst reicht's", sagte Maurizio Debrincat.

Marcello verließ die Nische, nicht ohne die Lastträger dabei argwöhnisch aus den Augenwinkeln zu mustern.

„Pah", grummelte der erste mit schwerer Zunge, als der Wirt weg war und es nicht mehr hören konnte. „Pfaffen, Steuereintreiber, Kneipenwirte – alle wollen nur unser Geld."

Der Mann hatte einen Grad der Trunkenheit erreicht, der seinen Verstand ausgeschaltet zu haben schien, denn er starrte Maurizio Debrincat mit rollenden Augen an und geiferte: „Ihr Fährleute seid auch nicht viel besser."

„Stimmt", lallte der zweite Lastträger. „Ihr seid fein raus. Wer rüber nach Gozo will, muss löhnen, was ihr fordert, oder es sein lassen."

Die Debrincat-Brüder lachten schallend.

„Wer für die Passage nicht bezahlen mag, kann ja schwimmen", sagte Maurizio und schlug sich auf die Schenkel, dass die Dielen wieder erbebten.

Der erste Lastträger kniff die Augen zusammen und zischte Maurizio an: „Ich sag dir nur, irgendwann werden sie alle baumeln wie in Frankreich, diese Blutsauger, die Ritter, die Steuereintreiber und die Pfaffen – alle!"

Die Brüder wollten sich nicht einkriegen vor Lachen. „Du hast uns vergessen, du Suffkopf."

Antonio fuhr herum. „Halt jetzt besser dein Maul! Weißt du nicht, wen du vor dir hast?"

Der Mann ignorierte die Warnung, stemmte sich hoch und baute sich schwankend vor Maurizio auf. Seine Tischkumpane versagten bei der Anstrengung, sich ebenfalls zu erheben und rutschten auf ihre Schemel zurück.

„Ritter, Steuereintreiber und Pfaffen: aufknüpfen, sage ich!"

Der Lastträger war alles andere als schmächtig, aber die Debrincat-Brüder sahen ihn nur mitleidig an. Sie waren bedächtige Leute, die sich von nichts und niemandem so schnell aus der Ruhe bringen ließen, nicht einmal von wild gewordenen Stieren – geschweige denn von besoffenen Krakelern.

„Setz dich wieder hin, sauf und lass uns in Frieden", sagte Tarcisio Debrincat ruhig.

„Ja", sagte auch sein Bruder. „Hock dich wieder zu deinen Kumpanen und halt die Schnauze. Wenn du nämlich weiter solche Sprüche rumtönst, könnte es böse für dich enden."

Volltrunken wie er war, steigerte sich der Mann weiter in Rage und geiferte: „Besonders die Pfaffen – baumeln sollen sie!"

Maurizio Debrincat musterte ihn wie eine lästige Fliege. „Jetzt reicht's. Was ich über Steuereintreiber denke, sage ich laut. Über die Johannesritter, nun ja, sie sind unsere Herren, und ich denke mir auch meinen Teil. Aber was hast du gegen die Priester?"

Der Lastträger war nicht mehr zu bremsen. „Blutsauger sind sie – alle!"

„Du redest wirr, mein Freund", sagte Tarcisio und gähnte. Der Schreihals ging ihm langsam auf die Nerven. „Unser Dun Salvatore jedenfalls ist das Gegenteil von dem, was immer du unter einem ‚Blutsauger' verstehst. – Und jetzt verpiss dich endlich."

Der Lastträger ballte die Fäuste. Antonio und Paolo hielten sich sprungbereit. Tarcisio Debrincat gähnte nur erneut. „Bist du taub? Verpiss dich!"

Und nun ritt den Mann der Teufel. Er torkelte einen Schritt dichter auf Maurizio zu und fuhr sich mit dem Zeigefinger über die Kehle, eine Geste, die auch Paolos Bekannter auf dem Palastvorplatz gemacht hatte. Dann tippte er mit dem Finger gegen Maurizios Brust. „Deinen Dun Salvatore, den werde ich sogar eigenhändig aufknüpfen, wenn ...!"

Maurizio Debrincat machte sich nicht die Mühe aufzustehen oder die Faust zu ballen. Er versetzte ihm ansatzlos eine schallende Ohrfeige, die ihn aus der Nische direkt vor die Füße der anderen Lastträger in die Schankstube beförderte. Augenblicklich brach ein Tumult aus. Die Männer kamen in die Nische gestürmt. Zwei, drei Messerklingen blitzten auf.

Antonio hatte einen Schemel gepackt, Paolo drückte schnell die beiden Saufkumpanen des Geschlagenen, die Anstalten machten, ihrem Mitzecher zur Hilfe zu kommen, mit dem Tisch gegen die Nischenwand.

Maurizio und Tarcisio Debrincat machten nichts. Sie blieben einfach nur reglos sitzen und musterten die hereinstürmenden Männer von oben bis unten mit versteinerter Miene.

Der Anführer der Gruppe blieb abrupt stehen. „Halt, Leute!", brüllte er und breitete die Arme aus, um die Nachdrängenden zu stoppen.

Die Aufgehaltenen verstummten, nur einer flüsterte: „Verdammte Scheiße, Maurizio und Tarcisio!"

Die Debrincat-Brüder grinsten und Maurizio sagte: „Na, Michael, auch eine Maulschelle gefällig?"

Der Angesprochene schüttelte hastig den Kopf und stotterte: „Ich wusste nicht, dass ihr ..."

„Jetzt weißt du es. – Wer sind die drei?" Er zeigte mit dem Finger auf den Schankraum und die eingeklemmten Kumpane des Lastträgers. „Ich hab sie im Hafen noch nie gesehen."

„Sie sind aus Marsaxlokk und neu hier. Was war denn los?"

Tarcisio Debrincat bleckte die Zähne und zischte: „Frag sie selber, wenn sie wieder nüchtern sind."

„Ist ja schon gut, Tarcisio", stammelte der Mann. Sein Vorschlag, doch besser die Schenke zu wechseln, wurde ohne großen Widerspruch angenommen, denn hinter den Lastträgern war Marcello mit seinen beiden Söhnen aufgetaucht. Alle hatte einen Knüppel in der Hand.

Antonio stellte den Schemel wieder ab. Paolo zog den Tisch zurück. Die Saufkumpane des Großmauls glitten an der Nischenwand wie nasse Lappen auf die Dielen.

„Und die schafft ihr uns schleunigst auch aus den Augen", knurrte Maurizio Debrincat.

„Klar, Maurizio, machen wir", sagte Michael beflissen.

Als die Lastträger sich getrollt hatten, kam der Wirt in die Nische, um zu hören, was vorgefallen war.

Nachdem Maurizio seinen Bericht beendet hatte, schnaubte er: „Unsern Priester aufknüpfen! – Wenn ich das gewusst hätte, wäre er nicht mit deiner Maulschelle davongekommen!"

Auch Marcello Mifsud war Ministrant bei Dun Salvatore gewesen.

8. Kapitel

Der Schuldschein

Der Gesundheitszustand des Großmeisters verschlechterte sich von Tag zu Tag, und mit seinem Ableben musste stündlich gerechnet werden.

Als potenzielle Nachfolger von Fra Emmanuel de Rohan-Polduc waren bereits ein paar Namen im Gespräch: Bailli Fra Karl Abele de Loras, dessen ehemaliger Sekretär und derzeit ein Ordensmarschall, die Bailli Fra Giovanni Tommasi und Fra Toussaint de Vento-Pennes, ferner der Stellvertreter des Großmeisters Fra Vittorio Niccolo, Prior von Toulouse, und außerdem noch de Rohans Neffe Fra Camille de Rohan, Kommandeur der Kavallerie.

Am häufigsten wurde der Name Fra Freiherr Ferdinand von Hompesch genannt. Der deutsche Großbailli, den Fra Emmanuel de Rohan des Öfteren schon in der Vergangenheit als seinen Wunschnachfolger bezeichnet hatte, war der Kandidat, den sich auch die meisten Malteser an der Spitze des Ordens vom Heiligen Johannes von Jerusalem wünschten.

*

Natürlich war die Frage, wer nach Großmeister de Rohan die Geschicke des Inselreichs lenken würde, auch brennendes Gespächsthema in der Camilleri'schen Weinhandlung.

Kaptan Sultana, der einen Neffen bei der großmeisterlichen Leibwache hatte, versorgte seinen Freund Francesco beständig mit Neuigkeiten aus dem Palast.

„Er kann keinerlei feste Nahrung mehr zu sich nehmen. Und Flüssigkeit verabreichen sie ihm mit einem kleinen Löffel." Der Skipper schürzte die Lippen. „Ich hoffe auch, dass, wenn ich wieder aus Marseille zurück bin, der nächste Großmeister Hompesch heißt und wir keinen Tyrannen wie Ximenes vorgesetzt bekommen."

„Davor bewahre uns Gott", pflichtete der Weinhändler ihm bei und bekreuzigte sich. „Allerdings muss Fra Ferdinand erst einen Berg von Schulden begleichen, bevor er wählbar wird. So will es das Gesetz. – Und wie man munkelt, hat das Ordensschatzamt noch hohe Forderungen an ihn. Er soll seine Miete für die Casa Correa de Souza seit Jahren nicht bezahlt haben. – Von seinen offenen Rechnungen bei uns mag ich gar nicht reden."

Kaptan Sultana winkte nur müde ab. „Das wird sich regeln lassen. Es werden sich bestimmt schon genug geneigte Leute finden, die für ihn einspringen, weil sie seine Wahl befürworten." Er lachte. „Du zum Beispiel wärst so jemand."

„Du scherzt!" Francesco Camilleri verzog das Gesicht. „Ich wäre froh und glücklich, wenn er zunächst einmal die Rechnungen für meine Lieferungen begleichen würde! – Und den Wein für Fra Emmanuel kann ich sowieso in den Wind schreiben. Tote begleichen bekanntlich keine Schulden mehr."

„Noch lebt er ja", sagte der Skipper ohne die rechte Überzeugung, denn auf seinem Sterbelager würde der Großmeister der Johanniterritter gewisslich nicht an Lieferantenforderungen denken.

„Wie viel bekommst du denn noch?"

Der Weinhändler winkte bloß müde ab.

Ein Kutsche hielt vor der Tür, und ein Kunde stieg die Kellertreppe hinab.

Kaptan Sultana verabschiedete sich.

Der reiche Tuchhändler Legrande wollte sich für die Einladung des Schatzamtssekretärs Ransijat revanchieren und hatte alle Beteiligten an dem Festessen von Lija zu sich in seine Villa nach Floriana eingeladen.

Der Wein musste den Herren außerordentlich gemundet haben, denn Legrande kaufte bei Francesco Camilleri gleich ein kleines Fass des roten Bordeaux.

Vater und Sohn machten sich an die Arbeit. Wenig später war das Fass in Legrandes Kutsche verstaut.

*

Fra Emmanuel de Rohan-Polduc, der siebzigste Großmeister der Johanniter, starb am 13. Juli 1797 um 23.30 Uhr, nachdem er die Sterbesakramente erhalten hatte. Zweiundzwanzig Jahre hatte er auf den Maltesischen Inseln regiert.

In den letzten Jahren seiner Herrschaft waren die bedrohlichen Schatten der politischen Umwälzungen in Europa immer häufiger auf das kleine Inselreich gefallen. Die Auswirkungen der Französischen Revolution spiegelten sich in den öffentlichen Finanzen wider. Der Ritterstaat stand wegen des Verlusts seiner profitablen Ländereien in den meisten Ländern des Kontinents kurz vor dem Bankrott, denn die „Karawanen", die Kaperfahrten gegen Muselmanen, die die Johanniter über Jahrhunderte reich gemacht hatten, beschränkten sich, seit die alten Staaten Europas mit dem Osmanischen Reich Frieden geschlossen hatten, auf die nordafrikanischen Küsten und waren wenig einträglich.

Das Einspringen Russlands hatte das Finanzdrama zwar ein wenig hinausgezögert, aber das Geld des Zaren, der sich damit den Titel und Status eines „Protektors des Ordens" erhoffte – die Rechnung ging auf, Großmeister Hompesch verlieh ihn schließlich –, war auch nicht mehr als ein Tropfen auf den heißen Stein und sorgte außerdem für verschärfte Spannungen mit Frankreich, das bereits ein begehrliches Auge auf den Ritterstaat geworfen hatte. Die Französischen Republik war ganz und gar nicht davon angetan, dass Malta eine Allianz mit einem seiner entschiedensten Feinde eingegangen war.

Ihr bis dato immer siegreicher General Bonaparte begann, Pläne zu schmieden ...

*

Ein Kanonenböller vom Stadtturm Vallettas in den Morgenstunden des 14. Juli verkündete den Einwohnern das Ableben ihres Großmeisters. Kaptan Sultana hatte bereits in der

Nacht zuvor durch seinen Neffen vom Tod Fra Emmanuels erfahren und es sofort den Camilleris berichtet.

Als der Schuss fiel, waren Paolo und Francesco damit beschäftigt, Flaschen zu spülen. Das Sommerfest des Großmeisters war zwar ausgefallen, aber die Geschäfte liefen dennoch gut.

Kaum war der Böller verhallt, stürmte Maria Camilleri aufgelöst die Kellertreppe hinunter. „Franco! Paul!"

„Wir haben den Schuss auch gehört, Mutter."

„Darum geht es jetzt überhaupt nicht", sagte Maria völlig außer Atem. „Ich habe gerade die Frau von Luigi Vella auf dem Fischmarkt getroffen. Ihr Mann wird gleich hier erscheinen."

Francesco Camilleri schaute nicht sonderlich begeistert drein.

Luigi Vella war ein Leibdiener von Fra Ferdinand von Hompesch. Es war kaum zu erwarten, dass er ihm das geschuldete Geld bringen würde.

„Fra Ferdinand steht bei uns immer noch mit dreiunddreißig Scudi und zehn Tari in der Kreide", grummelte Francesco.

„Weiß ich doch, aber Luigi Vella will gleich wegen einer anderen Sache dringend mit dir sprechen."

„Ich kann mir denken, worüber, Maria. Wegen seiner Kandidatur braucht der Deutsche Geld, viel Geld, damit er dem Schatzamt seine Schulden zurückzahlen kann. – Nicht von uns!"

Maria Camilleri setzte sich an den runden Tisch unter die Gewölbeluke. „Du vermutest richtig. Luigi ist im Auftrag von Fra Ferdinand bei der Kaufmannschaft und den Bankiers in der Stadt unterwegs, um sie um Kredit anzugehen."

„Nicht von uns!", wiederholte Francesco Camilleri energisch.

„Du solltest es dir dennoch genau überlegen", sagte sie eindringlich.

„Ich wüsste keinen triftigen Grund, weshalb ich das machen sollte", antwortete der Weinhändler und widmete sich wieder dem Flaschenspülen.

„Ich aber schon, Franco. Fra Ferdinand hat die allerbesten Chancen, der nächste Ordensgroßmeister zu werden, oder bist du da anderer Meinung?" Sie schaute ihn auffordernd an.

„Ach, Maria. Man kann nie wissen, wer die Wahl tatsächlich gewinnt. Völlige Gewissheit kann es da doch nicht geben."

„Hundertprozentige Gewissheit natürlich nicht, da stimme ich dir zu. Aber hast du vergessen, was Kaptan Sultana uns gestern Nacht erzählt hat? Noch auf dem Sterbelager soll Fra Emmanuel mit seinen letzten Worten geäußert haben, dass es sein innigster Wunsch wäre, Fra Ferdinand an der Spitze des Ordens zu sehen."

„Selbst wenn das kein bloßes Gerücht wäre! Das Wahlverfahren zum Großmeister ist kompliziert und birgt viele Unwägbarkeiten. – Außerdem war noch nie ein Ritter der deutschen Zunge Ordensoberhaupt, oder liege ich da falsch?"

Maria ließ sich nicht beirren. „Es gibt ein gewichtiges Argument, alles reiflich zu überdenken und dem Deutschen vielleicht doch einen Kredit zu gewähren. Fra Ferdinand hat Luigi Vella versprochen, ihn im Fall seiner Wahl zum Palastkellermeister zu machen."

„Na und?"

Maria sah ihn triumphierend an. „Er braucht dann einen Gehilfen."

Francesco Camilleri zuckte nur mit den Achseln und spülte eine weitere Flasche.

Maria erhob sich, ging zu ihrem Mann und sagte leise: „Wenn wir Fra Ferdinand unterstützen ..."

„Maria, ich verstehe das ganze Gerede nicht", knurrte der Weinhändler unwirsch.

Paolo hatte die ganze Zeit über zugehört, ohne etwas zu sagen. Jetzt räusperte er sich vernehmlich. „Vater, ich glaube, ich verstehe ziemlich genau, was Mutter dir sagen will."

Francesco Camilleri schaute seinen Sohn erstaunt an. Maria hingegen lächelte und setzte sich wieder an den Tisch.

„Dieser Kellermeistergehilfe … könnte unter Umständen *ich* sein. Nicht wahr, Mutter, das ging dir doch eben durch den Sinn?"

Der Weinhändler setzte sich nachdenklich auf den Schemel neben seine Frau. Auch Paolo kam mit drei Gläsern an den Tisch, dann entkorkte er eine Flasche und schenkte ihnen allen ein.

Der Weinhändler stieß mit Maria und Paolo an. Dann trank er bedächtig einen Schluck, lachte und sagte: „Von deiner Mutter können wir beide noch eine ganze Menge lernen, mein Sohn. Es gibt nur ein Problem, das die Angelegenheit bestimmt um einiges verteuert: Luigi Vella ist ziemlich geldgierig."

„Es ist stadtbekannt, dass er hinter dem Geld her ist wie der Teufel hinter einer armen Seele", stimmte Maria ihrem Mann zu. „Aber ein wirkliches Problem sollte das nicht sein."

„Im Gegenteil, Mutter." Paolo grinste breit. „Seine Raffsucht ist die beste Voraussetzung dafür, dass er mich seinem Herrn als Gehilfen vorschlagen wird."

*

Luigi Vella traf den Weinhändler allein im Keller an. Francesco Camilleri goss ihm von seinem besten Bordeaux ein. „Probier den mal! Ist eine neue Lieferung aus Frankreich."

Luigi Vella trank und nickte anerkennend.

Francesco schenkte sich ebenfalls ein. „Was kann ich für dich tun, mein Freund?"

Hompeschs Diener redete nicht lange um den heißen Brei herum. Er zählte dem Weinhändler auf, wer von den Kaufleuten Vallettas bereits seinem Herrn behilflich gewesen war und zeigte einen Blankoschuldschein mit der Unterschrift Fra Ferdinands.

„Den füll ich dir auf der Stelle aus, wenn du dich auch beteiligst."

Francesco Camilleri betrachtete die leere Zeile, in die der Betrag eingefügt werden sollte. „Was glaubst du, reichen hundert Scudi?"

„Schlecht zu sagen, die anderen haben alle mehr gegeben."

„Dann schreib jetzt: zweihundert! – Nein, zweihundertfünzig", verbesserte er sich.

Luigi Vella kniff die Augen zusammen. „Das ist doch nicht dein Ernst?"

„Doch, mein voller. Sollte Fra Ferdinand Großmeister werden, wird er sich bestimmt an meine Loyalität erinnern, denn du, mein verehrter Freund, wirst mir dabei behilflich sein."

„Wie denn, um Gottes willen, soll ich das denn bloß anstellen?"

„Wenn Fra Ferdinand dich zum Palastkellermeister befördert, brauchst du einen Gehilfen, hat Maria von deiner Frau gehört."

„Richtig, Franco."

„Nimm Paolo zu deinem Gehilfen, Luigi." Der Weinhändler spielte lässig mit drei glänzenden, goldenen Münzen. „Die hier bekommst du sofort, und drei weitere, wenn du meinem Sohn die Stelle im Großmeisterpalast vermitteln kannst."

Fra Ferdinands Diener starrte wie gebannt auf die Goldstücke in Francescos Handfläche. „Nun, darüber ließe sich reden, meine ich. Aber letztlich entscheidet natürlich alleinig mein Herr, wer in seinem Haushalt eingestellt wird."

Die Finger des Weinhändlers schlossen sich fest um die Münzen.

Augenblicklich beeilte sich Luigi Vella zu versichern, dass er natürlich alle erdenklichen Anstrengungen unternehmen würde, Fra Ferdinand in der besagten Sache gewogen zu stimmen.

„Auch wenn er wider Erwarten nicht an die Ordensspitze gewählt wird, Luigi, möchte ich, dass du Paolo bei Fra Ferdinand irgendeine Anstellung beschaffst. Sind wir uns da einig?" Er öffnete die Faust.

Luigi Vella vermochte den Blick nicht abzuwenden und versicherte hastig: „Aber ja doch, vollkommen! Und wenn ich erst Palastkellermeister bin, werde ich selbstverständlich ebenfalls dafür sorgen, dass es dir an lukrativen Aufträgen nicht mangelt. Mein Wort drauf, bester Freund!"

„Auch das soll dir dann nicht zum Schaden sein, Luigi. – Warte hier einen Moment. Ich hole schnell das Geld für deinen Herrn von oben." Francesco warf ihm die Goldstücke zu.

Luigi Vella fing sie ungeschickt auf. Eines fiel zu Boden und rollte davon. Es kam nicht weit. Ging es um Gold, war Luigi flink wie ein Wiesel.

Maria Camilleri stand am Herd und briet Fisch. Paolo las die Bekanntmachung vom Tod des Großmeisters. Beide sahen Francesco erwartungsvoll an.

„Nun? Seid ihr euch handelseinig geworden?", fragte Maria.

„Das war eben eine äußerst kostspielige Angelegenheit, meine Liebe. Betet inständig dafür, dass der neue Großmeister auch wirklich Fra Ferdinand von Hompesch heißt!"

Als Francesco Camilleri in den Keller zurückkam, hatte Hompeschs Diener die Lücke im Schuldschein bereits ausgefüllt.

9. Kapitel

„Eminentester und Ehrwürdigster: Freiherr Fra Ferdinand Joseph Hermann Anton von Hompesch, Großmeister der Heiligen Religion von Jerusalem, dem Heiligen Grab unseres Herrn und des Ordens von Sankt Antonius von Wien"

Die Wahl des neuen Ordenssouveräns und *Sultans* für die Malteser fand am 17. Juli 1797 an einem Montag in der Sankt Johannes Kathedrale von Valletta statt.

Francesco Camilleri erklärte seiner Frau und seinem Sohn das umständliche Wahlverfahren.

Es wurde eröffnet, indem sich die Ritter in der Kirche zu einer feierlichen Messe versammelten. Daraufhin wählten sie für die Interimszeit einen Stellvertreter des Großmeisters und begaben sich in die Kapellen ihrer Zungen. Jede Zunge nominierte dann drei Rechts- oder Großkreuzritter, aus deren Mitte wiederum ein Triumvirat gewählt wurde, das man mit der Wahlvollmacht betraute und augenblicklich vereidigte.

Das Triumvirat, ein Ritter, ein Kaplan und ein dienender Bruder, ging in Konklave und erwählte einen vierten Wahlmann. Gemeinsam erkor man dann einen fünften. Das ging weiter, bis die Zahl der Elektoren die sechzehn erreicht hatte, zwei für jede der acht Zungen. Sie wählten den neuen Großmeister. Der sprach dann den Amtseid: „Ich schwöre vor Gott, die alt hergebrachten Gesetze unseres Ordens zu wahren und bei meinen Handlungen in allen Staatsangelegenheiten die Mitglieder des Rates zu hören, so wahr mir Gott helfe."

*

„Gebe Gott, dass sie sich für Fra Ferdinand entscheiden!", sagte der Weinhändler. Es war ein Stoßgebet, das er in den letzten Tagen häufig gesprochen hatte.

„Wir sollten jetzt zur Johannes Kirche gehen, Vater. Die Wahl muss kurz vor dem Abschluss stehen. Die Ritter sind schon seit ein paar Stunden in Klausur. Das Ergebnis müsste demnächst bekannt gegeben werden."

Als Maria, Francesco und Paolo Camilleri sich zu den Wartenden vor die Kirche des Heiligen Johannes gesellten, drang plötzlich ein feierliches Te Deum durch das geschlossene Hauptportal.

„Es ist so weit", sagte der Weinhändler, während die Kirchenglocken zu läuten begannen. „Die Ritter haben ihre Entscheidung gefällt."

Das Hauptportal schwang auf, um dem Volk Gelegenheit zu geben, gemeinsam mit den Ordensleuten eine Dankeshymne an den Allmächtigen zu intonieren und dem neuen Großmeister zu huldigen.

Den Camilleris fiel ein Stein vom Herzen.

Der Orden hatte einstimmig seinen einundsiebzigsten Großmeister gewählt: den Großbailli von Brandenburg, Fra Freiherr Ferdinand von Hompesch.

Einem altüberlieferten Brauch folgend, stellte sich Fra Ferdinand auf einem Balkon über dem Kirchenportal dem Volk vor.

Dreimal zeigte er sich und wurde von seinen Untertanen jubelnd begrüßt. Die Hochrufe schwollen frenetisch an, als der Großmeister einen Regen von kleinen Goldmünzen auf die begeisterte Menge niedergehen ließ.

Auch Maria ergatterte eine.

Während die Ordensflotte im Großen Hafen Salut schoss, befestigte man auf dem Balkon das Wappen der von Hompesch und hisste auf den Kirchtürmen die Flagge des Neuen Großmeisters. Außerdem wehte ebenfalls zum ersten Mal in der Ordensgeschichte auf den Türmen die Kirchenfahne, was die Menge erneut in tosende Hochrufe ausbrechen ließ.

Die Malteser hatten ihren Wunschkanditaten erhalten.

Kaum hatte Fra Ferdinand seine Kutsche mit dem Bischof von Malta bestiegen, spannten die jubelnden Einwohner Vallettas die Pferde aus – auch Paolo half mit – und zogen die Prunkkarosse mit ihrem neuen Sultan unter dem Beifall der die Strada San Giorgio säumenden Menge im Triumphzug zum Großmeisterplatz. Dort spielte eine Kapelle zu Ehren des neuen Ordenssouveräns, die der Großmeister augenblicklich freigebig mit Geld bedachte.

Francesco und Maria waren mit der Menge der Jubilierenden der Kutsche gefolgt.

Als Paolo wieder zu ihnen stieß, brummelte der Weinhändler erleichtert: „Heute werde ich endlich wieder ruhig schlafen können."

*

Luigi Vella tauchte schon am dritten Tag nach Fra Ferdinands Amtsübernahme in der Weinhandlung auf. Der Großmeister war am Vortag in der alten Inselhauptstadt Mdina gewesen, um, wie es die Sitte erheischte, durch einen prunkvollen Einzug die Souveränität des Ordens über die Maltesischen Inseln zu bekunden. An den Feierlichkeiten hatten alle Mitglieder des Konvents und auch Vertreter des maltesischen Adels teilgenommen, Letztere mit überwiegend verhaltenen Freudensbezeugungen.

Paolo brachte Luigi sogleich ein Glas vom besten Burgunder. „Morgen könnte vielleicht ein günstiger Tag sein, um dich Seiner Hoheit vorzustellen", sagte der neu ernannte Palastkellermeister. Er trug bereits die Livree der großmeisterlichen Diener. „Ich hatte gestern schon kurz die Gelegenheit, dich ins Gespräch zu bringen." Luigi Vella grinste den

Weinhändler an. „Hoheit hat sich offenbar sehr gut an deine Kontribution erinnert. Er fragte mich gleich, ob dieser Paolo Camilleri, für den ich mich einsetzte, mit dem Weinhändler Camilleri verwandt sei. Ich glaube, es steht sehr gut um die Sache, Franco. Eigentlich ..."

Francesco ahnte, worauf Luigi Vella aus war. „Das andere Goldstück gibt's erst, wenn Fra Ferdinand auch tatsächlich Gefallen an Paolo finden sollte und ihn zu deinem Gehilfen macht."

Luigi lachte. „Steck das Geld nicht zu tief in den Beutel, du alter Zweifler. Spätestens morgen Abend gehört es eh mir."

Er trank seinen Wein aus und wandte sich an Paolo: „Sei gleich nach Sonnenaufgang am Großmeisterpalast und frage nach mir. Es mag allerdings schon ein paar Stunden dauern, bis sich eine günstige Möglichkeit ergibt, dich ihm zu zeigen."

„Wie soll ich mich zu diesem Anlass kleiden?", fragte Paolo besorgt.

„Zieh einfach die Sachen an, die du auch an Festtagen trägst."

*

Im Großmeisterpalast trafen Glückwünsche zur Wahl Fra Ferdinands aus Deutschland, Italien, Russland, Spanien, der Schweiz, England und Portugal ein.

Papst Pius VI. schrieb aus Rom:

An Unseren geliebten Sohn
Ferdinand von Hompesch
Großmeister des Hospitals vom
Hl. Johannes von Jerusalem

Geliebter Sohn, Gesundheit und Apostolischen Segen.

Die traurige Nachricht, die Uns durch deinen Brief vom achtzehnten des letzten Monats vom Ableben Unseres geliebten Sohns, Emmanuel de Rohan, Großmeister des Ordens von Jerusalem erreichte, hat Unser väterliches Herz tief gerührt, da Wir ihn über alle Maßen geschätzt und geliebt hatten. Wir haben dafür gebetet, dass seiner Seele am Ende seines frommen Lebens die Göttliche Gnade zuteilwerden möge und Unser gnädiger Gott ihn zu sich in die Ewigkeit ruft.
Im selben Brief erfuhren Wir auch von deiner Wahl zum neuen Ordensoberen. Dass die Elektoren dich einstimmig erkoren, erfüllt uns mit tiefer Freude. Wir erkennen darin eine klare Würdigung deiner Verdienste und eine Göttliche Vorsehung, dass du in diesen schwierigen Zeiten an die Spitze des illustren Ordens gerufen wurdest. Wir zweifeln nicht daran, dass du durch unermüdliche Arbeit dieser Ehre gerecht wirst und versprechen dir, dich bei der Ausübung deines verantwortungsvollen Amts mit aller Kraft zu unterstützen. Möge Gottes Segen auf dir und deinen Werken ruhen.

Am 11. August 1797 im dreiundzwanzigsten Jahr Unseres Pontifikats

*

Vom Zarenhof erhielt Fra Ferdinand die Botschaft:

Mein Erhabener Großmeister

Die Trauer, die mich bei der Kunde vom Tod Eures Vorgängers überfiel, wurde gemildert durch die Nachricht, dass die

Elektoren des Ordens vom Heiligen Johannes Euch einstim-
mig das Amt des Großmeisters angetragen haben. Ich gratu-
liere Euch herzlichst zu Eurer Wahl und bitte Euch, mir zu
glauben, dass ich auch in Zukunft den Orden wohlwollend
und tatkräftig zu unterstützen gedenke.

Ich verbleibe deshalb
Eurer Eminenz höchst gewogener Freund

Paul

Gatcina 30. August, 1797

10. KAPITEL

Gehilfe des Kellermeisters

Luigi Vella holte Paolo am Palasttor ab. „Nach dem Frühstück hat Seine Hoheit einen Appell der Hausbediensteten
in seinem Arbeitszimmer angesetzt. Halte dich still und be-
scheiden im Hintergrund, bis ich dich aufrufe."

Der Großmeister betrat den Saal hinter der Palastküche
ein paar Minuten nach 8 Uhr mit Guiseppe Schembri, seinem Garzone di Camera, und seinem persönlichen Sekretär
für französische Angelegenheiten, Ovid Doublet, einem gebürtigen Franzosen und ehemaligen Offizier der *Cacciatori Maltesi*. Fra Ferdinand trug das dunkle Ehrenkleid der
Großmeister mit dem achtspitzigen Kreuz.

Vor den Küchenjungen, Pferdeknechten, Gärtnern und
anderen Hilfskräften hatten sich die höheren Chargen der
großmeisterlichen Domestiken aufgereiht: Guiseppe Dingli,
Erster Leibkoch Seiner Hoheit und der Mundschenk Jaco-

mo Gonzi; Giovanni Colejro, Staffiere, großmeisterlicher Steigbügelhalter; Luigi Vella, Bottigliere di Palazzo; Saverio Tortel, Scrivano della Cavallerizza – er hielt die wuchtige Kladde mit den Soldlisten der Pferdeknechte in der Hand – und Eugenio Formosa, ebenfalls Staffiere.

Paolo stand zwischen den Küchenjungen hinter Luigi Vella. Er war aufgeregt, wusste aber seine Unruhe einigermaßen zu verbergen.

Fra Ferdinand von Hompesch hielt eine kurze Ansprache auf Maltesisch, das er fehlerfrei beherrschte. Darin forderte er die Männer auf, gewissenhaft ihre Pflichten zu erfüllen, aber auch nicht zu zögern, sich bei Bedarf vertrauensvoll an ihn zu wenden. Dann befahl er seinem Garzone di Camera, an alle Silbermünzen je nach Rang zu verteilen.

Die Domestiken ließen den Großmeister mehrmals hochleben.

Luigi Vella trat einen halben Schritt vor und verbeugte sich tief.

„Was gibt es, Luigi?", fragte Fra Ferdinand.

„Hoheit, geruht bitte einen Blick auf den jungen Mann zu werfen, der mir bei meiner Arbeit zur Hand gehen soll – so Ihr ihn für geeignet befindet."

„Er soll vortreten."

Luigi drehte sich um. „Paolo!"

Paolo Camilleri verbeugte sich und stellte sich neben den Kellermeister.

„Komm ruhig näher, mein Junge", forderte ihn Fra Hompesch freundlich auf.

Paolo tat, wie ihm befohlen worden war. Drei Schritte vor dem Großmeister blieb er stehen und verneigte sich erneut tief.

„Wie heißt du?"

„Paolo Camilleri, Hoheit."

Fra Ferdinand musterte den jungen Mann eingehend.

Die Prüfung fiel offenbar zu Paolos Gunsten aus. „Und wie alt bist du?", fragte er milde.

„Neunzehn Jahre, Hoheit."

Der Großmeister winkte Saverio Tortel, den Scrivano della Cavallerizza, heran, ließ sich die schwere Kladde geben, schlug sie auf und reichte sie Paolo mit den Worten: „Lies mir daraus vor!"

„Ja, Hoheit!"

Mit anfangs stockender, aber dann sicher werdender Stimme begann Paolo, die Namen der Pferdeknechte und die Soldauflistungen vorzulesen.

„Das genügt, mein Junge", unterbrach ihn der Großmeister. „Luigi?"

„Ja, Hoheit?"

„Sorge in der Schneiderei dafür, dass man ihm schnell zwei Garnituren der Palastlivree fertigt."

„Ja, Hoheit."

Der Mundschenk und sein neuer Gehilfe verneigten sich tief.

„Danke, Hoheit", sagte Paolo.

Der Scrivano della Cavallerizza nahm ihm die Kladde ab.

„Camilleri, Camillieri?", murmelte der Großmeister plötzlich und richtete den Zeigefinger auf Paolo. „Bist du etwa der Sohn des Weinhändlers Camilleri aus der Sankt Kristofu Straße?"

„Ja, Hoheit."

„Dann ist Dun Salvatore in Nadur also dein Onkel."

„Ja, Hoheit."

Fra Ferdinand nickte wohlwollend und schickte sich zum Gehen an.

Paolo hätte vor Freude am liebsten einen Luftsprung gemacht.

Als Fra Ferdinand mit seinen Begleitern den Saal wieder verlassen hatte, legte Luigi Vella ihm die Hand auf die

Schulter und murmelte triumphierend: „Na, wie habe ich das gemacht?"

*

Stolz zeigte Paolo sich seinen Eltern in der schmucken Livree, in die der Schneider ihn gleich nach dem Appell gesteckt hatte. Es waren Bekleidungsstücke aus der Palastkleiderkammer, die er tragen sollte, bis seine neuen fertig waren: eine schwarze Kniebundhose aus feinstem Leinen, dazu weiße Strümpfe und Schnallenschuhe aus Rindsleder mit einem flachen Absatz. Ferner trug er über einem weißen, langärmeligen Seidenhemd eine enge, schwarze Samtweste, deren Knöpfe ein kleines achtspitziges Kreuz zierte.

Nachdem Paolo seinen Eltern ausführlich Bericht erstattet hatte, fragte Maria Camilleri: „Wann trittst du deinen Dienst an?"

„Gleich morgen bei Sonnenaufgang. Wenn an den Abenden keine Bankette sind oder ich den Großmeister nicht in seine Sommerresidenz begleiten muss, habe ich gewöhnlich vom Nachmittag an frei."

Der Weinhändler reichte ihm drei Goldstücke. „Die hat sich Luigi redlich verdient. Gib sie ihm morgen und richte ihm meinen Dank aus."

Kaum hatte er zu Ende gesprochen, war Paolo auch schon seines Auftrags verlustig gegangen.

Der neu ernannte Kellermeister Seiner Hoheit kam, eine heitere Melodie pfeifend, die Kellertreppe hinuntergestürmt. Er hatte auch allen Grund, bester Laune zu sein. Auf ihn wartete eine ansehnliche Belohnung und die Provision für zwei Fässer roten Bordeaux, die sein Freund Francesco noch heute in den Großmeisterpalast schaffen sollte.

11. Kapitel

Der Brief des französischen Gesandten

Jean André Caruson schüttelte den Kopf und lachte. „Was machst du dir bloß diese Mühe? Matthias Poussielgue wird mit uns nachher am Hafen sein, wenn du an Bord gehst. Niemand wird es wagen, auch nur dein Gepäck anzurühren, geschweige denn, dich in seiner Gegenwart zu untersuchen."

Der französische Konsul beobachtete amüsiert, wie sein Bruder sich nochmals penibel vergewisserte, ob der silberne Knauf auch wirklich gut auf dem Spazierstock verschraubt war.

„Sicher ist sicher. – So, jetzt sitzt er fest!", sagte Hector Caruson und betrachtete zufrieden sein Werk. „Ich habe nämlich wenig Lust, den Kerker von Sankt Elmo von innen kennenzulernen."

Der Konsul deutete auf den Stock. „Hector, hör mir gut zu, es ist äußerst wichtig! Auf keinen Fall darf jemand vor General Bonaparte den Brief zu lesen bekommen. Wirklich niemand."

Sein Bruder nickte. „Das ist mir klar."

Annähernd drei Wochen war er nun auf Malta, und wie im Augenblick die Machtverhältnisse im Direktorium aussahen, vermochte keiner mit Gewissheit zu sagen. – Und nicht alle Direktoriumsmitglieder waren den Plänen Napoleon Bonapartes gewogen.

Der Brief an Napoleon Bonaparte, den Hector Caruson in seinem ausgehöhlten Spazierstock verborgen hatte, lautete wie folgt:

Mein General,

sogleich nach meiner Ankunft in Valletta habe ich mich mit mehreren aufrichtigen Freunden der Republik getroffen und von ihnen unzählige wertvolle Informationen erhalten. Während unserer zwölf Treffen haben wir eingehend darüber diskutiert, wie wir Malta in der kurzmöglichsten Zeit bei minimalstem Risiko einnehmen könnten.

Die Lage stellt sich gegenwärtig folgendermaßen dar:

Die Ordensfinanzen sind desolat. Den Einnahmen von 1 315 296 Scudi stehen Ausgaben von 1 261 860 Scudi gegenüber, was bedeutet, dass in diesem Jahr für Soldzahlungen, Verwaltung und dergleichen lediglich 53 436 Scudi verbleiben. Frankreich muss zügig handeln, bevor Russland oder andere uns feindlich gesinnte Mächte wie England oder Österreich die Situation für sich ausnutzen und durch erneute Finanzhilfen versuchen, an Einfluss auf Malta zu gewinnen.

Der neue Großmeister Fra Ferdinand von Hompesch ist beim einfachen Volk im allgemeinen zwar gut angesehen – besonders bei der ländlichen Bevölkerung –, aber viele Stadtbewohner der bessergestellten Schichten und auch viele Seeleute sind dem Orden nicht wohlgesonnen. Letztere, weil sie wegen des andauernden Kriegszustands mit den Muslimstaaten immer häufiger Gefahr laufen, versklavt zu werden, weil die schwache Ordensmarine die Kauffahrer nicht mehr genügend gegen Piratenüberfälle zu schützen vermag, und Erstere, weil sich ihnen auch nach Fra Ferdinands Inthronisierung kaum eine Möglichkeit eröffnet, höhere Posten in der Regierung ihres Landes zu besetzen.

Über die Haltung des lokalen Adels den Johannitern gegenüber muss ich kein Wort verlieren. Die einheimische Nobilità begehrt zwar nicht lautstark auf, bleibt aber, wie auch stets schon in der Vergangenheit, ein unversöhnlicher Feind des Johanniterordens.

Bei einer Invasion könnten wir mit Sicherheit auf vielfältige Unterstützung republikanisch gesinnter Patrioten aus dem Volk zählen, die der arroganten Ritter überdrüssig sind.

Mein General, ich schätze mich glücklich, dass es unseren Freunden gelungen ist, Zahlen von höchster Relevanz für uns zusammenzutragen. Es sind Informationen, die Maltas derzeitige militärische Stärke betreffen.

Insgesamt verfügt der Orden über folgende Kontigente an Waffenfähigen:

Zwei Bataillone des Malta-Regiments	500 Mann
Leibgarde des Großmeisters	200 Mann
Soldaten auf den Segelschiffen	250 Mann
Soldaten auf den Galeeren	250 Mann
Artilleristen	200 Mann
Cacciatori Maltesi (eine leichte Infanterietruppe)	800 Mann
Pioniere	200 Mann
Hilfsartilleristen	500 Mann
insgesamt also	2 900 Mann

Hinzu kommen noch schätzungsweise 10 000 Mann der schlecht ausgebildeten und unzulänglich bewaffneten Dorfmilizen. Von den derzeit annähernd 500 Rittern in Malta gehören 300 den drei französischen Zungen an. Auf ein gutes Dutzend von ihnen können wir bauen. Die meisten unserer Mitpatrioten halten Schlüsselpositionen in Verwaltung und Militär besetzt.

Die Marineeinheiten des Ordens bestehen aus dem Linienschiff „St. Zaccharia" mit sechzig Geschützen (ein neues, die „St. Giovanni", liegt noch in der Werft), aus zwei 40-Geschütz-**Fregatten**, der modernen „St. Elizabetta" und der betagten „St. Maria", vier Galeeren, vier Kleingaleeren, zwei **Korvetten** sowie einem Patrouillenboot.

Die Befestigungsanlagen, insbesondere die von Valletta und Floriana, sind beeindruckend und könnten von einem zu allem entschlossenen Verteidiger gegen fast jede Übermacht endlos gehalten werden, aber viele der Ritter verfügen kaum noch über Kriegserfahrung, und das maltesische Volk wird sich schwerlich für seine despotischen Unterdrücker stark machen, wenn wir ihm das Geschenk von Freiheit, Gleichheit und Brüderlichkeit bringen.

Hector Caruson verließ Malta, wie es sein Bruder vorausgesagt hatte. Keiner der Hafen- und Zollinspektoren kontollierte ihn bei der Abreise.

12. KAPITEL

Festas und Ehrungen

Luigi Vella war kein Leuteschinder, aber auch kein Mann, der Einsicht zeigte, wenn er einen Fehler begangen hatte. Fehler machten immer die anderen. Oft fuhr er Paolo wegen einer Kleinigkeit an, die er selbst verbockt hatte. Paolo hörte dann der Schelte geduldig zu, denn Luigis Ärger verrauchte schnell. Minuten nach seinen Wutausbrüchen hatte der Kellermeister bereits vergessen, weshalb er seinen Gehilfen gemaßregelt hatte.

Der Großmeister fand schon bald Gefallen an dem höflichen und gelehrigen Gehilfen seines Kellermeisters. Auch Paolo hatte keinen Anlass zu klagen. Fra Ferdinand war ein guter, milder Herr. Nie schrie er die Bediensteten an, und wenn er ausritt, fand er selbst für die Pferdeknechte, die den Stall ausmisteten, ein freundliches Wort wie auch schon der verstorbene Fra Emmanuel. Großmeister Ximenes hingegen hatte sie allenfalls mit der Peitsche begrüßt.

Das Palastgesinde vergötterte Fra Ferdinand. Je länger Paolo Luigi Vella zur Hand ging, desto häufiger bekam er Seine Hoheit zu Gesicht.

Als ein Gehilfe des Mundschenks Jacomo Gonzis erkrankte, sprang Paolo für ihn ein. Er versah die ihm aufgetragenen Arbeiten zur vollsten Zufriedenheit, und Gonzi bat den Großmeister, den jungen Mann ausbilden zu dürfen. Fra Ferdinand stimmte zu und gab dem Mundschenk die Anweisung, Paolo täglich eine Stunde in Französisch zu unterrichten, denn das war sowohl die Sprache bei Tisch als auch die offizielle Sprache des Ordens vom Heiligen Johannes.

Luigi Vella war wenig begeistert, seinen tüchtigen Helfer an den Mundschenk abgeben zu müssen, aber dem Wunsch des Großmeisters musste er sich selbstverständlich widerspruchslos fügen.

Von nun an war Paolo auch mittags und abends an der großmeisterlichen Tafel und allen offiziellen Festlichkeiten zugegen.

Im Gegensatz zum Kellermeister war der Mundschenk ein Lehrmeister, der gut zu erklären verstand, worauf Paolo zu achten hatte. Und wenn, was selten geschah, der junge Mann einen Fehler beging, zum Beispiel indem er die zu den Weinen passenden Gläser nicht an den richtigen Platz in die Regale zurückstellte, dann bekam Jacomo Gonzi keine Tobsuchtsanfälle, sondern erklärte ihm nachsichtig, was er falsch gemacht hatte.

Der 8. September ist ein großer Feiertag in Malta. Es ist das Fest der Geburt der Heiligen Jungfrau und der Tag des Sieges über die Invasionstruppen Süleyman des Prächtigen im Jahre 1565. Der Jahrestag wird jedes Mal in der Kirche des Heiligen Johannes feierlich mit einem Requiem für all jene begangen, die während der Türkenbelagerung gefallen waren.

Paolo hatte Palastdienst gehabt und war nicht in der Kirche gewesen, aber Jacomo Gonzi schilderte ihm bildhaft die prunkvolle Zeremonie: „Seine Hoheit trug anlässlich des hohen Ereignisses sogar das Schwert, den Dolch und den Goldgürtel, die Insignien also, mit denen der Kaiser Großmeister de la Valette wegen seines heldenhaften Widerstands gegen die Muselmanen ausgezeichnet hatte."

Zwei Tage später, am 10. September 1797, befand sich Paolo in dem Gefolge, das den Großmeister zur Ortschaft Żabbar begleitete. Die Einwohner hatten ihn gebeten, am Fest „Zu Ehren Unserer Lieben Frau der Gnade" teilzunehmen, und Fra Ferdinand war der Einladung bereitwillig gefolgt.

Ein mit Blumen geschmückter Ehrenbogen aus acht Holzsäulen mit dem Wappen des Großmeisters überspannte den Dorfeingang. Wie schon bei dem Triumphzug durch Valletta zu seiner Wahl wurden die Pferde ausgespannt, und die Dorfbewohner zogen Fra Ferdinands Prunkkarosse unter lauten Hochrufen und Applaus zur Pfarrkiche.

Seine Hoheit, ein ergebener Verehrer der Muttergottes, schenkte der Kirchengemeinde von Żabbar anlässlich seines Besuchs zwei Ölgemälde. Das eine bildete Johannes den Täufer ab, das andere war eine Darstellung des Heiligen Paulus. Außerdem erhielten die Żabbarer für ihre Kirche eine Wanduhr, einen eleganten Armsessel und eine kostbare Sänfte.

Nach der Heiligen Messe nutzten die Einwohner die günstige Gelegenheit, den Großmeister in ihrer Mitte zu haben, und der Gemeindepriester Peter Carlo Caruana überreichte Fra Ferdinand demütig ein förmliches Bittschreiben.

Seine Hoheit möge geruhen, der Ortschaft Żabbar den Status einer Città zu verleihen.

Der Großmeister befahl, ohne zu zögern, einem seiner

maltesischen Berater, dem Frater Gajetano Bruno, die Petition entgegenzunehmen.

Bei einem anschließenden Essen im Pfarrhaus hatte Paolo die Ehre, die Tischgesellschaft bedienen zu dürfen, denn Jacomo Gonzi war mit Erlaubnis von Fra Ferdinand für ein paar Tage zu seinem im Sterben liegenden Vater nach Gozo gereist.

Paolo kredenzte die mitgebrachten edlen Weine aus dem Palastkeller zur vollen Zufriedenheit Seiner Hoheit und erhielt auf sein Geheiß nach dem Festmahl vom Sekretär Doublet ein silbernes 15-Tari-Stück überreicht.

Es war eine neu geschlagene Münze. Auf der Vorderseite mit der umlaufenden Inschrift „F. Ferdinandus Hompesch M. M." war das Konterfei von Hompesch abgebildet. Die Rückseite zeigte einen gekrönten Doppeladler, der in jedem seiner Schnäbel ein Malteserkreuz hielt und dessen Brust die Wappen des Ordens und die des Großmeisters schmückten.

Vier Tage später war Paolo dabei, als Fra Ferdinand seinem Sekretär die Antwort auf die Petition der Żabbarer diktierte.

„Du erwähntest, dass Dun Salvatore dich auch etwas Latein gelehrt hat, Paolo. Weißt du, was ‚Terram de qua in precibus in Civitatem erigimus, ei qua nomen gratiose Civitatis Hompesch de nostro gentilitio nomine imponimus' bedeutet?"

Paolo schaute betreten zu Boden. „Ich verstehe die Worte nicht genau, Hoheit. Aber könnten sie vielleicht besagen, dass Żabbar dank Eurer Gnade sich ab jetzt Città Hompesch nennen darf?"

Fra Ferdinand lachte. „Wenn du nur geraten hast, dann hast du es immerhin geschickt getan. – Ja, Żabbar heißt von nun an Città Hompesch. Dun Salvatore darf stolz auf seinen Zögling sein."

Paolo errötete und verneigte sich tief.

13. KAPITEL

Schwarze Schafe allenthalben

Auch den Dörfer Żejtun und Siġġiewi wurde der Status einer Città gewährt. Żejtun wurde zur Città Beland – Beland war der Mädchenname von Fra Ferdinands Mutter – und Siġġiewi erhielt den Vornamen des neuen Großmeisters: Città Ferdinando. Dem Bischof von Malta, Monsignore Vincenzo Labini, übergab Fra Ferdinand 5 000 Scudi zur Verteilung an die armen Waisen, und etliche Klöster wurden ebenfalls mit großzügigen Geldspenden bedacht.

Durch solche und ähnliche Maßnahmen wuchs die ohnehin große Beliebtheit des Großmeisters beim einfachen Volk noch mehr. Jeden Tag kamen Bauern aus den entlegensten Dörfern der Insel nach Valletta, nur in der Hoffnung, einen Blick auf Seine Hoheit erhaschen zu können.

Paolo kehrte oft erst spät in der Nacht aus dem Großmeisterpalast in die elterliche Wohnung zurück. Er besaß zwar eine Schlafstelle hinter dem Küchentrakt, aber der Raum war ungemütlich, und er blieb dort nur selten.

Meistens waren die Mutter und der Vater noch wach, wenn er nach Hause kam, und ließen sich von ihm berichten, was sich in Fra Ferdinands Residenz am Tag alles ereignete hatte.

An einem Abend im Oktober waren es die Camilleris, die Neuigkeiten für ihren Sohn hatten.

„Nachmittags habe ich Wein nach Lija gefahren", sagte der Weinhändler. „Rate mal, wer beim Schatzmeister heute zu Abend speist?"

Paolo zuckte mit den Achseln. „Na, die übliche Gruppe, nehme ich an. Caruson, der Hafenkommandant, Baron Galea ..."

„Richtig. Es war aber noch jemand da, den ich dort überhaupt nicht vermutet hätte."

„So?"

„Oder findest du es normal, dass der Privatsekretär Seiner Hoheit sich ausgerechnet dort mit mehreren Kaufleuten aus Frankreich trifft, die seit einer Woche in Malta sind?"

„Ach, das ist tatsächlich interessant", sagte Paolo. „Im Palast hieß es nämlich, er sei krank."

Maria Camilleri verzog das Gesicht. „Spielkrank", sagte sie verächtlich.

„Was meinst du damit, Mutter?"

„Dein Vater hat mit dem Verwalter von Fra Bosredon de Ransijat gesprochen. Die illustren Herrschaften scheinen alle der Spielsucht verfallen zu sein. Nach dem Essen zocken sie hinter verschlossenen Türen bis in die frühen Morgenstunden hinein – nicht um Kupfer-Picciolini, nein, um Gold- und Silber-Tari geht es dann."

„Aber Ordensangehörigen sind Spiele um Geld verboten", entfuhr es Paolo.

Sein Vater schnaubte abfällig. „Der Besuch von Hurenhäusern ist es ihnen auch. So mancher Bordellwirt hier in Valletta und Floriana lebt nicht schlecht von diesen Herrschaften."

Das wusste Paolo auch. Trotzdem war er irgendwie verwundert, dass ausgerechnet Ovid Doublet dem Spiel verfallen sein sollte. Im Palast galt er als ein Mann mit strengen moralischen Grundsätzen.

Maria Camilleri schaute ihren Sohn an. „Du wirkst so nachdenklich?"

„Ich weiß nicht, Mutter. Dass der Schein häufig trügt, ist auch mir bekannt. Aber dass Doublet eindeutig gelogen hat, als er sich heute überraschend krankmeldete, irritiert mich schon ein wenig. Letztlich hat er damit Seine Hoheit angelogen."

„Komm erst in mein Alter, Sohn, dann gewöhnst du dich an vieles mehr als an Lügen. Seiner Hoheit Kellermeister zum Beispiel, unser guter Freund Luigi Vella, bestiehlt seinen Herrn sogar regelmäßig."

Paolo nickte. „Wundern täte mich das gerade bei diesem Halunken nicht."

Der Weinhändler schmunzelte. „Ich erfuhr durch Zufall, wie er es anstellt. Ich habe am Vormittag vierzig Liter Burgunder in den Palast gebracht, als er überraschend zu Fra Ferdinand gerufen wurde. Das Kellerbuch lag aufgeschlagen auf dem Tisch. Meine Lieferung war schon eingetragen: fünfunddreißig Liter, Weinhandlung Camilleri!"

Paolo pfiff leise durch die Zähne. „Sieh mal einer an, dieser Gauner!"

„Ich bin neugierig geworden, und habe im Buch zurückgeblättert. Ich kann mich ganz genau daran erinnern, was er bei uns bestellt hat, aber nie stimmte die eingetragene Weinmenge mit der überein, die ich in meinem Auftragsbuch habe. Mal lag sie nur um drei, oft aber auch um zehn Liter darunter."

„Wenn ich bedenke, dass wir nicht die einzigen Lieferanten sind ..."

„... dann fällt es leicht, sich auszurechnen, dass Vella über ein hübsches Nebeneinkommen verfügen muss", beendete der Weinhändler Paolos Satz.

„Ganz abgesehen von den Beträgen, die er als sogenannte ‚Vermittlungsanerkennungen' erhält, wenn er bei uns einkaufen kommt", fügte Maria Camilleri verärgert hinzu.

„Und wer ist für die Kasse im Palast verantwortlich, aus der die Weineinkäufe bestritten werden? Vella selbst?", wollte Francesco wissen.

„Nein, der Leibkoch von Fra Ferdinand ist dafür zuständig, Vater. Den Palastetat für Wein und Nahrungsmittel verwaltet er."

Maria Camilleri schürzte die Lippen. „Paolo", sagte sie ernst. „Sieh dich vor! Das ist ein Wespennest, in das du besser nicht hineinstichst, hörst du?"

*

Auch wenn die Wespen nicht gereizt wurden, so stachen sie dennoch. Wegen des großen Weihnachtsessens, das der Großmeister am 26. November für die Honoratioren Maltas geben würde, setzte Luigi Vella dem Weinhändler die Pistole auf die Brust. Entweder verdoppelte er die Vermittlungsprovision für den Kellermeister, oder er ging des lukrativen Auftrags verlustig. Francesco Camilleri fügte sich zähneknirschend.

Kaptan Sultana hatte auf der „Seeschwalbe" nicht nur erlesene Weine extra zu diesem Ereignis aus Frankreich geholt, sondern auch Mastochsen und Kapaune für die Palastküche.

„Vella steckt bestimmt mit dem Leibkoch unter einer Decke, Franco. Er war persönlich am Kai, als die Tiere ausgeladen wurden. Angeblich um ihre Güte zu kontrollieren. – Lächerlich! – Zehn Kapaune landen garantiert nicht auf der großmeisterlichen Tafel. Ich habe mitbekommen, dass einer der Küchenhelfer sie auf Geheiß des Leibkochs von den anderen absonderte und wegschaffte."

„Du weißt nicht zufällig, wohin?"

„Jedenfalls nicht in den Großmeisterpalast. Der Küchenjunge brachte sie zu einem Ruderboot. Eins von denen, die rüber nach Vittoriosa fahren."

„Korruptes Pack, allesamt!", wetterte der Weinhändler und presste die Lippen aufeinander.

Kaptan Sultana lachte. „Ich verstehe nicht, warum du dich darüber so aufregst, Franco. Klar sind sie alle korrupt. Korrupt und bestechlich bis ins Mark." Der Skipper kreuzte

wohlig die Arme über der Brust und dachte: ‚Gottlob, sind
sie's!'

Auf das Bauholz, das er mit dem Wein, den Mastochsen
und den Kapaunen nach Malta transportiert hatte, war vom
Hafeninspekteur dank gewisser unübersehbar platzierter
Silbermünzen im Laderaum wieder nur ein lächerlich geringer Betrag an Einfuhrzoll erhoben worden.

14. KAPITEL

Das Weihnachtsessen im Großmeisterpalast

Die französischen Weine, die zum Weihnachtsessen kredenzt
werden sollten, kamen aus der Camilleri'schen Weinhandlung und lagerten bereits im Palastkeller. Die Weine aus Italien, Portugal oder Spanien stammten von anderen Händ-
lern. Paolo wurde damit beauftragt, alle in der Reihenfolge
des Ausschenkens in Schönschrift auf den Menükarten auf-
zulisten: *Porto – Bordeaux bianco – Bordeaux rosso – Her-
mitage Garnoche – Pico secco – Xeres – Malaga – Reno
bianco – Paxaret – Picolito – Pico amoroso – Toccay – Capo
di Buono Speranza – Borgogna bianco – Borgogna rosso.*

Außer den Ordensoberen waren auch die ausländischen
Geschäftsträger geladen. Malta war trotz der Enteignungen
in Frankreich ein neutraler Staat geblieben, der sowohl mit
der Französischen Republik und ihren Verbündeten als auch
mit deren Feinden diplomatische Beziehungen unterhielt.

Das Palastprotokoll trug dem Rechnung und platzierte
die Gruppen in größtmöglicher Entfernung an der riesigen
Tafel im Festsaal. Zwischen Jean André Caruson und dem
englischen Botschafter saß eine Abordnung des einheimischen Adels, und eine Gruppe hoher kirchlicher Würdenträ-

ger beiderseits des Bischofs von Malta sorgte für genügend Distanz zwischen Fra Raczynski, einem polnischen Ritter, der demnächst zu Bailli Guilio Renato Litta, dem Bevollmächtigten des Ordens am Zarenhof reisen würde, und den spanischen Diplomaten, die im Krieg zwischen England und Frankreich aufseiten der Republik standen.

Gegenüber vom Großmeister saß der Legat des Königreichs beider Sizilien. Seit Kaiser Karl V. 1530 den Johannitern Malta als Lehen gegeben hatte, stand das Inselreich immer noch formell unter der Oberhoheit des einstigen spanischen Vizekönigs von Neapel.

Als die ersten Gäste in ihren Kutschen und Sänften eintrafen, war der Platz vor dem Großmeisterpalast bereits mit Dutzenden von Fjakkli, Feuerpfannen, erleuchtet. Viele schaulustige Bewohner Vallettas hatten sich eingefunden, um die Ordensoberen und Gesandten in ihren Galauniformen zu bestaunen.

Die Begrüßung Jean André Carusons verlief verhalten, nur eine Gruppe am Rande des Platzes applaudierte frenetisch. Ihr Beifall ging in dem tosenden Jubel unter, als Bischof Labini seine Karosse vor dem Palasttor verließ und die Menge segnete.

Beim Weihnachtsessen trug Fra Ferdinand einen mit Hermelin und breiter Silberborte eingefassten langen schwarzen Umhang und den zum Festgewand gehörenden ballonartigen, schwarzen Samthut der Großmeister, die Berettone.

Im Bankettsaal sah Paolo auch erstmals mit eigenen Augen Seine Hoheit mit dem berühmten Goldgürtel geschmückt, den der Großmeister nur zu besonderen Anlässen anlegte. Er war zusammen mit einem Prunkschwert und einem kostbaren Dolch ein Geschenk Philipp II an Fra Parisot de la Valette, den Bezwinger der Türken.

Paolo gelang es nicht, auch nur annähernd abzuschätzen, wie viel Tausende von Scudi er wohl wert sein mochte. Der

Gürtel war aus kunstvoll gearbeiteten fingerdicken Gliedern gefügt und der Verschluss mit Edelsteinen besetzt, von denen der prächtigste die Größe eines Taubeneis besaß.

In der Kirche von Nadur, erinnerte sich Paolo, gab es ein großes Altarkreuz, für das der Vergolder eine drittel Unze Blattgold verwendet hatte. Wenn man den Gürtel auswalzte, überlegte er, würde man wahrscheinlich alle Wände des Kirchenschiffs damit schmücken können und den Turm noch dazu.

„He, Paolo, hör augenblicklich auf zu träumen!", ermahnte ihn der Mundschenk. „Es fehlen noch zwei Karaffen für Portwein!"

Nach einer kurzen Ansprache des Großmeisters und einem Tischgebet, das Bischof Labini sprach, wurden die ersten Speisen von den Küchenjungen aufgetragen. Die großen Silberplatten mussten immer zu zweit aus dem Küchentrakt herbeigeschleppt werden.

Paolo und weitere Gehilfen des Mundschenks kümmerten sich emsig um die Getränke. Als die gebratenen Ochsenlenden aufgetragen wurden, bemerkte Paolo, dass der französische Konsul nicht auf seinem Platz saß. Er hatte dem Wein bislang recht kräftig zugesprochen und schien schnell mal ein gewisses Örtchen aufgesucht zu haben.

Das Festmahl war noch in vollem Gange, als Paolo – er stand dicht mit dem Rücken an einer der Saaltüren – plötzlich auf dem Gang dahinter laute streitende Stimmen hörte, die aber gleich wieder verstummten. Von den Tafelnden hatte anscheinend niemand das Wortgefecht bemerkt.

Wenige Sekunden später betrat Jean André Caruson mit hochrotem Kopf den Festsaal. Kaum hatte er sich gesetzt, begann er sichtlich verärgert mit seinem Tischnachbarn, dem reichen Tuchhändler Robert Legrande, zu tuscheln.

Augenblicke später betrat Fra Gherardo Ruggi, Kapitän der Kommandogaleere der Ordensmarine, aufgebracht und mit verkniffener Miene den Bankettsaal. Er nahm Platz und wechselte ein paar Worte mit dem Mann neben ihm, einem italienischen Großkreuzritter, der eine Galeote befehligte, worauf dieser einen düsteren Blick in Carusons Richtung sandte.

Die Küchenjungen hatten Platten mit gesottenen Kapaunen auf die Festtafel gestellt. Als sie wieder in die Küche eilten, hielt Paolo einen von ihnen am Ärmel fest und zog ihn zur Seite. „Sag mal, Rikardu, was war denn eben da draußen los?"

Der Küchenjunge grinste. „Fra Gherardo und Caruson haben sich angefaucht. Fast schien es, als würden sie sich an die Gurgel gehen."

„Weshalb gab es Streit?"

„Der Konsul hat sich lautstark entrüstet, dass Malteser in Nelsons Flotte kämpfen würden. Der Orden wäre doch angeblich neutral, hat er geknurrt."

„Und?"

„Na, Fra Gherardo hat tief Luft geholt und losgebrüllt. Maltas Regierung sei in der Tat immer noch neutral, aber wenn sich jemand aus freien Stücken entschließe, unter britischer Flagge gegen die Republik zu kämpfen, dann wäre das schließlich seine private Angelegenheit – und lobenswert obendrein, hat er wütend hinzugefügt. Daraufhin hat Caruson geschluckt und ist vor Wut kochend in den Saal zurückgegangen."

*

Am Tag nach dem Weihnachtsessen traf Paolo seinen Vater im Gespräch mit Kaptan Sultana in der Weinhandlung und berichtete ihnen von dem Streit.

„In Marseille war viel die Rede von maltesischen Seeleuten in Nelsons Flotte, Paolo. Meine Freunde dort interessiert es nicht sonderlich, schließlich haben einige von ihnen Verwandte, die in der Ordensmarine sind, aber einmal hatte ich in einer Taverne die Gelegenheit, der Unterhaltung von mehreren Offizieren einer Fregatte zuzuhören. Ihrer Meinung nach war Malta für die Republik ein Ärgernis, dem sich das Direktorium möglichst schnell widmen sollte."

Francesco Camilleri lachte. „Die Herren kannten offensichtlich nicht unsere gewaltigen Verteidigungsanlagen."

Paolo nickte. Mochten sie doch kommen, die Franzosen oder wer immer so vermessen war, sich den kanonengespickten turmhohen Wällen zu nähern! – Nein, Malta war uneinnehmbar.

15. KAPITEL

Die Überfahrt nach Gozo

Ende Februar des Jahres 1798 fuhr Paolo mit seinen Eltern nach Gozo. Seit er quasi Hoflieferant geworden war, liefen Francesco Camilleris Geschäfte besser denn je zuvor, und er hatte zusammen mit anderen wohlhabenden Naduri aus Valletta einen silbernen Abendmahlskelch für die heimatliche Pfarrkirche in Auftrag gegeben. Das Altargefäß befand sich bereits seit ein paar Tagen in Nadur in der Kirche von Peter und Sankt Paulus. Antonio Abela hatte es mit seiner neu erworbenen Speronara del Gozzo hinübergeschafft.

Die Camilleris schifften sich am Tag vor der Kelchweihe, einem Samstag, auf der „Dolfin" der Debrincat-Brüder ein. Auf dem Weg zum Hafen begegnete ihnen der Wirt vom „Schwertfisch". Bruno war aufgeregt. „Habt ihr schon gehört, die Franzosen haben mit einer großen Flotte Korfu eingenommen."

„Ist das wirklich wahr?", fragte der Weinhändler. „So hieß es schon einmal, und dann war es doch nur wieder ein Gerücht."

„Dieses Mal stimmt es vermutlich, Franco. Ich habe einen dänischen Kapitän gesprochen, der gerade aus Korfu zurückgekommen ist. Er hat die Flotte mit eigenen Augen gesehen. – Das bedeutet nichts Gutes, Franco. Mein Wort drauf: Auf dem Rückweg nach Hause werden die Franzosen versuchen, auch Malta zu nehmen."

Francesco Camilleri schüttelte entschieden den Kopf. „Niemals wird ihnen das gelingen. Malta ist nicht Korfu. Schau dich doch bloß um. Gibt es irgendwo auf der Welt stärkere Festungen?" Der Weinhändler beschrieb mit dem Arm einen Halbkreis. „Außerdem lauert die englische Flotte bloß darauf, die Franzosen zu stellen."

„Ich weiß nicht. Admiral Nelson hat schließlich die Eroberung von Korfu auch nicht verhindern können." Marcello war nicht beschwichtigt, als sein Blick über die trutzigen Bastionen, die geschützgespickten Kurtinen und Wälle glitt. „Maltas Mauern sind stark, aber was ist mit denen, die sie verteidigen sollen? Die meisten Ritter sind Franzosen, die werden wohl kaum Feuerbefehl auf ihre Landsleute geben."

„Du vergisst, dass viele von ihren Verwandten unter der Guillotine geendet sind."

Marcellos Augen verengten sich zu Schlitzen. „Dann will ich dir mal was erzählen. Gestern Abend sind zwei junge Offiziere vom Galeerengeschwader völlig besoffen am ‚Schwertfisch' vorbeigetorkelt, als ich gerade zumachen wollte. Rate mal, was sie gegrölt haben? – ‚Liberté, Égalité, Fraternité'."

*

Maurizio und Tarcisio Debrincat sahen von Zeit zu Zeit nachdenklich zum Himmel.

„Meint ihr, es gibt Sturm?" Besorgt betrachtete Paolo die Wolken, die sich am südlichen Horizont wie eine Wand aufgebaut hatten.

Tarcisio nickte. „Mit Sicherheit, aber der Wind ist günstig für uns. Bis das Unwetter Malta erreicht hat, sind wir schon in Gozo."

„Rau kann's dennoch werden", sagte Maurizio und machte sich daran, die Seile zu prüfen, mit denen die Matrosen die Fracht gesichert hatten. Die „Dolfin" transportierte neben den Weinfässern für Francescos gozitanische Kunden auch mehrere sperrige Kisten an Nachschub diverser Art für die Besatzung von Fort Chambray. Das Fort lag oberhalb des Hafens von Mġarr und war neben der Hauptstadt Rabat im Zentrum der Insel das stärkste Bollwerk Gozos. Für Fra de Mesgrigny-Villebertin, den Kommandanten der Festung, war kurz vor dem Auslaufen der „Dolfin" noch eine schwere, eisenbeschlagene Holztruhe an Bord gebracht worden.

Außer den Debrincat-Brüdern bestand die Besatzung der Speronara del Gozzo aus vier Matrosen und zwei Schiffsjungen. Letzteren befahl Maurizio, die Holztruhe mit einem Extraseil zu sichern.

Beim Verlassen des Großen Hafens begegneten der „Dolfin" ein Patrouillenschiff der Ordensmarine und mehrere kleine Fischerboote.

Von einem aus wurde die „Dolfin" angerufen. „He, wenn ihr etwa noch nach Marsaxlokk wollt, wird's verdammt knapp."

„Das sehe ich wohl", antwortete Tarcisio. „Nein, wir wollen nach Gozo."

„Mit unserem Boot würden wir das zwar nicht mehr wagen, aber mit einer Speronara mag es gerade noch gehen."

Maria und Francesco Camilleri schauten sich beunruhigt an.

Maurizio Debrincat schlug dem Weinhändler seine Pranke auf die Schulter, dass er fast in die Knie ging und lachte. „Na, Franco, du alte Landratte. Was ist los? Hast du etwa Schiss?"

Francesco Camilleri antwortete etwas Unverständliches, und seine Frau sagte schicksalsergeben: „Ihr werdet ja hoffentlich wissen, worauf ihr euch einlasst."

Die Debrincat-Brüder nickten ernst. „Meinst du, wir würden unser Schiff leichtfertig aufs Spiel setzen?"

Die Überfahrt nach Gozo überstand die „Dolfin" ohne Schaden, so wie es Tarcisio und Maurizio vorausgesagt hatten. Weder nahm das Schiff übermäßig Wasser noch verrutschte die Ladung. Während die Männer der Besatzung hin und wieder seelenruhig einen Happen aßen, waren die Camilleris überzeugt, dass nun ihr letztes Stündchen geschlagen hätte. Als die Speronara endlich im Hafen von Mġarr vor Anker ging und sie in einem Fischerboot an Land gerudert wurden, schüttete es zu allem Überfluss auch noch wie aus Kübeln.

„Jesusmaria!", murmelte Francesco. Seine Knie zitterten. Ob vor Kälte oder ob es noch die Angst war, die ihm von der stürmischen Überfahrt in den Gliedern steckte, vermochte er vermutlich selber nicht zu sagen.

Auch Paolos Mutter stieß ein Dankgebet aus: „Heilige Muttergottes, gelobt seist du, dass wir dem Inferno gesund entronnen sind."

Paolo sagte nichts, aber sein wachsweißes Gesicht sprach für sich.

Die beiden Debrincat-Brüder amüsierten sich köstlich über ihre verängstigten Passagiere. „Wir haben euch doch gesagt, dass es ein bisschen rau wird."

„Rau? Das war die Hölle!", protestierte die Frau des Weinhändlers.

„Komm, Maria, 'n bisschen Wind und ein paar hohe Wellen sind doch das Allernormalste bei einer Überfahrt im Februar", sagte Tarcisio.

Maurizio verdrehte nur die Augen. „Landratten, Bruderherz. – Was glaubt ihr, wie es erst schaukelt, wenn die Märzstürme beginnen. Dagegen war das gerade die reinste Lustfahrt."

„Lustfahrt?", schnaubte Paolo erbost, der wie seine Eltern während der wilden Passage wiederholt unfreiwillig die Fische gefüttert hatte. „Ihr Schiffsleute habt offenbar recht eigene Vorstellungen von dem, was ein Vergnügen ist."

Seinen Protest quittierten die Debrincat-Brüder mit schallendem Gelächter.

„Ich kann gar nicht verstehen, warum ihr euch beklagt", prustete Maurizio los. „So schnell habt ihr die Überfahrt bestimmt noch nie gemacht."

Trotz des Regens und Sturms wurde die gesamte Ladung der „Dolfin" gelöscht. Die kleinen Boote, die die Waren vom Schiff zum Ufer transportierten, tanzten wie Korken im aufgewühlten Wasser der Hafenbucht.

Einige Soldaten aus Fort Chambray warteten bereits übel gelaunt darauf, den Nachschub in die Festung zu schaffen. Obwohl sie im Windschatten einer Fischerhütte kauerten, waren sie wie die Reisenden bis auf die Haut durchnässt.

Dun Salvatore hatte zwei Eseltreiber aus Nadur nach Mġarr geschickt. Die Camilleris hievten mit ihnen die Weinfässer auf die Karren und machten sich fluchend auf den Weg.

Nadur, das größte der gozitanischen Dörfer, lag im Osten der Insel auf einer Anhöhe, die steil zum Hafen hin abfiel. An seinem westlichsten Punkt stand die Wachstation. In einem Steinschuppen befanden sich das Holz für die Rauch- und Feuersignale und ein großer Spiegel. Er wurde bei Bedarf ebenfalls zur Nachrichtenübermittlung eingesetzt. Die Station war Tag und Nacht von einem Mitglied der Dorfmiliz besetzt. Vom Schuppendach aus hatte man einen weiten Blick über große Teile Gozos, die zwischen Malta und Gozo liegende Inseln Comino und das kleine Eiland Cominotto sowie auf die maltesische Nordküste. An klaren Tagen, besonders im Winter, konnte man sogar den Ätna sehen.

Gab einer der Küstenwachtürme Alarm, wurde das Signal von der Zitadelle in Rabat, der Inselhauptstadt, an die Nadur-Station weitergeleitet und ging dann über den Comino-Turm weiter nach Malta.

Das letzte Wegstück hoch nach Nadur war an sich schon extrem steil, aber der sintflutartige Regen hatte außerdem noch Massen von der schweren, lehmigen Ackererde aus den terrassierten Feldern gespült, und mehr als einmal steckten die Karren in kniehohen Schlammzungen fest. Alle mussten kräftig zupacken, um sie wieder herauszuzerren.

16. KAPITEL

Dun Salvatore Camilleri

Dun Salvatores Haus lag gegenüber der Kirche am Hauptplatz von Nadur. Es war ein alter, gedrungener Bau mit schießschartenähnlichen Fenstern. Die Zeit, in der nordafrikanische Seeräuber sich bis hinein in die Dörfer gewagt hatten, hauptsächlich, um Sklaven zu machen, war zwar schon lange Geschichte, dennoch glichen die meisten Häuser in Malta und Gozo weiterhin kleinen Festungen. Man errichtete sie aus armlangen Kalksteinquadern. Die frisch geschnittenen Blöcke waren weich, von hellem Gelb und leicht mit Säge oder Axt zu bearbeiten, härteten aber mit den Jahren vollständig aus und bekamen eine dunklere Tönung.

„Dun Salv, Dun Salv! Sie sind da!" Leonora, die Haushälterin, rannte trotz des prasselnden Regens auf den Platz.

Der kleine Priester folgte ihr auf dem Fuße. „Na endlich! Dem Allmächtigen sei Dank, dass ER euch bei diesem Unwetter wohlbehalten nach Gozo geleitet hat! Willkommen!"

Voller Freude umarmten er und Leonora die von Kopf bis Fuß durchnässten Camilleris.

Francesco nieste heftig. „Wohlbehalten? Na, ich weiß nicht so recht. Der Wind schnitt bis in die Knochen, und nass und kalt war's obendrein."

„Dann hurtig die Weinfässer abgeladen, und schnell rein mit euch!", befahl Dun Salvatore. „Leonora hat in der Küche Feuer gemacht, und auf euch wartet eine heiße Suppe." An die beiden Eseltreiber gewandt fügte er hinzu. „Auf euch natürlich auch."

Als alle um den glühenden Küchenherd herumsaßen und ihre Suppe löffelten, fragte der kleine Priester: „Wer war eigentlich so vermessen, bei diesem unsicheren Wetter mit euch die Überfahrt zu wagen?"

„Na, wer denn schon? – Einmal darfst du raten!", knurrte Paolo.

Die Eseltreiber sahen sich nur vielsagend an.

„Die Debrincat-Brüder also!", donnerte Dun Salvatore los, und alle zuckten zusammen.

Wenn der kleine Priester seine Stimme anschwellen ließ, schreckte auch der letzte Schläfer bei der Predigt hoch, als hätten ihn die Trompeten des Jüngsten Gerichts vor den Thron des Allmächtigen gerufen. Woher der schmächtige Kirchenmann die Kraft dazu nahm, war für jeden ein Rätsel. – Nicht für Dun Salvatore.

Nach einer Festa zu Ehren der Dorfheiligen Peter und Paulus – ihre Statuen waren unter Musik feierlich durch Nadur geführt worden, und Maurizio und Tarcisio hatten nicht unter der Last des Schreins, sondern wegen des reichlich konsumierten Gozo-Weins bedenklich gewankt – hatte er einmal gesagt: „Unser Herrgott hat mir diese kräftige Stimme geschenkt, damit auch der Taubste die Worte der Heiligen Schrift vernehmen kann." Lachend hatte er ergänzt: „Selbst in die benebeltsten Schädel muss sie ja schließlich noch dringen."

Maurizio und Tarcisio Debrincat hatten breit gegrinst und schwankend auf das Wohl des kleinen Priesters angestoßen.

„Die Debrincat-Brüder!", wiederholte Dun Salvatore deutlich leiser. „Dann wundert mich gar nichts mehr. Die würden mit ihrer ,Dolfin' noch auslaufen, wenn ein Orkan tobt." Er seufzte verhalten. „Aber die beiden sind die fähigsten Fährleute hier auf der Insel, und deshalb habt ihr es noch einmal gut getroffen."

„Kann sein, aber zurück fahre ich mit denen jedenfalls nicht", schimpfte Maria.

*

Zur feierlichen Kelchweihe am Sonntagmorgen fand sich das ganze Dorf in der Kirche von Sankt Peter und Paul ein. Selbst diejenigen, die keinen Platz mehr im Innern bekamen und sich vor der Tür drängten, mussten nicht befürchten, dass ihnen ein einziges Wort des kleinen Priesters entgehen würde. Natürlich waren auch die Debrincat-Brüder und Antonio Abela mit seinem alten Vater gekommen.

Der Sturm des Vortages hatte sich gelegt, und die Sonne schien mild auf den Kirchvorplatz. Nach dem Gottesdienst wurden die Camilleris augenblicklich von Verwandten und Bekannten umringt.

Es gab viel zu erzählen. Dass Paolo Mundschenkgehilfe im Großmeisterpalast geworden war, hatte sich natürlich schon lange in Nadur herumgesprochen. Wieder und wieder wurde er mit Fragen bestürmt: Ob es wahr sei, dass Seine Hoheit nur von goldenen Tellern esse; ob es stimme, dass er demnächt auch das Dorf Nadur zu einer Città erheben würde; ob ...

Paolo antwortete, so gut er es in dem hektischen Getümmel vermochte. Irgendwann war er der vielen Fragen überdrüssig. Als sich eine günstige Gelegenheit ergab, nahm er Antonio zur Seite. „Komm, lass uns in Ruhe etwas plaudern."

Die Freunde schlenderten zum Haus der Abelas. Es lag von einer Feigenkaktushecke umgeben an dem Weg, der zur Signalstation hochführte.

Antonio holte zwei Schemel aus dem Haus und stellte sie auf ein sonniges Plätzchen in den Garten. Dann ging er noch mal zurück und kam mit zwei Bechern wieder. „Was gibt es Neues in Valletta?"

Paolo trank einen kleinen Schluck von dem Landwein und atmete danach tief durch. „Trinkt ihr den eigentlich immer unverdünnt?"

Antonio lachte. „Hört, hört! Deine feine Zunge ist einen guten bäuerlichen Tropfen anscheinend nicht mehr gewohnt."

„Das Zeug ist wirklich verdammt stark. Hast du etwas Wasser?"

Nachdem Paolo den Becher mit Wasser aufgefüllt hatte, nickte er. „So ist's besser. – Ob ich Neuigkeiten mitbringe? Tja, die gibt's schon. Immer mehr Leute murren in der Stadt, besonders im Hafen. Ein Gerücht jagt jeden Tag das andere. Mal heißt es, das Schatzamt plane die Brotsteuer wieder einzuführen, mal raunt man sich zu, dass der Zar, der ja jetzt Protektor des Ordens ist, orthodoxe Mönche zum Missionieren nach Malta schicken will. Und mit einem Angriff der Franzosen rechnen demnächst auch viele. Ein paar wenige machen sogar keinen Hehl daraus, ihn sich herbeizuwünschen."

Antonio zuckte mit den Achseln. „Fra Ferdinand ist zwar ein gütiger Herrscher, aber für die meisten Ordensleute sind wir wirklich kaum mehr als Dreck, mit dem sie verfahren, wie sie es gerade für richtig halten. Um dir nur ein Beispiel zu nennen: Neulich ist unser Gouverneur mit seinen Offizieren zur Jagd ausgeritten. Zwei Tage durften die Bauern nicht auf die Felder. Die Jäger haben sich keinen Deut darum geschert, ob sie über Brachland oder bestellte Äcker galloppiert sind." Antonio spuckte aus. „Um ihnen als Treiber zu dienen, dafür waren ihnen die Bauern aber gut genug."

„Du glaubst doch nicht, die Franzosen wären uns bessere Herren?"

„Das wohl kaum. Herren bleiben Herren. Auspressen tun sie uns alle gleich. Insofern würde sich vermutlich für uns einfache Fischer und Bauern auch nur wenig zum Guten ändern."

„Diejenigen, die für die Absetzung der Ordensregierung sind, behaupten, wenn Malta eine Republik wäre, hätten alle Menschen gleiche Rechte, ob Bauer, Kaufmann oder Fischer."

Antonio schnalzte mit der Zunge. „Das sagen sie zwar, nur stimmt es nicht. Herren wird es immer geben. Ich war oft genug in Frankreich. Mir hat niemand Sand in die Augen streuen können. Der Adel und die Priester haben seit der Revolution keine Macht mehr, das ist richtig, aber die neuen Führer sind auch keine selbstlosen Menschenfreunde, wie immer behauptet wird."

„Freiheit, Gleichheit, Brüderlichkeit", murmelte Paolo nachdenklich. „Ich muss zugeben, wenn man die Worte einfach so dahinsagt, klingt es schon irgendwie verlockend."

Antonio nickte. „In der Tat. Bloß, wie man etwas anpreist, und wie man danach das Angepriesene wirklich umsetzt, das ist zweierlei. Ein französischer Marineoffizier und ein Matrose sind selbstverständlich keine gleichberechtigten ‚Brüder'. Der Offizier in Frankreich behandelt den Matrosen genauso schlecht wie hier ein Ordensritter seinen Stiefelknecht; ich habe das oft genug gesehen." Antonio verzog verächtlich den Mund. „Und weshalb? – Weil er *gleicher* ist als der Matrose, falls du verstehst, was ich meine."

Paolo nickte. Dann erzählte er dem Freund vom Fall Korfus. Auch Antonio war der Meinung, dass keine feindliche Flotte, und sei sie noch so stark, Malta im Sturm nehmen könnte.

„In den Hafenkneipen von Marseille erfährt man eine ganze Menge, wenn man aufmerksam zuhört. Die Maltesischen Inseln hätten die Franzosen zwar gerne der Republik einverleibt, aber noch wichtiger wäre es ihnen, die Herrschaft über Ägypten zu besitzen."

„Der Meinung ist man im Großmeisterpalast auch. Erst neulich habe ich bei einem Festessen den Großkommendator mit Fra Ferdinand und einigen Leuten so reden hören."

17. KAPITEL

Alarm in Nadur

Am Morgen des 2. März 1798, einem Tag vor der geplanten Rückfahrt nach Malta, ging Maria Camilleri auf ein Schwätzchen zu den Frauen auf den Kirchplatz. Keine Wolke zeigte sich am Himmel. Es war vollkommen windstill, und die Frauen saßen in der Sonne auf der Kirchentreppe. Plötzlich stieß die Bäckersfrau Maria an. Vom Dach der Signalstation stiegen zwei schlanke Rauchsäulen in den Himmel auf.

„Mein Gott!", rief sie. „Sie geben Alarm!"

In diesem Augenblick begann auch die Kirchenglocke zu läuten, und die Bewohner von Nadur stürzten aus ihren Häusern.

Paolo rannte los. Unterwegs stieß Antonio zu ihm. „Sie haben zwei Feuer entzündet", keuchte Paolo.

„Das heißt, sie haben eine ganze Flotte gesichtet", schrie der Freund.

Sie hetzten den Ziegenpfad zur Station hoch und mussten nicht erst zu den Milizionären aufs Dach steigen, um die Armada zu erkennen, die sich Gozo von Westen her näherte.

Auch auf dem Wachturm von Comino brannten die Signalfeuer bereits.

Unterdessen hatten sich weitere Naduri auf der Anhöhe eingefunden.

Ein Milizionär spähte angestrengt durch ein langes Teleskop.

„Sind das Franzosen?", rief Antonio dem Mann zu.

„Sie sind noch zu weit weg", antwortete der Milizionär.

Die Flotte kam beständig näher.

„Elf Linienschiffe, sechs Fregatten und zwei *Schebecken*", murmelte Antonio. „Es könnten auch Engländer sein, die die Schiffe aus Korfu abfangen wollen."

Die Armada ging auf Südkurs.

Der Milizionär auf dem Dach stieß einen Fluch aus. „Jetzt kann ich sie besser erkennen, sie zeigen keine Flagge! Eins der Linienschiffe scheint leck zu sein, und eine Schebecke liegt auch unnatürlich tief im Wasser."

„Die Flotte steuert eindeutig Malta an", sagte Paolo. „Was hat das zu bedeuten?"

Antonio zuckte mit den Achseln und schaute hinüber zur Zitadelle von Rabat. „Man bemannt jedenfalls schon die Wälle."

„Unten in Fort Chambray auch", sagte Paolo und wies auf die Hafenfestung von Mġarr.

Auf dem Kirchplatz waren die Anführer der Dorfmiliz dabei, Waffen auszugeben. An die hundert Männer hatten sich eingefunden. Einige hatten ihre Pferde mitgebracht. Der Vorrat an Gewehren und Munition reichte gerade für vierzig Milizionäre aus, für den Rest gab es lediglich Hieb- oder Stichwaffen. Antonio erhielt einen türkischen Krummsäbel zugeteilt.

Dun Salvatore beriet sich mit den Dorfhonoratioren auf der Kirchentreppe.

„Wie viele Pferde haben wir eigentlich zur Verfügung?", fragte er.

Advokat Martino Fenech schürzte die Lippen. „Beim letzten Appell, meine ich, mich zu erinnern, waren es nicht mehr als acht, die infrage kamen."

Der kleine Priester winkte einen der berittenen Anführer heran. „Reite nach Fort Chambray und frag, was wir machen sollen."

„Ja, Dun Salv." Der Milizionär wendete das Pferd und sprengte davon.

Auch Paolo, der nicht der Dorfwehr angehörte, erhielt einen Säbel. Als sein Vater mit anderen Naduri bei dem Advokaten protestierte, dass sie keine Waffen abbekommen hätten, machte der nur eine hilflose Geste. „Vielleicht versorgen uns die aus der Zitadelle später noch mit Nachschub."

Die berittenen Milizionäre erhielten Anweisung, im Dorf zu bleiben; die anderen Männer teilten sich auf, um die Wachmannschaften auf den Küstentürmen im Wehrbezirk von Nadur zu verstärken.

Paolo und Antonio bekamen von Dun Salvatore den Befehl, sich zur Signalstation zu begeben. Die Wächter dort sollten Fort Chambray und der Zitadelle von Rabat mit dem Spiegel signalisieren, dass die Mobilmachung in Nadur abgeschlossen war.

Die Armada war währenddessen nach Südosten geschwenkt. Bald darauf wurden die unbekannten Kriegsschiffe von den steil aufragenden Dingli-Klippen im Westen Maltas verdeckt.

Stunden quälender Ungewissheit vergingen. Der Bote war am Mittag ohne Neuigkeiten oder besondere Order aus Fort Chambray zurückgekommen.

Als die Kirchturmglocke die dritte Stunde schlug, tauchte in der Meerenge zwischen Malta und Gozo hinter der Insel Comino eine Galeote auf. Ein Beiboot wurde zu Wasser gelassen, setzte zur Insel über und kehrte dann sogleich wieder zurück.

Antonio bat um das Teleskop. „Das ist eins von unseren Schiffen. Es nimmt jetzt Kurs auf Mġarr."

Antonio und Paolo rannten zum Kirchplatz. Nach kurzem Überlegen schickte Dun Salvatore zwei Reiter los, einen zum Fort, den anderen zum Hafen.

Die Freunde kehrten zur Station zurück. Vom Comino-Turm aus wurden Spiegelzeichen gegeben. Antonio war mit dem Signalcode vertraut.

„Verdammt, es ist doch eine französische Flotte!"

*

Spät am Abend kam ein Bote des Gouverneurs mit Nachricht aus Malta nach Nadur. Die Armada kreuze außerhalb der Reichweite der Kanonen vor Fort Sankt Elmo und Fort Ricasoli. Zwei Schiffen habe man es gestattet, wegen dringender Reparaturarbeiten den Großen Hafen anzulaufen. Der französische Admiral habe versichert, dass er Maltas Neutralität nicht verletzen werde, dennoch gelte für alle Streitkräfte und die örtlichen Miliztruppen höchste Alarmstufe, bis die Flotte die maltesischen Gewässer wieder verlassen habe. Jeglicher zivile Schiffsverkehr zwischen Malta und Gozo sei ab sofort strengstens untersagt.

An den beiden Tagen nach Erscheinen der Franzosen erhielten Fort Chambray und die Zitadelle von Rabat Verstärkung durch einige Offiziere und Mannnschaften. Auch Gewehre wurden nach Gozo geschifft und an die Dorfmilizen ausgeteilt.

18. Kapitel

Marcellos Bericht

Am 8. März verließen die Franzosen die maltesischen Gewässer, und die Camilleris konnten wieder nach Valletta zurückkehren. Dun Salvatore ließ es sich nicht nehmen, seine Besucher bis zum Hafen von Mġarr zu begleiten. Obwohl Maria geschworen hatte, nicht mit den Debrincat-Brüdern zu segeln, machte die Familie die Überfahrt doch auf deren seetüchtigen Speronara del Gozzo. Dieses Mal hatten die Reisenden mit dem Wetter mehr Glück.

Vom Wirt des „Schwertfischs" erfuhren sie, wie sich die Ereignisse in der Hauptstadt gestaltet hatten, nachdem die anrückende feindliche Flotte gemeldet worden war.

„Ich hielt mich gerade bei den Gozo-Fähren am Zollkai auf, als Alarm gegeben wurde. Zuerst hieß es, dass man die Armada nicht identifizieren könnte, aber als sie sich vor dem Großen Hafen sammelte, zeigten alle Schiffe plötzlich die Trikolore."

Überall auf den seewärts gelegenen Mauern brachte man zusätzliche Geschütze in Stellung, während sich die Ordensflotte so positionierte, dass sie Fort Sankt Elmo und Fort Ricasoli mit ihrer Feuerkraft unterstützen konnte, falls die

Franzosen es wagen sollten, in kriegerischer Absicht in den Großen Hafen einzulaufen.

Zwei tief gehende Schiffe, das Linienschiff „Le Frontin" und eine Schebecke brachen aus der Formation. Sie signalisierten, dass sie dringliche Reparaturarbeiten ausführen mussten, und baten um Einfahrerlaubnis. Die erhielten sie auch. Daraufhin legten sie bei den Werften an. Der französische Gesandte wurde auf Anordnung des Großmeisters mit einer Barkasse zum Flaggschiff der Armada gerudert. Er sollte dem kommandierenden Admiral unmissverständlich klar machen, dass es nie mehr als vier ausländischen Kriegsschiffen gestattet sei, gleichzeitig im Hafen zu sein.

Paolo nickte. Diese Vorsichtsmaßnahme war seit etlichen Jahren ein ehernes Gesetz der Ordensregierung.

„Der französische Admiral", fuhr Marcello fort, „ließ dem Großmeister umgehend antworten, dass ihm die Tatsache bekannt sei. Er beabsichtige deshalb auch keineswegs, noch weitere Schiffe in den Großen Hafen zu entsenden, denn er respektiere selbstredend die Gesetze und die Neutralität Maltas. Sowie man das lecke Linienschiff und die Schebecke repariert hätte, würde die Flotte nach Frankreich weitersegeln." Marcello legte Francesco die Hand auf die Schulter und sagte ernst: „Wisst ihr, was Caruson jetzt überall in der Stadt herumposaunt – und eine Menge Leute plappern es ihm lauthals nach?"

„Mach es nicht so spannend", sagte Maria Camilleri. „Gutes wird er kaum zu verbreiten haben."

„Das sehe ich wie du, Maria. Wenn Jean André Caruson das Maul aufmacht, intrigiert oder lügt er: Caruson erzählt nämlich herum, die Französische Republik wäre ein wahrer Freund Maltas", der Wirt des „Schwertfischs" verzog verächtlich das Gesicht, „von dem wir keine Aggression zu befürchten hätten." Er lachte heiser auf. „Die friedlich vor der Küste kreuzende Armada hätte uns das ja wohl zur Genüge demonstriert." Marcello schnaubte erbost und seine Augen blitzten. „Kein einziges Wort glaube ich davon! Spionieren wollten sie, die Franzosen, herausfinden, wie schnell der Orden auf eine Bedrohung von außen reagieren kann."

„In Gozo hat die Mobilmachung ohne Pannen geklappt", unterbrach Paolo den Wirt. „Wie lief es hier ab?"

„Auch ohne nennenswerte Probleme, meine ich. Die Cacciatori Maltesi wurden sofort bewaffnet."

„Und die Milizen?"

„Die wohl nur zum Teil. Unsere Compagnia della Bolla war schon fast vollzählig ausgerüstet, als der Befehl kam, wieder nach Hause zu gehen, weil man keine Kampfhandlungen erwartete."

„Hätten die Franzosen mit elf Linieneschiffen, ein paar Fregatten und Schebecken Malta überhaupt erobern können?", gab der Weinhändler zu bedenken. „Es waren doch allerhöchstens zwei, dreitausend Mann auf den Schiffen. "

„Damit hätten sie es niemals gewagt", stimmte Paolo seinem Vater zu.

Der „Schwertfisch"-Wirt runzelte die Stirn. „Ich bin mir da nicht ganz so sicher. Irgendwie werde ich das ungute Gefühl nicht los, dass sie es dennoch versucht hätten, wenn kein Generalalarm gegeben worden wäre."

19. Kapitel

Città Notabile

Mdina, die ehemalige Hauptstadt des maltesischen Archipels, besaß viele Namen. Mdina hieß sie beim einfachen Volk, Città Veccia hatten die Ritter sie getauft – bisweilen sprachen sie auch geringschätzig von Città Morte, der Toten Stadt. Der einheimische Adel, der dort in seinen Palästen wohnte, benutzte hingegen weiterhin stolz den Namen Città Notabile. Alfonso von Aragon hatte 1428 Mdina mit dieser Bezeichnung geehrt, als es den Einwohnern der Stadt gelungen war, ohne fremde Unterstützung einen gewaltigen Türkenangriff zurückzuschlagen.

Mdina lag auf einer dominierenden Anhöhe in der Inselmitte. Die Silhouette der steil aufragenden Umwallung war weithin im Land sichtbar. Die Vorstadt zu Füßen Mdinas hieß wie die Ortschaft unterhalb der Gozo-Zitadelle Rabat. Das Wort Rabat bezeichnete in der Sprache des Volkes einen Platz, an dem man die Pferde zur Rast anband.

Francesco Camilleri besaß einen alten Stammkunden in der Città Notabile, den er regelmäßig mit ausländischem Wein belieferte, und der mit seiner Familie an der westlichen Mauer ein ansehnliches Stadthaus, die Casa Gloriale, bewohnte.

Baron Lorenzo de Neva hatte schon bei seinem verstorbenem Onkel gekauft. Wenn der Weinhändler nach Mdina fuhr, begleitete ihn meistens Maria, denn die Baronin war ebenfalls eine gebürtige Engländerin, und die beiden Frauen waren im Laufe der Jahre allen Standesunterschieden zum Trotz gute Freundinnen geworden. Die de Nevas waren eine alteingesessene Familie in Malta, zählten aber wegen eines unglücklich verlaufenen Erbschaftsstreits zu den weniger begüterten Mitgliedern der örtlichen Nobilità. Dennoch lebten sie recht komfortabel von der Pacht ihrer Ländereien.

Der Baron und die Baronin hatten wie die Camilleris nur ein Kind, eine Tochter in Paolos Alter. Sie hieß Anna. Da die de Nevas auch noch einigen Grundbesitz auf Gozo in der näheren Umgebung von Nadur besaßen, hatten Paolo und Anna dort oft als Kinder miteinander gespielt.

Während der Weinhändler und der Baron den neu eingetroffenen Bordeaux von Kaptan Sultana verkosteteten, zogen sich die Frauen nach der Begrüßung in den Innenhof der Casa Gloriale zurück, um zu plaudern.

„Gibt es Neuigkeiten von Anna?"

Anna de Neva lebte seit einem Jahr bei ihren Großeltern in Sussex.

„In ihrem letzten Brief schrieb sie, dass sie großes Heimweh hat. Es hat offenbar den ganzen Winter über in England ungewöhnlich viel geschneit, und sie sehnt sich nach ein wenig Sonne und Licht, die Arme."

Maria Camilleri seufzte. „Ich weiß gar nicht mehr, wie Schnee aussieht. Wie lange warst du eigentlich nicht mehr in England?"

Barbara de Neva überlegte. „Zwölf, dreizehn Jahre? Und du?"

„Eine Ewigkeit. – Seit Paolo geboren wurde."

„Kennt er eigentlich deine Eltern?"

„Nein, er war noch nie in England. Außerdem leben meine Eltern schon lange nicht mehr."

„Er hat es gut getroffen, dass er noch im Großmeisterpalast untergekommen ist", sagte die Baronin. „Die Zeiten sind schwierig geworden. Viele unserer Pächter haben um Stundung gebeten. Es heißt, der Orden hat in den letzten Monaten keinen Sold mehr an einen Teil der Marinemannschaften ausbezahlen können."

„Ich habe davon gehört. Paolo jedenfalls hat sein Geld erhalten."

Besorgt sah Barbara de Neva ihre Freundin an. „Ich bete nur inständig darum, dass Anna unversehrt wieder hier eintrifft."

„Anna kommt nach Malta zurück?"

„Ja, irgendwann im Mai oder Juni. Sie hält es in England einfach nicht mehr aus. ,Noch so einen Winter mit Schnee und Regen', schreibt sie, ,und ich werde trübsinnig.' – Ich hatte sie ja gewarnt. Das Landgut unserer Familie in Sussex liegt sehr einsam. Für eine junge Frau wie Anna ist das ein recht trostloser Ort, denke ich. Aber sie wollte unbedingt ihre Großeltern kennenlernen und war von der Reise einfach nicht abzubringen."

Maria Camilleri griff besorgt nach der Hand der Baronin. „Das ist jetzt eine gefährliche Zeit, um nach Malta zu reisen."

„Ich gräme mich auch, Maria. Aber wenn Anna sich etwas in den Kopf gesetzt hat ..."

„Dass die Franzosen über eine ernst zu nehmende Flotte verfügen, haben sie uns ja gerade hinlänglich demonstriert. Immerhin war Anna so klug, sich eine Passage auf einem holländischen Schiff zu beschaffen. Dennoch sähe ich es natürlich lieber, wenn sie die Reise vorerst verschieben würde."

„Ein holländisches Schiff? Das tröstet mich ein wenig. Die Holländer halten sich in diesem Krieg auch neutral, soweit ich weiß."

Die Baronin atmete tief aus. „Allianzen können schnell wechseln, aber mir ist wirklich bei dem Gedanken wohler, dass sie kein englisches Schiff für die Passage ausgewählt hat."

*

Auch Lorenzo de Neva und Francesco Camilleri sprachen über die politische Lage, während sie den Wein verkosteten. Sie saßen im Obergeschoss der Casa Gloriale und schauten auf den Palazzo der Familie Galea auf der gegenüberliegenden Straßenseite.

„Città Notabile ist nicht Valletta, Francesco." Der Baron reckte das Kinn in Richtung Casa Galea. „Aber dennoch hat

Frankreich einige Sympathisanten hier. Der Herr da drüben würde es wahrscheinlich nicht als Einziger von Herzen begrüßen, wenn die Franzosen den Orden davonjagen könnten."

Der Weinhändler hob sein Glas gegen das Fenster und begutachtete die Farbe des Weins. Befriedigt vom Ergebnis nahm er einen winzigen Schluck und stellte das Glas wieder ab. „Wer ist alles mit ihm im Bunde?"

Lorenzo de Nevas Kopf beschrieb einen Kreis. „Die Sciberras, die Testaferratas, die Parisis – nur um die wichtigsten Familien zu nennen."

„Und was ist deine Meinung?"

Der Baron zuckte mit den Achseln. „Ich bin mir da uneins. Vom Orden werden wir, seit er auf Malta regiert, nicht gerade besonders hofiert, wie du ja weißt. Alle wichtigen Ämter bleiben uns seit eh und je verschlossen, und es sieht nicht so aus, als ob sich das in Bälde ändern würde. – Gut, wir dürfen hier in der Stadt unsere Angelegenheiten größtenteils selber regeln, aber in den Orden nimmt man Mitglieder unserer Nobilità auch in Zukunft nicht auf, und das, obwohl die Stammbäume fast aller unserer Familien älter und edler sind als die vieler Johannesritter. – Nein, Francesco, ich kann wirklich nicht sagen, dass ich sie liebe, die Johannesritter." Der Baron trank einen Schluck und stellte dann sein Glas abrupt auf den Tisch, dass Franceco fürchtete, es würde zerbrechen. „Andererseits habe ich auch noch gut in Erinnerung, wie die Franzosen mit ihrem Adel umgesprungen sind." Er ergriff das Glas wieder und schwenkte es nachdenklich. „Die Zeit ist reif, dass irgendetwas geschieht. So jedenfalls kann es nicht weitergehen. Der Orden ist bis in die Knochen korrupt, und pleite ist er auch."

Der Weinhändler nickte. „Da stimme ich dir zu. Fürwahr eine vertrackte Situation, aber mit dem Orden werden wir noch eine Weile leben müssen. England wird nie zulassen, dass Frankreich sich Malta einverleibt."

„Dein Wort in Gottes Ohr. Wo war denn die berühmte, stets siegreiche englische Flotte, als die Franzosen hier aufkreuzten?"

„Ich denke, sie werden es dennoch nicht wagen, Malta anzugreifen. Von Paolo erfuhr ich, dass der Großmeister ständig von mehreren Kommissionen beraten wird. Die wichtigste ist die Kriegskongregation."

„Mit Reden und Diskutieren allein ist es nicht getan. Die meisten Festungskanonen haben seit Jahrzehnten keinen Schuss mehr abgegeben, außer vielleicht zum Salut oder zu einer Festa."

Der Weinhändler zuckte mit den Achseln. „Paolo war dabei, als sich die Kriegskommission nach der Inspektion der Verteidigungsanlagen im Großmeisterpalast zum Abendessen traf. Der Zustand der Befestigungen scheint trotz einiger Mängel zufriedenstellend zu sein."

Der Baron schaute Francesco skeptisch an. „Auf dem Papier mag das vielleicht so aussehen. – Hast du in den letzten Jahren zufällig mal an einer Übung der Miliz teilgenommen? Einmal im Monat treffen sich die Männer hier nach dem Kirchgang auf der De Redin Bastion und spielen für drei, vier Stunden Soldat. Wenn, was selten vorkommt, ein Ritter als Ausbilder auftaucht, kann er sich mit den Leuten nicht verständigen, weil er – wie die meisten von ihnen – nie unsere Sprache gelernt hat. Unsere Miliz ist lachhaft! Die Männer sind bestimmt gute Kämpfer, aber verrate mir bitte, was sie mit ein paar alten Gewehren und verrosteten Hellebarden gegen eine modern ausgerüstete Armee auszurichten vermögen."

Der Weinhändler seufzte. „Ich war im März in Gozo, als es Generalalarm gab. Die Ausrüstung der Miliztruppen dort war in der Tat wenig beeindruckend."

In der engen gepflasterten Straße vor der Casa Gloriale erklang Hufgeklapper.

Baron Lorenzo de Neva trat ans Fenster. Zwei Reiter stiegen vor dem Palazzo Galea ab. Ein Diener aus dem Palazzo führte ihre Pferde weg.

„Es ist in der Tat schon recht merkwürdig, wer meinem Nachbarn in letzter Zeit alles einen Besuch abstattet", bemerkte der Baron.

Francesco Camilleri trat neben ihn. Die beiden Männer verschwanden umgehend im Galea'schen Anwesen. „Sieh mal einer an! Das waren doch Toussard und Fay!"

Der Baron nickte. „Vorgestern Caruson, der französische Gesandte, gestern Ransijat, der Ordensschatzmeister, und heute erscheint der Chefingenieur des Ordens in Begleitung des obersten Direktors für das Festungswesen. Mein Nachbar pflegt merkwürdigen Umgang."

„Es heißt, dass sie sich immer zum Glücksspiel treffen würden."

„So? Nun, dass Fra Bosredon de Ransijat ein verrufener Zocker ist, weiß jeder. Aber Baron Galea? Von dem weiß ich genau, dass er Spiele jedweder Art geradezu verabscheut."

Francesco Camilleri erinnerte sich daran, was die betrunkenen Galeerenoffiziere vor dem „Schwertfisch" gegrölt hatten. Er erzählte es dem Baron.

„Manchmal hat es den Anschein, dass einige von den Ordensmitgliedern es sogar begrüßen würden, wenn Malta an Frankreich fiele. Besonders bei den jungen französischen Rittern in der Marine sind republikanische Ansichten recht populär, scheint es mir."

„Nicht nur bei den jungen, mein Freund, schau mal, wer da noch kommt!", sagte der Baron.

Fra Antoine François de Bardonnence, der Befehlshaber der Artillerie, stieg vor der Casa Galea ab.

„Du meinst ...?"

„Eines weiß ich, Francesco. Was immer die Herren da drüben treiben mögen, spielen tun sie auf jeden Fall nicht."

20. Kapitel

Anna

Anna de Neva traf am 1. Juni 1798 an Bord des holländischen Kauffahrers „Margarethe" im Großen Hafen ein. Drei Tage später luden die de Nevas Verwandte und Freunde der Familie zu einem Willkommensessen in die Casa Gloriale ein. Unter den geladenen Gästen waren auch die Camilleris.

Anna de Neva hatte von der Mutter die zierliche Figur geerbt, vom Vater hingegen das dichte, pechschwarze Haar und die braunen Augen.

„Gefällt sie dir?", flüsterte Maria Camilleri ihrem Sohn ins Ohr, nachdem Anna sie begrüßt hatte und sich anderen Gästen widmete.

Paolo nickte bloß stumm. Während des Essens vermochte er kaum den Blick von ihr zu wenden. Er hatte sie schon als Mädchen immer angehimmelt, aber die junge Frau, die jetzt zwischen ihren Eltern am Kopfende der Tafel saß, erschien ihm noch reizvoller, als er sie in Erinnerung hatte. Das Gefallen beruhte offensichtlich auf Gegenseitigkeit, denn auch Anna schaute des Öfteren wie zufällig zum Ende der Tafel, wo die Camilleris speisten.

Paolo trug einen langen dunklen Samtrock, und Anna war verwundert, wie wohlansehnlich der einstmals schmächtige Spielgefährte ihrer Kindertage doch geworden war. Wenn er seiner Mutter Wein nachschenkte, spannte sich der Stoff über dem Oberarm.

Der Baronin waren Annas Blicke nicht entgangen. Sie lächte. „Paolo ist jetzt der Gehilfe des Mundschenks im Großmeisterpalast."

„Das freut mich", sagte Anna so beiläufig wie möglich und widmete sich wieder ihrer Süßspeise.

„Ein hübscher junger Mann, findest du nicht?", neckte die Mutter sie.

Anna gab vor, die Frage überhört zu haben und aß weiter, konnte aber nicht verhindern zu erröten.

Barbara de Neva schmunzelte.

Man tafelte bis spät in die Nacht. Maria und Francesco Camilleri übernachteten in der Casa Gloriale. Paolo musste nach dem Festmahl in den Großmeisterpalast zurück, denn sein Dienst begann dort ausnahmsweise schon in aller Früh. Er fuhr in der offenen Kutsche einer der de Neva'schen Gäste nach Valletta mit.

Während die anderen Insassen der Kutsche den Sternenhimmel bestaunten, unter dem sie wie unter Abertausenden von winzigen Kerzen in der milden Juninacht dahinrollten, hatte Paolo die Augen geschlossen. Er träumte, aber er schlief nicht.

Als die Kutsche gegen Mitternacht die Porte des Bombes, das Stadttor von Floriana, erreichte, weilte er in Gedanken noch immer in der Casa Gloriale.

*

Fra Ferdinand hatte mehrere ältere Großkreuzritter zum Frühstück geladen. Alle tranken zum Essen stark mit Wasser verdünnten Wein, den Paolo aus einer bauchigen Kristallkaraffe einschenkte. Das Tischgespräch kreiste um die Aktivitäten der französischen Marine. In Toulon, Marseille und anderswo sammelten sich überall große Flottenverbände.

Die Ritter äußerten die Besorgnis, dass Malta das Ziel der Armada sein könnte, aber der Großmeister wusste sie zu beruhigen.

„Frankreich wird die Neutralität Maltas auch weiterhin respektieren. Aus zuverlässigen Quellen habe ich gerade erfahren, dass Napoleon plant, die Engländer aus dem Mittelmeer zu vertreiben, um sich dann in Ägypten festzusetzen."

„Aber die Depesche von Bailli Schönau aus Rastatt klingt äußerst besorgniserregend, Hoheit", gab ein Ritter der italienischen Zunge zu bedenken.

Paolo schenkte Fra Ferdinands Sekretär nach, der neben einem Ritter der kastilischen Zunge saß.

Ovid Doublet wartete, bis auch der Spanier ein volles Glas hatte, und sagte dann leise zu ihm: „Frankreich ist uns freundlich gesonnen. Die Flotte von Admiral Brueys d'Aigilliers ist im März wie versprochen weitergesegelt, ohne dass ein einziger Schuss auf die Festungen abgegeben wurde. Warum sollte Napoleon Malta jetzt angreifen wollen?"

Der Kongress in Rastatt war einberufen worden, um endlich die Feindseligkeiten zwischen dem Deutschen Reich und Frankreich zu beenden. Auch der Souveräne Orden vom Heiligen Johannes nahm wegen seiner deutschen Besitzungen daran teil. Bailli Schönau hatte geschrieben:

Hoheit,

in Toulon wird derzeit ein Expeditionsheer zusammengestellt, das Malta und Ägypten einnehmen soll. Ich bekam diese Information vertraulich von Herrn Treilhard, dem Sekretär eines Ministers der französischen Republikanischen auf dem Kongress. Malta wird mit größter Wahrscheinlichkeit angegriffen werden. Alle Gesandten der mit uns befreundeten Mächte haben dieselben Nachrichten bekommen. Aber es ist auch auf dem Kongress bekannt, dass die Feste Malta uneinnehmbar ist oder zumindest einer mehrmonatigen Belagerung standhalten kann. Hoheit, der Orden muss sofort alle notwendigen Vorbereitungen zu einer wirksamen Verteidigung des Archipels treffen. Die Ehre Eurer Eminenz und die Bewahrung des Ordens stehen auf dem Spiel, sollte es Frankreich gelingen, Malta zu erobern. Hoheit, ich glaube fest daran, dass Malta in größter Gefahr ist, schon deshalb, weil Bonaparte, der Oberkommandierende des Expeditionsheeres, zwei mächtige Feinde im Direktorium hat, die dieses Unternehmen mit aller Kraft befürworten. Rewbell und La Révellière-Lépeaux wollen Bonaparte so schnell wie möglich außer Landes sehen.

Fra Ferdinand von Hompesch räusperte sich. „Eine erkannte Gefahr ist eine halbe Gefahr. Malta ist verteidigungsbereit, meine Herren. Ich versichere Ihnen, Bailli Schönaus Brief wird vom Ordensrat und der Kriegskongregation sehr ernst genommen. Aber es gibt auch Gerüchte, die besagen, dass die französischen Flotten das Mittelmeer verlassen werden, um Irland und England anzugreifen." Fra Ferdinand schaute lächelnd in die Runde. „In unseren Arsenalen lagern, um nur zwei Beispiele zu nennen, 35 000 Bajonette und 12 000 Fässer Kanonenpulver. Wir sind also für alle Eventualitäten bestens gewappnet."

Mit dieser Bemerkung des Großmeisters wandte sich das allgemeine Gespräch einem anderen Thema zu: den zerrütteten Ordensfinanzen.

*

Am 5. Juni 1798, einem Dienstag, traf Paolo Anna de Neva in Begleitung ihrer Mutter auf der Strada San Giorgio. Er hatte für den Mundschenk einige Besorgungen erledigt und wollte gerade in den Großmeisterpalast zurückgehen.

Die de Nevas waren auf dem Weg zu Maria und Francesco Camilleri, um mit ihnen den alljährlichen Besuch anlässlich der Festa zu Ehren von Sankt Peter und Paul zu besprechen. Die Camilleris und de Nevas reisten meistens gemeinsam auf einer Speronara nach Gozo und verbrachten dann ein paar Tage auf der Insel.

Die Aussicht, ein paar Tage in Annas Nähe zu verbringen, ließ Paolos Herz höher schlagen, und er hoffte inständig, dass er sich für die Zeit der Festa vom Palastdienst beurlauben lassen konnte.

21. Kapitel

Tausend Segel

Freitag, 23.30 Uhr, 8. Juni 1798. Paolo und Antonio hatten sich im „Schwertfisch" getroffen. Nachdem der Wirt einen sturzbetrunkenen griechischen Matrosen höchst unsanft an die Luft gesetzt hatte, waren sie die letzten Gäste in der Fischmarktkneipe. Marcello gähnte mehrmals demonstrativ und pochte mit dem Schlüssel energisch auf den Tisch. „Schluss für heute. Ich mach jetzt dicht."

Es hatte am 6. Juni wieder einen Generalalarm gegeben. Vor Gozo war erneut eine große französische Flotte gesichtet worden. Ein Brief des kommandierenden Admirals der siebzig Schiffe hatte den Großmeister informiert, dass die Armada auf dem Weg nach Ägypten unterwegs wäre und Malta von ihr nichts zu befürchten hätte. Der Admiral bat in dem Schreiben, dass man es ihm gestatten möge, vier Fregatten zur Wasser- und Proviantaufnahme in den Großen Hafen zu schicken. Dem war am 7. Juni vom Kriegsrat nach Konsultation mit Fra Ferdinand stattgegeben worden.

Die Franzosen hatten sich im Hafen mustergültig benommen und die gekauften Lebensmittel und das Trinkwasser prompt bezahlt. Einige Marineinfanteristen waren während eines kurzen Landgangs sogar auf ein Glas Wein im

„Schwertfisch" eingekehrt. Sie hatten scherzend geäußert, dass sie Nelsons Flotte weniger fürchteten als die Gefahr, womöglich bei den Muselmanen in Ägypten keinen guten Wein kaufen zu können.

Die Fregatten hatten am Nachmittag des gleichen Tages den Großen Hafen verlassen und mit der Flotte die maltesischen Gewässer verlassen. Bald waren die Schiffe außer Sichtweite der Küstenwachtürme. Der Alarmzustand für die regulären Truppen des Ordens wurde dennoch aufrechterhalten. Aber am 8. Juni waren die meisten Männer der Milizen und die ebenfalls nur bei Bedarf aktivierten und unter Waffen gesetzten Cacciatori Maltesi wieder nach Hause geschickt worden.

Nicht nur die einheimische maltesische Bevölkerung atmete auf.

Fra Ferdinand von Hompesch hatte an den Zeremonien anlässlich des Fests Corpus Christi teilgenommen und sich dann früh in den Palast zurückgezogen.

*

Paolo und Antonio wünschten Marcello eine gute Nacht und verließen den „Schwertfisch". Der Freund aus Gozo würde mit seiner neu erworbenen Speronara erst am nächsten Morgen nach Mġarr zurücksegeln und wollte bei einem Verwandten in Valletta übernachten, der in einem Haus am Marsaxlokk Hafen wohnte.

„Die letzte Flasche war einfach zu viel. Ich glaube, ein kleiner Spaziergang würde mir nicht schaden, um ein wenig auszunüchtern", sagte Paolo. „Ich begleite dich noch zu deinem Onkel."

Es war vollkommen windstill, als sie aus der Kneipe traten. Das Pflaster dampfte, und die Luft war stickig. Mit der Feuchtigkeit waren auch die Mücken gekommen. Antonio schlug sich mit der Handfläche in den Nacken. „Mistviecher, verdammte!"

„Es hat den ganzen Tag über schon ausgesehen, als ob es einen Schauer geben würde", sagte Paolo und erledigte einen der Blutsauger auf seiner Stirn.

„In Gozo nicht", sagte Antonio. „Dabei könnten wir dort wirklich jeden Tropfen gebrauchen. Dieser Sommer verspricht, außergewöhnlich heiß zu werden, wenn du mich fragst. Unsere Hauszisterne in Nadur ist im Winter bloß zu drei Viertel vollgelaufen. Letztes Jahr sah es um diese Zeit deutlich besser mit Wasser aus."

Valletta schlief. Nur auf den Mauern und Bastionen sahen sie hin und wieder einen gemächlich patrouillierenden Soldaten. Bis auf ein paar Fackeln an den Straßenkreuzungen war die Stadt dunkel. Sie machten einen Umweg über Fort Sankt Elmo an der Spitze der Sciberras-Halbinsel und wurden von den Torwächtern barsch aufgefordert stehen zu bleiben.

„He, Guiseppe!", rief Paolo, der einen von ihnen erkannt hatte. „Ich bin's, Paolo! Und an Antonio solltest du dich eigentlich auch noch erinnern können, schließlich haben wir erst letzte Woche zusammen mit ihm im ‚Schwertfisch' gesessen."

Der Angerufene löste sich aus der Gruppe der Soldaten und kam auf sie zu. „Was kraucht ihr denn um diese Zeit noch herum?" Er grinste. „Blöde Frage. Ihr wart natürlich wieder bei Marcello, stimmt's?"

„Siehst du uns das nicht an?", sagte Antonio leicht lallend.

Der Wachsoldat lachte. „Hören tue ich's jedenfalls. – War viel los im ‚Schwertfisch'?"

„Bis gegen zehn Uhr war es rammelvoll, danach sind nur noch wir da gewesen, bis Marcello uns eben rausgeschmissen hat."

„Ihr Armen, was für ein herbes Schicksal ihr erleiden musstet!" Der Wächter schnitt eine Grimasse und deutete auf seine Kollegen. Säuerlich sagte er: „Für uns gab es vorhin dünnen Kräutertee, und morgen zum Frühstück kriegen wir ein wer weiß wie schauderhaftes Gesöff."

Paolo und Antonio nickten mitleidsvoll. Guiseppe verdiente seinen Spitznamen „Tat-Taverna" wahrlich zu Recht.

Das Gesicht des Soldaten hellte sich auf. „Aber Gott sei Dank scheint es, dass morgen die erhöhte Alarmbereitschaft aufgehoben wird." Er gähnte. „Dann habe ich endlich mal wieder einen freien Tag. – Sehen wir uns dann auf einen Schluck bei Marcello?"

„Mich triffst du morgen im ‚Schwertfisch' garantiert nicht an", sagte Antonio. „Ich muss eine Bauholzfuhre nach Mġarr schiffen."

Paolo schüttelte den Kopf. „Und ich hab vermutlich Palastdienst bis Mitternacht. Aber an Gesellschaft wird es dir bei Marcello bestimmt nicht mangeln. Die Debrincat-Brüder kommen morgen Abend nach Valletta, habe ich mir sagen lassen."

Guiseppe nahm es erfreut zur Kenntnis. Mit Maurizio und Tarcisio Debrincat ließ es sich immer gut bechern. Guiseppe kehrte zu den anderen Torwächtern zurück, Paolo und Antonio gingen weiter.

Der Weg zum Haus von Antonios Onkel führte am Wohnsitz des Chefingenieurs der Johanniterritter vorbei. Antoine Étienne Toussard besaß eine Casa mit Blick über den Marsamxett Hafen.

Verblüfft blieben die beiden stehen. Ein offen stehendes Fenster im obersten Stockwerk des Hauses war hell erleuchtet. Plötzlich zog jemand einen Vorhang vor, und es wurde dunkel. Kurz darauf wurde der Vorhang wieder entfernt.

„Merkwürdig", murmelte Paolo, als sich die Aktion

mehrmals wiederholte. „Was treiben die da um diese Uhrzeit noch?"

Antonio zuckte mit den Achseln. „Wahrscheinlich ist Toussard am Arbeiten und muss hin und wieder lüften. – Mist, wenn ich an die stickige Kammer beim Onkel denke, bin ich schon fast versucht, doch auf meiner Speronara zu schlafen." Paolos Freund gähnte. „Aber da wimmelt es jetzt sicher auch von Mücken, und schlagskaputt bin ich obendrein." Er stöberte nach dem Hausschlüssel, fand ihn nach einigem Suchen und wünschte Paolo noch eine gute Nacht, bevor er leicht schwankend im Haus seines Onkels verschwand.

Paolo ging auf kürzestem Weg in die Sankt Kristofu Straße.

Maria Camilleri war noch auf. „Na, kannst du zur Festa von Sankt Peter und Paul frei bekommen, um mit uns nach Gozo zu fahren?"

„Ja. Es hat sich einrichten lassen", sagte Paolo so beiläufig wie möglich.

Die Mutter schmunzelte.

*

Samstagmorgen, 5.30 Uhr, 9. Juni 1798. Antonio Abela fuhr nur noch bei ruhiger See mit seinem Vater in einem kleinen Ruderboot zum Fischen in die Gewässer vor Kap Sankt Dimitri hinaus. Er war gebrechlich geworden, der alte Melchior. Man sah ihm an, dass er das ganze Leben mit harter Arbeit auf dem Wasser verbracht hatte. Seine Handgelenke waren vor Rheuma knotig wie der Ast eines Olivenbaums. Dennoch ließ er sich nie davon abbringen, mit Hand anzulegen, wenn sein Sohn dann das Netz einholte.

Während Antonio begann, den morgendlichen Fang zu sortieren, setzte der Alte sich schwer atmend auf die Bank an der Ruderpinne und wischte sich den Schweiß aus dem Gesicht. Ein leichter Dunst lag über dem Meer, wattegleicher Frühnebel, der wieder einen heißen Tag verhieß.

Plötzlich stieß er einen heiseren Schrei aus.

Antonio schaute besorgt zu seinem Vater. ‚Er übernimmt sich, wenn er mir beim Netz hilft‘, dachte er, ‚aber er lässt sich einfach nicht davon abbringen.‘

Der Schrei des Alten war kein Schmerzensschrei. Mit vor Überraschung geweiteten Augen stammelte er nur: „Toni, da! Schon wieder Kriegsschiffe!“

Antonio drehte sich um. An den Masten der sich nähernden Flotte wehte überall die Trikolore. Fluchend warf er die große Meerbrasse, die er aus dem Netz geknüpft hatte, in den Fischkasten und legte hastig die Ruder ein.

Von den Wachtürmen in Qarwa und Xlendi stiegen zwei steile, schwarze Rauchfahnen in den Himmel. Das Signal wurde sogleich von der Mġarr ix-Xini Wachstation aufgenommen und über den Comino-Turm nach Malta weitergeleitet.

*

Leonora, die Hausbesorgerin von Dun Salvatore, rannte wie ein aufgescheuchtes Huhn über den leeren Kirchplatz von Nadur. Der kleine Priester hielt sich gerade in der Sakristei auf, als er Leonoras laute Rufe hörte, und lief zum Portal.

„Dun Salv, Dun Salv!“, keuchte sie. „Sie geben wieder die Zeichen!“

Der kleine Priester kniff die Lippen zusammen, raffte seine Soutane und eilte zur Signalstation.

„Großer Gott!“, rief er aus, als er das Wächterhaus am Dorfrand erreichte und über das Meer im Osten blickte.

Im Umkreis von Meilen war die See mit Schiffen jeder

Größe besät. Ihre Masten sahen aus wie ein riesiger Wald.

Dun Salvatore bekreuzigte sich.

*

„Herr Baron! Wo ist der Herr Baron?" Der Stallknecht der de Nevas rannte in den Innenhof der Casa Gloriale.

„Was schreist du so herum?", fuhr ihn die Köchin wütend an, die dort Gemüse putzte. „Man könnte denken, der Leibhaftige persönlich sei hinter dir her."

Der Stallknecht beachtete sie nicht weiter, sondern hetzte ins Treppenhaus. „Herr Baron!"

Eine Tür öffnete sich im Obergeschoss. „Ich bin hier. Was ist los, Pietro?"

Der Stallknecht schöpfte erst tief Luft, bevor er lossprudelte: „Die Franzosen sind wiedergekommen. Alle rennen zur Ostmauer auf die De Redin Bastion, um sich das Spektakel anzuschau'n, Herr Baron. Es sind bestimmt tausend Segel."

„Nun mal langsam und noch einmal von vorne, Pietro. Was für Franzosen sind gekommen, und wer macht sich zur Ostmauer auf? Und was brabbelst du mir da von tausend Segeln?"

Aber der Stallknecht wurde der Antworten enthoben, denn in diesem Augenblick stürzte Anna de Neva ins Treppenhaus. „Vater, komm schnell! Vor Malta sammelt sich eine französische Flotte. Von der Ostmauer aus kann man die ganze Armada sehen."

*

Raimondo Debono, der „Sergeant", Verwalter von Fra Bosredon de Ransijats Villa in Lija und Anführer der Dorfmilizreiter, war schon bei Sonnenaufgang zum Kap I-Iiqiqa an der

Küste im Nordosten Maltas geritten, um den Zustand der Jagdhütte seines Herrn zu inspizieren. Der Ordensschatzmeister beabsichtigte in den nächsten Tagen mit ein paar Freunden dort auf Schnepfenjagd zu gehen. Die Hütte war ein aus Trockenmauern errichtetes Rechteck ohne ein festes Dach, nur von einem Dutzend Bambusstangen bedeckt, über die man bei Bedarf ein altes Segeltuch als Sonnenschutz spannte. Sie lag unterhalb des Klippenrandes in einer windgeschützten Mulde.

Der Sergeant band sein Pferd an einen verdorrten Strauch fest. Irgendjemand musste die Hütte zwischenzeitlich als Ziegenpferch genutzt haben. Grummelnd fegte der Sergeant die vertrockneten Tierkötel mit einem Reisigbüschel zusammen und warf sie in eine Erdspalte. Dann stieg er zum Klippenrand hoch und glaubte, seinen Augen nicht zu trauen.

Von Gozo bis hinunter nach Valletta näherte sich den Maltesischen Inseln aus nordwestlicher Richtung in halbmondförmiger Schlachtaufstellung die gewaltigste Armada, die er je gesehen hatte.

Der Sergeant biss sich auf die Lippen und starrte noch eine Weile wie gebannt auf das von tausend Segeln bedeckte Meer, dann hastete er zur Hütte zurück und schwang sich auf sein Pferd. Überall brannten die Alarmfeuer.

*

Am frühen Nachmittag des 9. Juni tat sich eine Lücke in der französischen Armada auf, um vier Schiffen unter dem Kommando von Fra Suffren de Saint Tropez die Einfahrt in den Großen Hafen zu ermöglichen. Es handelte sich um das Ordenslinienschiff „St. Zaccharia" und die Fregatte „St. Elizabetta", die zwei mit Korn beladenen Frachtschiffen aus Sizilien Geleitschutz gaben. Als die Schiffe unbehelligt den Großen Hafen erreichten, atmeten viele der Malteser auf, die auf den Bastionen und Mauern das Spektakel verfolgt hatten.

Fra Bosredon de Ransijat stand inmitten einer Gruppe von Offizieren auf dem Sankt Johannes *Kavalier* nördlich der Porta Reale und wandte sich mit einer knappen Verbeugung zum Gehen. „Nun, was habe ich Ihnen immer gesagt, meine Herren? – Die Französische Republik hegt keinerlei feindlichen Absichten gegen Malta. Es wäre ihnen eben ein Leichtes gewesen, diese Schiffe zu kapern oder gar zu versenken."

*

Sofort nachdem die Flotte am Morgen gesichtet worden war, hatte Fra Ferdinand von Hompesch die Kriegskongregation in den Großmeisterpalast einberufen. Sie setzte sich unter anderem aus folgenden Ordensangehörigen zusammen: den Baillis Frisai, Souza, Neveu und Toussaint de la Tour du Pin, dem Großkreuzritter de Thiusi, den Rittern Renate de Bardonnence und Filippe Jean Charles Fay sowie Antoine Étienne Toussard, dem Ordenschefingenieur.

Der Kriegsrat war sich uneins, wie man im Fall eines Angriffs reagieren sollte. Fra Toussaint de la Tour du Pin und de Thiusi rieten dazu, die gesamte maltesische Bevölkerung mit all ihrem Vieh und den Lebensmittelvorräten innerhalb der ausgedehnten Hafenbefestigungen unterzubringen.

De Thiusi, ein Großkreuzritter, der gemeinsam mit du Pin das Kommando über die Cottonera-Befestigungen im Süden des Großen Hafens hatte, richtete das Wort an den Großmeister: „Hoheit, vor Malta kreuzen dreißig Fregatten, vierzehn Linien- und dreihundert Transportschiffe. Das heißt, dass wir es im Fall eines Angriffs mit mindestens vierzigtausend feindlichen Soldaten zu tun haben. Ohne die Unterstützung der Bevölkerung ist es um Malta schlecht bestellt."

Fay, Bardonnence und Toussard hielten dagegen: „Man sollte den Maltesern nicht über alle Maßen Vertrauen schenken, Eminenz. Was ist, wenn sie die Gelegenheit nutzen, um gegen den Orden zu rebellieren?", gab Toussard zu bedenken.

„Was redet Ihr da für einen Schwachsinn!", brauste de la Tour du Pin auf. „Unsere Untertanen waren in der Vergangenheit stets loyal, und es gibt nicht den geringsten Grund, dass sie es nicht auch bleiben werden. Was schwätzt Ihr da von Aufruhr!"

„So? Glaubt Ihr das tatsächlich? Dann seid Ihr ein Traumtänzer!", brauste Bardonnence auf. „Habt Ihr denn den Priesteraufstand gegen Großmeister Ximenes schon vergessen? – Massakrieren werden sie uns alle, wenn wir sie hereinlassen."

„Was redet Ihr da! Ximenes war ihnen verhasst. Fra Ferdinand verehren sie", ereiferte sich Fra de Thiusi. „Mit den Maltesern und ihren Vorräten innerhalb der Festungen kann Malta jedem Feind endlos trotzen."

Der Großmeister hatte dem Streitgespräch des Kriegsrates kommentarlos zugehört. Jetzt räusperte er sich vernehmlich.

Plötzlich betrat Fra Ferdinands Sekretär Doublet den Sitzungssaal. Er eilte zum Großmeister und flüsterte ihm ins Ohr, dass der sizilianische Getreidekonvoi nicht von den Franzosen aufgebracht worden war.

Als Ovid Doublet den Saal wieder verlassen hatte, richteten sich alle Augen der Anwesenden fragend auf den Großmeister.

„Ich denke, dass Frankreich keinen Angriff auf Malta wagen wird." Fra Ferdinand berichtete den Mitgliedern der Kriegskongregation von der unbehinderten Ankunft der Schiffe aus Sizilien. „Dennoch erscheint es mir keine überflüssige Vorsichtsmaßnahme zu sein, den Generalalarm, wie schon im März, aufrechtzuerhalten, bis die französische

Flotte nach Ägypten weitergesegelt ist. – Über wie viele kampffähige Männer verfügen wir derzeit? – Fra Toussaint, Sie haben doch die aktuellen Zahlen mitgebracht!"

Fra Toussaint de la Tour du Pin glättete ein Blatt Papier, das er zu Beginn der Krisensitzung vor sich auf den Tisch gelegt hatte. „Von unseren 332 Ordensrittern sind 50 nicht einsatzfähig, weil sie zum Kämpfen entweder zu alt oder zu krank sind. Es verbleiben also 288. Dann wären da ferner die 200 Soldaten Eurer Leibwache, Hoheit, und das Malta-Regiment. Momentan dienen dort etwa 500 Männer. Die Cacciatori Maltesi, unsere leichte Infanterie, kann 800 Soldaten stellen, wenn alle Rekruten einberufen werden. Augenblicklich ist die volle Mannschaftsstärke allerdings noch nicht erreicht." Der Bailli tippte auf das Blatt. „An Landstreitkräften gibt es dann noch 200 Artilleristen, 500 Hilfsartilleristen, 200 Pioniere und natürlich die Dorfregimenter. Letztere können an die 10 000 Milizionäre mobilisieren."

„Wie viele Leute würde die Ordensflotte stellen?", unterbrach der Großmeister Fra Toussaint.

„Das Galeerenkader verfügt über 250 Mann, unsere Segelschiffsflotte ebenfalls. Insgesamt bringen wir etwa 13 000 Verteidiger auf. – Und ich möchte wiederholen, was ich vorhin bereits sagte: Wenn wir die Bevölkerung und alle auf Malta befindlichen Lebensmittelvorräte in die Festungen holen würden, dann könnten wir jeder Belagerung endlos standhalten, Hoheit."

„Ich will darüber nachdenken, Fra Toussaint. Im Augenblick scheint mir eine solche Maßnahme jedoch noch nicht gerechtfertigt zu sein, denn wenig spricht dafür, dass man uns tatsächlich angreifen wird." Der Großmeister blickte zuversichtlich in die Runde. „Meine Herren, unser Orden hat bislang jeder Gefahr getrotzt. Wie ich vernehme, sind wir auch jetzt bestens gewappnet, komme, wer da wolle."

Toussard, Bardonnence und Fay nickten beifällig.

De la Tour du Pin blickte zu Fra de Thiusi. Der presste verärgert die Lippen aufeinander.

*

Jacomo Gonzi, der Erste Mundschenk von Fra Ferdinand, und sein Gehilfe Paolo polierten langstielige Kristallgläser an einem Fenster in der Spülküche, das auf den Palastgarten ging.

Ovid Doublet trat in dem Moment aus der Tür, als der französische Gesandte eintraf. Caruson und Doublet wechselten ein paar Worte miteinander, dann verschwand Caruson im Palast. Doublet schaute ihm einen Moment hinterher. Paolo sah, dass sich auf seinem Gesicht ein zufriedenes Lächeln spiegelte.

Als Caruson wenig später den Palast verließ, wurde er bereits ungeduldig von seinem Hausbesorger Victor Sammut erwartet.

„Herr, im Hafen liegt ein Boot des französischen Oberbefehlshabers. Man bittet Euch, dem Großmeister einen dringenden Brief zu übermitteln."

„Wo liegt das Boot?"

„Am Fischmarktkai, Herr."

Der französische Gesandte hetzte davon.

Paolo ging in den Hof hinunter. „Was ist los, Victor?"

„Eine Barkasse vom Flaggschiff der Franzosen hat eine Botschaft für Seine Hoheit gebracht."

Paolo kniff die Lippen zusammen. „Was wollen die?"

Victor Sammut schüttelte den Kopf. „Keine Ahnung, Paolo. Aber wahrscheinlich geht es um die Erlaubnis, Wasser und Lebensmittel aufzunehmen, bevor sie nach Ägypten weitersegeln."

*

Es dauerte nicht lange, da erschien Caruson wieder im Palast. Der Brief, den er dem Großmeister in Anwesenheit von dessen Sekretär und Schatzmeister Ransijat überbrachte war folgenden Inhalts:

Hoheit,

im Namen des Oberkommandierenden ersuche ich Sie darum, mit unserer gesamten Flotte in den Großen Hafen einlaufen zu dürfen, da wir bereits seit zweiundzwanzig Tagen auf See sind und dringend Wasser- und Lebensmittel benötigen.

gez. General Berthier

Fra Ferdinand von Hompesch musterte den französischen Gesandten. „Die Regelung, dass wir nie mehr als vier Kriegsschiffe fremder Nationen in den Großen Hafen einlassen, ist doch wohl auch General Bonaparte hinlänglich bekannt, nehme ich an. – Meine Antwort heißt: Nein! Vier Schiffen sei es gleichzeitig gestattet, Wasser und Proviant aufzunehmen, keinem einzigen mehr."

„Hoheit, Eure Antwort könnte Krieg mit Frankreich bedeuten", gab Fra Bosredon de Ransijat vorsichtig zu bedenken.

„Eine Weigerung wird General Bonaparte mit Sicherheit als einen feindseligen Akt betrachten", pflichtete ihm Doublet bei. „Ich empfehle, erst den Großen Ordensrat anzuhören, Hoheit, damit eine so schwerwiegende Entscheidung nicht allein auf Euren Schultern ruht."

Fra Ferdinand starrte auf den Brief. „Nun gut. Dann berufen Sie eben den Rat ein, meine Herren. Ich bin mir sicher, er wird meine Entscheidung in allen Punkten mittragen."

Caruson wurde vom Kammerdiener des Großmeisters aus dem Sitzungssaal geleitet.

*

Um 18 Uhr waren die Mitglieder des Großen Ordensrates bis auf Großkanzler Anacleco Zarzana und den Großprior der Champagne Bailli René Jacob Tigné sowie Bischof Labini im Palast versammelt. Tigné und Zarzana waren krank, der Bischof war wegen der Corpus Christi Feierlichkeiten immer noch in Mdina.

Fra Ferdinand trug dem Rat seine Entscheidung vor und fand große Zustimmung; nur der ältliche spanische Bailli de Vargas gab zu bedenken, ob es unter den gegebenen Umständen vielleicht nicht doch ratsamer wäre, dem französischen Ersuchen stattzugeben.

Ein feindliches Murren ging durch die Reihen der Ratsversammlung und ließ den Bailli verstummen.

Fra Ferdinand befahl, Caruson zu holen, und teilte ihm das Ergebnis der Versammlung mit.

„Falls Hoheit die Güte haben würden, mir eine schriftliche Fixierung dieses Entschlusses an General Bonaparte mitzugeben, wäre ich sehr verbunden."

„Es reicht, wenn Ihr dem General die Botschaft mündlich vortragt. – Eine Barkasse wird Euch sogleich zur ‚L'Orient' bringen."

Als Caruson gegangen war, ließ sich der Großmeister über den letzten Stand der Verteidigungsmaßnahmen in Kenntnis setzen: Die waffenfähigen Milizmänner aus Valletta und Floriana sowie die der Städte Senglea, Cospicua und Vittoriosa würden 24 Kompanien à 150 Mann zur Verteidigung der fünf Städte bilden. Ihre Offiziere waren ausschließlich Ordensritter. Über die landseitigen Befestigungsanlagen von Floriana hatte Bailli de Belmond, Großprior von Toulouse, das Kommando. Das Malta-Regiment unter der Führung von Großkreuzritter Pfiffer war auf Valletta, Fort Tigné am Eingang des Marsamxett Hafens und Fort Sankt Angelo auf der Spitze der Vittoriosa-Halbinsel im Großen Hafen verteilt. Die Leibwache des Großmeisters würde bis auf wenige Gardisten nach Sankt Elmo verlegt werden, dafür sollte die Compagnia della Bolla, das Milizregiment der Händler und Handwerker Vallettas, die Wachmannschaft für den Palast stellen. Die *Küstenbatterie* unterhalb von Fort Sankt Elmo kommandierte Großkreuzritter de Bataille. Der Oberbefehl für die Städte auf den beiden Halbinseln im Großen Hafen, Senglea und Vittoriosa, war den Großkreuzrittern Charles de Gondrecourt und Annibale de Subirras anvertraut. Zum Kommandanten von Cospicua, der Stadt zwischen den Halbinseln, war der Generalkapitän der Galeeren Bailli Suffren de Saint Tropez ernannt worden. Zusammen mit dem Großkreuzritter Subirras war er ferner für die gesamten Küstenverteidigungsstellungen verantwortlich. Die weiträumigen Cottonera-Bollwerke vor Vittoriosa, Senglea und Cospicua befehligte Bailli de la Tour du Pin mit Unterstützung von Fra de Thiusi. In den Cottonera-Festungen waren auch die Schießpulvervorräte des Ordens eingelagert. Der Kommandant von Fort Ricasoli, gegenüber von Sankt Elmo, war der Bailli de Tillet, der von Fort Tigné Großkreuzritter Reichenberg. In Fort Tigné war auch eine Kompanie Cacciatori Maltesi untergebracht. Fort Manuel auf der Insel im Marsamxett Hafen wurde von dem Portugiesen Bailli Gougeau und dem französischen Bailli La Tour Saint Germain befehligt. Weitere Einheiten der Jäger unter dem Kommando des deutschen Bailli Neveu befanden sich in Fort Ricasoli und Manuel.

Mdina, die alte Inselhauptstadt, stand unter dem Befehl des *Hakem*, des Repräsentanten der lokalen, maltesischen Verwaltung.

In Gozo führte der Gouverneur der Johanniterritter die Verteidigungstruppen an, auf der Insel Comino befehligte der Ritter de Valin den Küstenwachturm.

Die Mellieħa-Region im Norden Maltas war dem Groß-kreuzritter de Bizier, die Sankt Paulus Bucht dem Ritter de la Penouse anvertraut. Die strategisch wichtigen Buchten von Sankt George und Sankt Julian waren in der Obhut des Ritters de Préville. Im Süden Maltas kommandierte Ritter de la Guérivière die Verteidigungsstellungen in der Sankt Thomas Bucht und die von Hafen Marsaxlokk, während Großkreuz-ritter Dise de Rozan die Truppen vom Dorf Birżebbuġa be-fehligte.

Die Ordenskavallerie wurde vom Prinz Camille de Rohan angeführt. Für die reibungslose Verproviantierung der Truppen auf der ganzen Insel waren die Ritter Stagnos und D'Aquino verantwortlich.

22. KAPITEL

Die Schatten werden länger

Während sich der Ordensstaat fieberhaft auf einen even-tuellen Angriff vorbereitete, blieb die französische Armada deutlich außerhalb der Reichweite der Küstenbatterien.

Marcello Mifsud und Francesco Camilleri wurden zur Compagnia della Bolla, dem traditionellen Milizregiment der Händler und Kaufleute Vallettas, einberufen. Sie erhiel-ten mit zehn weiteren Männern den Befehl, die Wachposten auf der Sankt Lazarus Bastion am Hafeneingang zu verstär-ken. Gegenüber in Fort Ricasoli, auf der anderen Seite des Großen Hafens, wurden zusätzliche Geschütze in Stellung gebracht. Ein Trupp Cacciatori Maltesi in ihren grünen Uniformröcken verteilte sich dort auf den Mauern.

Kurierschiffe eilten zwischen der Armada und dem Großen Hafen hin und her.

Ein Ruderboot des Ordens legte vom Fischmarktkai ab und nahm Kurs auf die offene See. Francesco Camilleri stieß den „Schwertfisch"-Wirt an. „Sehe ich richtig, oder täuschen mich meine alten Augen? Da sitzt doch der französische Gesandte vorne in der Barkasse."

Marcello beschirmte die Augen mit der Handfläche. „Zweifelsohne. Das ist Caruson!"

In diesem Moment erschien ein Ordensritter auf der Bastion. Es war Fra Major de Gornau, der Kommandeur der Palastwache.

„Befehl vom Chefingenieur. Alle Angehörigen der Compagnia della Bolla haben sich augenblicklich am Großmeisterpalast einzufinden. Die Compagnia della Bolla ist ab sofort für die Sicherheit Seiner Hoheit verantwortlich."

Die Angesprochenen schauten sich verständnislos an.

„Aber Frater, dafür ist doch das Leibregiment zuständig", protestierte Marcello, der Major Gornau oft als Gast im „Schwertfisch" bewirtet hatte.

Francesco öffnete seine Munitionstasche, griff hinein und hielt dem Offizier drei Patronen auf der ausgestreckten Hand hin. „Damit sollen wir Seine Hoheit vor den Franzosen schützen?"

„Keiner von uns hat mehr Munition erhalten, Herr Major!", riefen die anderen Milizionäre aufgebracht.

Der Ordensritter starrte auf Francescos Hand. „Ist das wirklich alles, was man an euch ausgegeben hat? Nur drei lumpige Patronen?"

„Ja", sagte der Weinhändler und zeigte dem Offizier sein Gewehr. Der Lauf war rostzerfressen.

Major Gornau schüttelte ungläubig den Kopf.

Ein Milizionär sagte: „Befürchtet Seine Hoheit etwa Unruhen, dass wir das Leibregiment verstärken sollen?"

Der Ordensritter schnaubte erbost. „Seid ihr taub? Wer redet denn etwas von verstärken? Die Compagnia della Bolla soll meine Truppe *ersetzen*. Wir haben gerade Marschbefehl nach Sankt Elmo erhalten. – Ich versteh das alles zwar auch nicht, aber Befehl ist Befehl."

Als der Offizier sie verlassen hatte, marschierten die Milizionäre sogleich zum Großmeisterpalast. Unterwegs begegnete ihnen ein Zug schlecht gelaunter Cacciatori Maltesi.

„Wo schickt man euch denn hin?", fragte Francesco, der einen Bäckergehilfen aus der Sankt Kristofu Straße unter ihnen erkannt hatte.

„Rüber nach Fort Ricasoli."

„Habt ihr auch nur so wenig Munition bekommen?"

Der Mann verzog das Gesicht. „Patronen haben wir zur Genüge – aber vom falschen Kaliber. Wir sollen im Fort passende Patronen kriegen."

Ein anderer Jäger verzog das Gesicht und sagte: „Wenn das Pulver dann genauso alt ist wie das hier, Gute Nacht!" Er klopfte gegen seinen Säbel. „Damit werden wir die Franzosen wohl kaum ins Wasser zurücktreiben können, falls sie demnächst über uns herfallen sollten."

Auf dem Platz vor dem Großmeisterpalast sammelte sich das Leibregiment Fra Ferdinands zum Abmarsch nach Sankt Elmo.

Ein Ritter-Offizier der Compagnia della Bolla wies Marcello, Francesco und die anderen Kameraden vom Regiment der Kaufleute und Händler in ihre Aufgaben ein. Den Weinhändler und den Schankwirt ordnete er zur Torwache ab.

Als Paolo hörte, dass sein Vater Palastdienst hatte, schlich er sich bei günstiger Gelegenheit aus dem Küchentrakt davon. „Der Kriegsrat tagt ununterbrochen. Mehr weiß ich auch nicht zu berichten. Jacomo und ich dürfen den Sitzungssaal nicht betreten. Wenn den Herren der Wein ausgeht, holt Fra Hompeschs Sekretär ihn persönlich bei uns ab."

*

Fort Sankt Elmo, 9. Juni, 15.30 Uhr.
Major Gornau setzte das Teleskop ab und reichte es seinem Adjutanten. Vom Flaggschiff der Franzosen löste sich ein Ruderboot.

Der Adjutant schaute eine Weile schweigend durch das Glas, dann sagte er: „Es ist jetzt knapp in Reichweite unserer Geschütze, kommt aber nicht weiter näher." Er gab dem Kommandanten das Teleskop zurück.

Der Major richtete es erneut auf das Ruderboot. „Eben sah ich etwas aufblitzen. Vermutlich hat dort auch jemand ein Fernrohr und spioniert damit unsere Verteidigungsanlagen aus."

Der Adjutant ballte die Fäuste. „Sollen wir das Feuer eröffnen, Herr Major?"

Fra de Gornau schob das Teleskop zusammen und schüttelte den Kopf. „Bedauerlicherweise nein. Die meisten hohen Herren von der Kriegskongregation sind immer noch der Meinung, dass die Franzosen Maltas Neutralität respektieren werden. Solange der Großmeister es nicht ausdrücklich befiehlt, haben unsere Geschütze zu schweigen."

*

Während in Malta und Gozo nach der Sitzung des Ordensrates überall fieberhafte Vorbereitungen für eine mögliche französische Invasion getroffen wurden, rief General Bonaparte die Truppenführer seiner Ägyptenarmee und Flotte auf sein Flaggschiff „L'Orient".

„Meine Herren, ich habe gegen Mittag einen Brief an unseren Geschäftsträger in Malta geschickt, um beim Großmeister die Einlauferlaubnis für die gesamte Armada zu erwirken. – Selbstverständlich wird man meiner Forderung nicht nachkommen. Man wird sich erdreisten, uns das dringend benötigte Wasser zu verweigern; also sorgen wir in Kürze dafür, dass der Ordensstaat der Johanniter dort landet, wo er hingehört: auf dem Kehrichthaufen der Geschichte!"

„Mon Général", meldete sich ein Colonel zu Wort. „Mit Verlaub, so starke Festungen wie die auf Malta habe ich in meinem Leben noch nie zu Gesicht bekommen."

Einige im Kreis murmelten Zustimmung.

Napoleon Bonaparte lächelte. „Da bin ich völlig Ihrer Meinung, meine Herren. Ich habe mich vor unserer Zusammenkunft vor Fort Sankt Elmo rudern lassen, um selber einen Eindruck von diesen gerühmten Hafenbollwerken zu gewinnen. Aber bedenken Sie bitte, auch die gewaltigste Festung ist nur so stark, wie ihre Verteidiger tapfer sind. – Darf ich Ihnen deshalb aus ein paar Briefen vorlesen, um Ihre diebezüglichen Befürchtungen zu zerstreuen?" Der Oberbefehlshaber räusperte sich. „Ich fange mit einer erst heute erhaltenen Meldung an. Es ist ein Schreiben, das unser Konsul Caruson unbemerkt dem Kapitän des Kurierboots übergeben konnte, mit dem ich meine Forderung an den Großmeister geschickt hatte. Es besagt: ..."

Als General Bonaparte den letzten Brief aus der Hand legte, ließen die Truppenführer ihren Oberkommandierenden frenetisch hochleben.

„Wie Sie sehen, haben unsere dortigen Agenten vortreffliche Arbeit geleistet. Ich zweifle kaum daran, dass uns Malta wie ein reifer Apfel in den Schoß fallen wird. Dennoch will ich Ihnen jetzt den Invasionsplan ein allerletztes Mal erklären. Darf ich Sie dazu an den Kartentisch bitten?"

Die Heerführer erhoben sich und folgten Bonaparte zur Stirnwand der geräumigen Admiralskajüte.

„Meine Herren, Generalmajor Desaix landet seine Truppen in der Sankt Thomas Bucht an und schaltet von dort die Verteidigungsanlagen rund um Marsaxlokk aus. Admiral Chayla wird bereitstehen, ihm bei Bedarf Verstärkung zu schicken. Danach marschieren seine Truppen im Eilmarsch zu den Cottonera-Sperrwerken im Süden vom Großen Hafen und versuchen, sie im Sturm zu nehmen. Sollte das misslingen, ziehen sie weiter nach Fort Ricasoli, erobern es um jeden Preis, während gleichzeitig einige Regimenter in den Dörfern Żabbar, Żejtun, Gudja und Tarxien alle Lebensmittel requirieren, die sich dort finden lassen."

Generalmajor Desaix nickte und bemerkte: „Das ist auch absolut notwendig, mein General. Unsere Vorräte gehen rapide zur Neige. In drei Tagen muss der Feldzug erledigt sein."

Bonaparte bemerkte jovial. „Keine Sorge, mein lieber Desaix. Er wird es. Mein Wort drauf!" Dann wandte er sich an die anderen Kommandeure der Invasionstruppen. Generalmajor Claude Henri Vaubois würde in der Sankt Julian Bucht und im Küstenabschnitt vor Fort Madliena angreifen, Generalmajor d'Hillier je nach Wetterverhältnissen in der Mellieħa oder Sankt Paulus Bucht. Die Eroberung von Gozo war Aufgabe von Generalmajor Ebenezer Reynier. Dort sollte die Landung in der Nähe der Ramla Bucht im Norden der Insel stattfinden. Die genaue Stelle würde man erst vor Ort entscheiden.

Ein Ordonnanzoffizier trat in die Kabine. „Mon Général, der Gesandte der Republik ist soeben aus Valletta mit einer wichtigen Botschaft eingetroffen und bittet, vorgelassen zu werden."

„Führen Sie ihn sofort her!"

Als Jean André Caruson die Kabine betrat, waren alle Augen auf ihn gerichtet.

„Nun, mein lieber Caruson, was lässt der verehrte Fra Ferdinand mir ausrichten?", begrüßte Bonaparte den Geschäftsträger mit einem breiten Grinsen.

*

Um 22 Uhr des 9. Juni 1798, die Truppenführer waren nach Carusons Bericht wieder auf ihre Schiffe zurückgekehrt, diktierte der Oberbefehlshaber seinem Schreiber:

„Befehl! Gegeben an Bord der „L'Orient" vor Malta, 21 Prairial, Jahr VI um 22 Uhr. Die Anlandung der Truppen erfolgt gemäß unserer heutigen Absprache genau um Mitternacht.

Bonaparte."

Der Schreiber fertigte Kopien des Befehls an. Napoleons Angriffsorder wurde danach augenblicklich den Generälen durch Kurierboote zugestellt.

23. KAPITEL

Der Brief des Schatzmeisters

Wieder und wieder blickte der Großmeister zu der vergoldeten Standuhr in seinem Arbeitszimmer. Sie zeigte 23 Uhr an.

„Wo bleibt bloß Caruson?" Fra Ferdinand erhob sich aus seinem Armsessel und trat ans Fenster. Unten im Hof patrouillierten zwei von den acht im Palast verbliebenen Leibgardisten. Ein Windstoß bewegte die Spitzen der Palmen neben dem Springbrunnen.

„Wie lange ist er eigentlich schon fort? Ich meine, drei Stunden?"

Guiseppe Schembri, Fra Ferdinands Garzone di Camera, schaute betreten zu Boden. „Es sind jetzt an die vier, Hoheit."

„Vier Stunden bereits? Dann müsste er doch längst von der ‚L'Orient' zurück sein."

‚Er scheint immer noch daran zu glauben, dass die Franzosen friedlich nach Ägypten weitersegeln', dachte der Kammerdiener und musterte seinen Herrn verstohlen. ‚Mein Gott, wie kann er denn so von Blindheit geschlagen sein? Wenn Caruson zurückkommt, dann bringt er nichts anderes als Bonapartes Kriegserklärung.'

Fra Ferdinand setzte sich wieder, nur um kurz darauf erneut ans Fenster zu treten. „Das Wetter scheint umzuschlagen."

„Ja, Hoheit."

„Ob das der Grund ist, dass er immer noch nicht wieder hier ist?"

„Möglich wäre es, Hoheit", pflichtete der Kammerdiener ihm höflich bei.

Fra Ferdinand presste die Stirn gegen die Fensterscheibe und unterdrückte ein Gähnen. ‚Ich kann keinen klaren Gedanken mehr fassen', dachte er. ‚Ich sollte schlafen gehen.'

„Guiseppe?"

„Hoheit wünschen?"

„Jacomo soll mir noch ein Glas Rotwein bringen, bevor ich mich zur Ruhe begebe. Er weiß schon, welchen ich besonders mag."

„Sehr wohl, Hoheit, aber Jacomo hat heute Nacht dienstfrei. Ich werde den jungen Camilleri mit Eurem Wunsch beauftragen."

„Wenn du ihm Bescheid gesagt hast, brauche ich dich heute nicht mehr."

„Sehr wohl, Hoheit." Der Kammerdiener verneigte sich und verließ das Arbeitszimmer.

Er fand Paolo reglos mit geschlossenen Augen auf einem Schemel in der Spülküche und rüttelte ihn. „Hurtig, junger Mann, aufgewacht! Der Großmeister verlangt nach dir!"

Paolo hatte nur gedöst und war augenblicklich hellwach. „Ja?"

„Du sollst ihm ein Glas Rotwein bringen, von dem, den er so besonders mag."

Paolo nickte. „Bestimmt will Seine Hoheit einen *Borgogna rosso*."

Der Kammerdiener zuckte mit den Achseln. „Das weißt du vermutlich besser als ich."

Paolo ging zu einem Weinständer neben der Küchentür. Er wählte eine grüne, bauchige Flasche mit langem Hals aus, rieb sie mit einem feuchten Lappen ab und trocknete sie dann sorgfältig mit einem Küchenhandtuch. Er entkorkte die Flasche bedächtig, roch am Korken, und nickte befriedigt. Dann schleuderte er mit einer geschickten Handbewegung etwas Wein aus dem Flaschenhals in den Spülstein und ging zum Gläserschrank. Er füllte ein Glas zur Hälfte und verkostete geräuschvoll einen winzigen Schluck. „Der ist in Ordnung."

„Mundschenk müsste man sein", seufzte der Kammerdiener.

Paolo reichte ihm das Glas. „Probier du mal."

Guiseppe ließ es sich nicht zweimal sagen, trank den Rest, nickte anerkennend und verließ die Küche.

Während Paolo ein sauberes Glas für Fra Ferdinand aus dem Schrank holte, hörte er, wie das Palasttor aufschwang. Er verkorkte die Flasche und stellte sie mit dem Glas auf ein silbernes Serviertablett.

Die beiden Leibgardisten auf dem Gang vor den persönlichen Gemächern des Großmeisters, die beim Nahen der Schritte Habachtstellung angenommen hatten, entspannten sich wieder, als sie Poalo mit dem Silbertablett kommen sahen.

Paolo blieb vor der Tür von Fra Ferdinands Arbeitszimmer stehen und sagte laut und vernehmlich: „Hoheit, ich bringe Euch den Burgunder."

„Gut, mein Junge."

Fra Ferdinand saß im Halbdunkel an seinem Schreibtisch, als Paolo die Tür öffnete. Im Zimmer brannten lediglich vier dicke Wachskerzen in einem silbernen Halter auf einem Beistelltisch neben der Standuhr.

Paolo verneigte sich tief vor dem Großmeister, zog geräuschlos die schwere Tür hinter sich zu und stellte das Tablett vor ihn auf den Tisch. Umsichtig schenkte er ein und reichte seinem Herrn das Glas mit einer weiteren Verbeugung.

Plötzlich wurden im Gang Stimmen laut. Dann klopfte jemand an die Tür.

Fra Ferdinand legte die Stirn in Falten. „Ja?"

„Verzeiht die Störung, Hoheit. Ich bin es, Fra Bartholomeo. Ich habe womöglich ein dringliches Schreiben für Euch. Vom Schatzmeister. Ein Bote hat es gerade bei der Torwache abgegeben."

Fra Bartholomeo de Tavel war der Offizier der verbliebenen Leibgardisten und gleichzeitig oberster Befehlshaber der Compagnia della Bolla Milizionäre, die den Palast bewachten.

„Treten Sie ein, Fra Bartholomeo."

Der Offizier überreichte dem Großmeister einen versiegelten Umschlag.

„Danke."

Fra Bartholomeo salutierte und entfernte sich aus dem Arbeitszimmer.

Der Großmeister erbrach das Siegel Fra Bosredon de Ransijats und entnahm dem Umschag einen Brief. „Bring den Kerzenständer her", befahl er Paolo. „Und mach auch Kerzen hinter mir an."

„Ja, Hoheit." Vorsichtig, um kein tropfendes Wachs zu verschütten, holte Paolo den Ständer und stellte ihn neben das Weinglas auf den Tisch. Dann ging er zum Beistelltisch zurück, gegen den der lange Stab mit dem gewachsten Docht an der Spitze lehnte, mit dem die Kerzen der Wandampeln im Rücken von Fra Ferdinands Sessel angezündet wurden. Während er den Docht gerade bog, fiel sein Blick auf Fra Ferdinand, und er erschrak.

Der Großmeister starrte auf den Brief wie jemand, den gleich eine Ohnmacht befällt. Alles Blut schien aus dem Gesicht gewichen. Seine zu Fäusten geballten Hände zitterten.

Plötzlich sprang er auf, stieß den Sessel zurück, dass er gegen die Wand prallte und umkippte. Dann stürzte er zur Tür, riss sie auf und verschwand laut nach Fra Bartholomeo rufend im Flur.

Paolo folgte ihm bis vor das Zimmer und machte den beiden Wachen Platz, die Fra Ferdinand in Richtung Hoftreppe nacheilten. Kurz darauf vernahm er die sich überschlagende Stimme seines Herrn im Palasthof. Er verstand nur so viel, dass der Gardeoffizier jemanden in den Kerker nach Sankt Elmo schaffen sollte.

Paolo zögerte einen Moment. Dann hastete er zum Schreibtisch und las. Fra Bosredon de Ransijat hatte geschrieben:

Eure Hoheit,

in Anbetracht der drohenden kriegerischen Auseinandersetzung mit Frankreich, erachte ich es als meine Pflicht, Eurer Hoheit mitzuteilen, dass ich, als ich durch mein Gelübde ein Mitglied unserer hehren Ordensgemeinschaft wurde, damit keine andere Kriegsverpflichtung übernommen habe, als gegen die Türken und Ungläubigen, unsere satzungsgemäßen Feinde, zu kämpfen. Und mit dieser Meinung stehe ich beileibe nicht allein da. Nie konnte ich ahnen, jemals in die Situation gebracht zu werden, die Waffe gegen mein Vaterland zu erheben, dem ich durch meine Gefühle genauso verbunden bin wie unserem Orden. Ich finde mich daher in der schmerzlichen Verlegenheit, dass, für welche Seite auch immer ich mich entscheide, die andere Seite das als Fehler beurteilen wird. Daher bitte ich Eure Hoheit, es mir nachzusehen, wenn ich mich strikt neutral verhalte. Ich bitte Eure Hoheit darum, ein Mitglied unseres Ordens zu bestimmen, dem ich die Schlüssel des Schatzamts aushändigen kann, und mir einen Aufenthaltsplatz zuzuweisen.

gez. Fra Bosredon de Ransijat

Auf der Hoftreppe wurde es laut. Paolo huschte zur Tür und nahm dort Aufstellung, als hätte er dort die ganze Zeit über verharrt.

*

In dem Durcheinander der eilig herbeizitierten Ordensratsmitglieder Vallettas und Florianas, die sich nicht unmittelbar mit den Verteidigungsvorbereitungen überall auf Malta aktiv befassten, fand Paolo wieder Zeit, ein paar Worte mit Marcello und seinem Vater am Palasttor zu wechseln.

„Ransijat ist von Fra Bartholomeo festgenommen und in Sankt Elmo eingekerkert worden", flüsterte der „Schwertfisch"-Wirt.

„Weißt du, weshalb?", raunte Francesco Camilleri seinem Sohn ins Ohr, denn gerade traf Ovid Doublet mit dem Hafenmeister Matthias Poussielgue ein.

Paolo nickte und wartete, bis Fra Ferdinands Sekretär und Poussielgue das Palasttor durchschritten hatten, dann berichtete er ihnen vom Inhalt des Briefes.

„Ein Verräter also, und einer, der eines der höchsten Ämter im Orden bekleidet!" Marcello spuckte aus.

Der Weinhändler deutete mit dem Daumen über seine Schulter. „Und er ist nicht der einzige, fürchte ich."

„Mit Sicherheit", sagte Marcello. Er zog Paolo dichter zu sich heran. „Franco hat mir erzählt, du hättest mit Antonio beobachtet, dass der Chefingenieur Toussard in der Nacht, als das Vorausgeschwader der Franzosen erschien, seine Fenster hell erleuchtet hatte, nicht wahr?"

„Ja, wieso?"

Marcello Mifsud drängte sich an Paolo und sagte mit leiser Stimme: „Kurz bevor der Schreiber des Schatzamtes Fra Bosredons Brief abgegeben hat, ist Antonios Onkel auf einen Plausch hier bei uns vorbeigekommen. – Bei Toussard brennt in den Fenstern im obersten Stockwerk wieder Licht!"

Paolo schlug sich mit der Hand gegen die Stirn. „Und Toni und ich hatten angenommen, er würde noch spät in der Nacht arbeiten."

„Das macht er auch. Nur müht er sich nicht für seinen Orden ab", knurrte der Weinhändler und spuckte ebenfalls aus.

„Ich muss sofort …"

„Nein!", herrschte ihn der Vater an. „Das wirst du nicht!"

„Aber …"

„Nein und abermals nein!"

„Franco hat recht, Paolo. Halte dich da raus. Selbst wenn man dir Glauben schenken sollte. Da drinnen", er machte eine Kopfbewegung hin zum Palast, „könnte es ein anderer Verschwörer mitbekommen. Und dann …"

Marcellos fuhr sich mit dem Zeigefinger die Kehle entlang.

*

144

Um 23.30 Uhr hetzte ein Kurier von Fort Sankt Elmo zum Palast. Er drückte Marcello die Zügel seines Pferdes in die Hand und wischte sich den Schweiß aus der Stirn. „Ich muss zu Seiner Hoheit. Die französischen Schiffe haben damit begonnen, sich Leuchtsignale zu geben."

Francesco Camilleri öffnete das Tor. Der Kurier eilte, begleitet von Fra Bartholomeo, der im Hof Wache hielt, zum Trakt mit den Gemächern Fra Ferdinands.

„Meinst du, sie greifen an, Marcello? Vielleicht segeln sie ja wirklich nach Ägypten weiter."

Der „Schwertfisch"-Wirt kratzte sich an der Schläfe. „Mitten in der Nacht? Ohne vorher Frischwasser und Lebensmittel für die Weiterfahrt aufzunehmen? – Erinnere dich später einmal an meine Worte, Franco: Sie werden im ersten Licht angreifen." Resigniert klopfte er gegen die dürftig gefüllte Patronentasche. „Und wenn man alle so ausgestattet hat wie uns, werden wir sie auch gewisslich nicht daran hindern können."

Der Weinhändler betrachtete den rostfleckigen Lauf seines Gewehrs und das aufgepflanzte Bajonett mit der abgebrochenen Spitze. „Nein, wohl kaum."

24. Kapitel

Wie der Sergeant die Invasion erlebte

Raimondo Debono wurde in Lija bereits von seiner Frau Carmena erwartet. Sie hatte eine lederverstärkte Provianttasche aus dickem Leinenstoff gepackt, auch die derbe, schwarze Reiterjacke für ihn herausgesucht, die die Milizionäre bei ihren sonntäglichen Übungen immer trugen, und den schweren Säbel des Sergeanten gegen die Tasche gelehnt.

„Die Männer vom Dorf sammeln sich gerade am Zeughaus. Ist die französische Flotte wirklich so gewaltig, wie sie alle sagen?"

Der Sergeant nickte. „Größer, als du sie dir vorstellen kannst, wenn du sie nicht mit eigenen Augen gesehen hast. Dreihundert, vierhundert, fünfhundert Schiffe? Ich vermochte jedenfalls nicht sie zu zählen."

Carmena sagte leise. „Es gibt also Krieg mit den Franzosen."

Raimondo Debono nickte erneut. „Wer mit einer solchen Armada hier aufkreuzt, belässt es nicht bei einem Manöver."

Sie rieb das Pferd ab, während ihr Mann ins Haus ging, um die verschwitzten Kleider zu wechseln. Als er zurückkam, um seinem Pferd eine trockene Decke unter den Sattel zu schieben, fühlte er Carmenas Blick in seinem Rücken und wandte sich zu ihr um.

„Pass gut auf dich auf, Raimondo."

Schweigend umarmte der Sergeant seine Frau und schwang sich aufs Pferd.

„Gott sei mit dir, und die Heilige Jungfrau möge dich schützen", flüsterte sie, als er sich am Tor im Sattel umdrehte und ihr zuwinkte.

*

Der dicke Advokat Luigi Passali, der Kommandeur der Miliztruppe, und der nicht minder beleibte Doktor Rikardu Balea, sein Stellvertreter, standen vor dem Zeughaus von Lija und versuchten vergeblich eine Auseinandersetzung zwischen zwei alten Bauern zu schlichten, die schon solange man im Dorf zurückdenken konnte, nicht gut aufeinander zu sprechen waren. Lautstark stritten sie sich jetzt um das letzte Gewehr im Waffenlager.

„Er schielt", krähte der eine, ein Großonkel des Advokaten, und krallte sich wie besessen an dem Gewehrkolben fest.

„Und er weiß überhaupt nicht, wie herum man einen Schießprügel hält. Er soll ihn gefälligst mir überlassen, Luigi", keifte dessen Widersacher, niemand anders als der greise Schwiegervater des Angesprochenen, und zerrte wütend an dem Lauf der Waffe. „Lass das Gewehr los, du Trottel!"

Der Sergeant trieb kurz entschlossen sein Pferd neben die beiden Streithähne, entriss ihnen das Gewehr und lachte. „Eure Kampfbereitschaft in allen Ehren, aber hat eigentlich jemand daran gedacht, auch eine Waffe für mich zu reservieren?"

Die Gemaßregelten machten sich grummelnd davon.

„Ah, vortrefflich, dass du endlich da bist, Sergeant", schnaubte der Advokat, der regelmäßig im letzten Jahr die sonntäglichen Wehrübungen der Dorfmiliz wegen angeblicher Unpässlichkeit seinem Stellvertreter aufgebürdet hatte. Der wiederum hatte sie stets an den Sergeanten delegiert.

Der Doktor wurde von den Milizionären, die in den Besitz einer Schusswaffe gelangt waren, bestürmt, doch endlich die vorhandenen Patronen zu verteilen, und betrat daraufhin das Zeughaus.

Kommandant Advokat Passali rief ihm hinterher: „Rikardu, ich hab den Schlüssel!"

Der Doktor war leicht taub. Er hörte den Ruf nicht.

Luigi Passali drückte daraufhin Raimondo Debono das Schlüsselbund vom Zeughaus in die Hand. „Erledige du das besser, Sergeant, dann gibt es wenigstens keinen Streit unter den Männern. Ich geh mal jetzt zum Pfarrer rüber. Er ist vor einer halben Stunde aus Floriana zurückgekehrt. Vielleicht hat er Neuigkeiten erfahren."

Der Sergeant schaute den Kommandeur verdutzt an. „Soll das etwa bedeuten, dass noch keine Befehle für uns eingetroffen sind?"

Passali schüttelte den Kopf. „Weder Befehle noch zusätzliche Munition."

Der Sergeant betrat das Zeughaus und schloss die Munitionskiste auf. Dann rief er die Männer mit den Gewehren einzeln herein. Denjenigen, von denen er wusste, dass sie sichere Schützen waren, gab er jeweils zehn Patronen, die anderen mussten sich mit nur drei begnügen. Die Milizionäre akzeptierten die Entscheidung ohne Widerrede, denn im Gegensatz zu ihrem dicken Kommandeur und seinem schwerhörigen Stellvertreter war Raimondo Debono eine Respektsperson, der man lieber nicht widersprach.

Der Doktor, froh, dass der Sergeant ihm die Arbeit abgenommen hatte, folgte dem Kommandanten zum Haus des Pfarrers.

Nach der Munitionsausgabe verschloss Raimondo Debono die Tür des Zeughauses und befahl seinen Männer, sich auf dem Kirchplatz in Reih und Glied aufzustellen. Es dauerte eine Weile, bis sie sich ausgerichtet hatten.

Die acht Berittenen waren sowohl mit Gewehren als auch mit Hieb- und Stichwaffen versorgt, vierzig weitere Milizionäre besaßen ebenfalls Feuerwaffen – zumeist alte Gewehre –, die restlichen sechzig Streiter der Dorfmiliz waren hingegen nur mit einem Säbel oder Spieß ausgerüstet.

Es war ein deprimierender Anblick. Der Sergeant wusste, dass es den meisten seiner Leute nicht an Kampfesmut fehlen würde und er sich auf sie verlassen konnte, aber mit dieser erbärmlichen Bewaffnung waren sie im Grunde genommen nichts weiter als billiges Kanonenfutter für jeden wohlausgerüsteten Feind.

Die Kirchturmglocke schlug die Mittagsstunde an. Da noch immer kein Befehl irgendwelcher Art vom Orden eingetroffen war, schickte der Sergeant die Männer erst einmal zum Essen nach Hause, mit der Auflage, sich beim Sturmläuten der Kirchenglocke unverzüglich wieder auf

dem Platz einzufinden. Dann ging er hinüber zum Pfarrhaus.

Was der Dorfpfarrer aus der Stadt zu erzählen wusste,
war äußerst merkwürdig und beunruhigend zugleich. Die
Befestigungen und Forts rund um den Großen Hafen und
den Hafen von Marsamxett waren alle verteidigungsbereit
gemacht worden, aber anscheinend hatte der Orden noch
immer nicht alle Cacciatori Maltesi oder Stadtmilizen mobi-
lisiert. Auch ein Neffe des Priesters hatte, trotz ausgerufenen
Generalalarms, noch keinen Einberufungsbefehl zu seiner
Jägereinheit erhalten.

Floriana und Valletta brodelten von wilden Gerüchten
widersprüchlichster Art, berichtete der Priester. Einerseits
hieß es, der Orden hätte insgeheim schon mit den Franzosen
verhandelt, und die Übergabe Maltas an Bonapartes Armee
wäre bloß noch eine reine Formsache. Zum anderen wurde
behauptet, dass Österreich Fra Hompesch Verstärkungs-
truppen versprochen hätte, die gerade eingeschifft würden.
Und manche wollten sogar wissen, dass der Zar von Russland stündlich dem Orden mit einer Flotte, die sogar noch
größer als die der Franzosen wäre, zu Hilfe eilen würde.

Der Sergeant lauschte den Worten des Priesters und
konnte nur den Kopf schütteln. Wenn die Österreicher und
Russen die Franzosen an einer Landung hindern wollten,
dann müssten sie schon fliegen können.

Aber das Gerücht mit den Geheimabsprachen, darin
mochte ein Funken Wahrheit enthalten sein. – Mit wem hatte Fra Bosredon de Ransijat sich nicht alles in Lija getroffen!
Sah man von den adligen Gästen aus Mdina ab, waren es
zumeist Franzosen oder Ritter der Zunge Frankreichs, die
sich auf dem dörflichen Anwesen des Ordensschatzmeisters
regelmäßig eingefunden hatten. Und natürlich Caruson. Der
war fast immer mit von der Partie gewesen. – Ein Ordens-
mitglied der deutschen Zunge oder von der italienischen

hingegen war bezeichnenderweise niemals zu den Treffen in Fra Bosredons Landhaus eingeladen worden.

Der Sergeant verabschiedete sich vom Pfarrer und trat bedrückt von dessen Bericht mit dem Advokaten und dem Doktor auf den Kirchplatz.

Die beiden dicken Anführer der Dorfmiliz waren unschlüssig, was sie tun sollten. Sie tuschelten eine Weile miteinander. Von einem Meldereiter aus Valletta war noch immer keine Spur zu sehen.

Der Advokat wandte sich an Raimondo Debono: „Was meinst du, Sergeant, sollen wir mit den Leuten zur Küste ziehen oder lieber noch abwarten, bis Order für uns eintrifft?"

Der Sergeant dachte nach. Konnte es sein, dass man die Miliz von Lija schlichtweg in dem Durcheinander vergessen hatte?

Dann sagte er: „Ich schicke mal jemanden nach Naxxar und Birkirkara. Vielleicht hat die Milizführung in den Nachbarortschaften etwas aus Valletta oder Floriana gehört."

„Sehr gut. Tu das, Sergeant!", wurde er für seinen Vorschlag gelobt.

Die Sonne brannte noch immer heiß, und weder Kommandeur Passali noch Vizekommandeur Balea waren sonderlich auf einen anstrengenden Marsch zur Küste erpicht.

*

Scheinbar hatte die Heerführung Lija tatsächlich vergessen!

Die Boten berichteten, dass die Miliz aus Birkirkara bereits an der Sankt Julian Bucht einen Küstenabschnitt zur Verteidigung zugewiesen bekommen hatte. An die Naxxar-Miliz war der Befehl ergangen, in der Umgebung des Dorfes Sperrmauern und Schützengräben zu errichten und zu bemannen.

In der Abenddämmerung tauchten dann schließlich doch noch zwei Ritteroffiziere in Lija auf. Sie wiesen die Männer barsch an, auf den Dächern und Mauern am Dorfrand Position zu beziehen und alle Zufahrtsstraßen mit Geröllwällen zu verbarrikadieren. Als gegen Mitternacht die Schanzarbeiten beendet waren, befahlen die Ritter dem Sergeant, seine Reiter zur Küste nach Sankt Julian zu führen. Sie sollten sich dort beim Kommandeur der Birkirkara-Truppen melden.

*

Um 1 Uhr in der Früh hatten die Milizreiter aus Lija nach einem scharfen Ritt den Küstenabschnitt der Sankt Julian Bucht erreicht.

Sie wurden von einem hektischen Leutnant angewiesen, die Cacciatori Maltesi Einheit des Sankt Georg Turms am Nordeingang der Bucht zu unterstützen. Die Turmartilleristen verfügten über mehrere weitreichende Geschütze, mit denen sie die gesamte Bucht bestreichen konnten.

Der Anblick Dutzender von Signalzeichen, die von der Anhöhe aus deutlich auf dem nächtlichen Meer zu sehen waren, verhieß wenig Gutes. Dementsprechend war auch die Stimmung der Verteidiger. Besonders die Milizionäre aus Birkirkara hatten allen Grund zum Groll. An keinen von ihnen waren mehr als drei jämmerliche Patronen ausgeteilt worden.

Der Sergeant bekam mit seinen Männern den Befehl, eine Senke unterhalb des Turms zu besetzen. So gut es ihnen in der Dunkelheit möglich war, gruben sie sich ein und errichteten vor den Schützenlöchern eine Brustwehr aus Gesteinsbrocken und Erdreich. Ihre Pferde hatten sie zuvor in einem Schafspferch in der Nähe des Turms untergebracht.

Neben der Senke befand sich in Rufweite hinter einer Feldmauer der provisorische Kommandostand des französischen Ordensritters de Préville, dem Oberbefehlshaber im Sankt Julian Verteidigungsabschnitt. Er war kein Unbekannter für den Sergeanten, denn de Préville hatte auch oft an den Treffen in Fra Bosredons Landsitz teilgenommen.

Schon vor Beginn der Morgendämmerung war die feindliche Flotte wegen der Signalzeichen einigermaßen auszumachen gewesen, aber erst jetzt im matten Licht des anbrechenden Tages erkannte der Sergeant, was für eine gewaltige Streitmacht im Halbkreis vor der Bucht ankerte.

„Die sind doch schon längst in Schussweite, Sergeant!", empörte sich einer der Männer und reckte wütend die Fäuste. „Warum feuert die Turmbatterie nicht auf sie, verdammt noch mal?"

Raimondo Debono wusste keine Antwort darauf.

„Da, Sergeant! Jetzt lassen sie bereits Boote zu Wasser!"

Dutzende von dicht mit Soldaten besetzten langen Ruderbooten sammelten sich vor der Flotte und formierten sich. Noch immer schwiegen die Kanonen des Sankt Georg Turms.

„Der Feuerbefehl wird kommen, kurz bevor sie an Land gehen", sagte der Sergeant.

Nichts dergleichen geschah. Zehn Boote liefen bereits in die Bucht ein.

„Herrgott im Himmel!", rief ein anderer Milizionär. „Wenn die erst mal aus den Booten raus sind ...!"

Das vorderste Boot der Franzosen setzte mit dem Bug auf den feinen Sand des Strandes, aber der Feuerbefehl von Ritter de Préville blieb weiterhin aus. Die Bucht war jetzt über und über mit den langen Landungschiffen der Franzosen bedeckt.

Der Sergeant schaute zum Befehlsstand und glaubte, seinen Augen nicht zu trauen. Er stieß seinen Nebenmann an: Ordensritter de Préville war über die Schanzmauer geklettert und lief zum Strand!

„Mensch, Sergeant, ich glaube, ich spinne!", keuchte sein Nebenmann. „Sieh dir das an! Das Schwein schwenkt ja ein weißes Tuch!"

„Allerdings", knurrte Debono. „Schließlich begrüßt er zwei gute alte Freunde."

Ritter de Préville ließ das Tuch fallen und umarmte zwei französische Offiziere.

Die Augen des Milizionärs weiteten sich ungläubig. „Mensch, das sind doch Moras und Barras!"

„Genau, Leute, und deshalb schnellstens weg hier!", zischte der Sergeant und schulterte sein Gewehr. „Los, ab zu den Pferden!"

Während de Préville seine im Januar wegen pro-republikanischer Gesinnung aus Malta verbannten Landsleute und ehemaligen Ordensbrüder de Moras und de Barras aufs Herzlichste begrüßte, zogen sich nicht nur der Sergeant und seine Männer vom Strand zurück. Auch viele der Birkirkara-Milizionäre hatten augenblicklich begriffen, dass ein ungeheurer Verrat vor ihren Augen stattgefunden hatte.

Die erste Welle der schwer bewaffneten feindlichen Truppen von Generalmajor Vaubois, angelandet von dreißig Langbooten, begann langsam in Schlachtordnung auf die Verteidigungsstellungen vorzurücken. Die französischen Infanteristen fanden die Brustwehren und Gräben verlassen vor. Nur vereinzelt schlug ihnen Widerstandsfeuer entgegen.

In Anbetracht der überwältigenden Übermacht hatten die Birkirkara-Milizionäre und Cacciatori Maltesi eiligst die Stellungen geräumt, um sich hinter den Mauern von Fort Manuel und Valletta in Sicherheit zu bringen.

Ein kleiner Teil der Männer aus Birkirkara im nördlichen Abschnitt der Sankt Julian Front machte sich nach Città Notabile auf den Weg, denn der Feind hatte durch seine erfolgreiche Landung einen Keil in die Verteidigerlinie getrieben, der es nicht mehr ermöglichte, Valletta oder Floriana zu erreichen.

Als der Sergeant und seine Männer landeinwärts in Richtung Naxxar galoppierten, hatten die Kanoniere von der Sankt Georg Batterie noch immer keinen Schuss abgegeben.

*

Die Nachricht vom Verrat de Prévilles hatte Naxxar bereits erreicht. Dem kommandierenden Offizier Fra de Paes war soeben aus Valletta der Befehl erteilt worden, alle verfügbaren Milizionäre zur Verstärkung der Truppen von Mdina in Marsch zu setzen. Frauen, Kinder und Alte hatten schon hinter den Mauern der alten Inselhauptstadt Zuflucht gesucht.

„Was ist mit Lija?", fragte der Sergeant. „Soll es verteidigt werden?"

„Das wäre bei der Übermacht sinnlos. Die Bewohner von Lija sind schon nach Mdina geflohen", wurde ihm von Fra de Paers beschieden. „Wir marschieren hier jetzt auch alle nach Mdina ab."

Der Sergeant und seine Reiter schlossen sich der Naxxar-Miliz an.

25. KAPITEL

Malta im Chaos

Die erste Nachricht von der Invasion der Franzosen in Sankt Julian erreichte Fra Ferdinand von Hompesch um 6 Uhr früh am 10. Juni, einem Sonntag, und sprach sich in Windeseile in der Stadt herum.

Es war die erste von vielen schlechten Meldungen, die der Großmeister erhielt. Bald war klar, dass den feindlichen

Truppen die Landung nicht nur an der Sankt Julian Bucht, sondern fast überall auf Malta ohne nennenswerten Widerstand geglückt war.

Als dann auch noch bekannt wurde, dass die spanischen Ritter Lascaris und Cottoner auf Befehl des Großmeisters in Sankt Elmo unter Arrest gestellt worden waren, begannen viele Malteser daran zu glauben, was bis dahin nur als Gerücht kursiert war: Die Invasion war ganz im Sinne vieler hoher Würdenträger der französischen und spanischen Zunge. Ihnen war es gelungen, den Großmeister und seine Getreuen hinters Licht zu führen sowie dessen Verteidigungsanstrengungen zu sabotieren, wo sie nur konnten.

Beispiele gab es dafür reichlich. So hatte etwa Bardonnence, verantwortlich für die Ordensartillerie, Kanonenkugeln unpassenden Kalibers an die Batterien austeilen lassen. Auch ein Großteil des Schießpulvers war von minderer Qualität, oftmals feucht oder mit Kohlenstaub versetzt.

Die eindringlichen Beschwerden der frustrierten Kanoniere erreichten indes den Großmeister nicht. Ovid Doublet, Matthias Poussielgue und die anderen heimlichen Verbündeten Bonapartes in seiner näheren Umgebung wussten es stets geschickt einzurichten, dass nichts ruchbar wurde.

Den Maltesern konnte man weniger leicht Salz in die Augen streuen. Als Großkreuzritter Simon, der Gebietskommandant der westlich von Mdina gelegenen Ortschaft Żebbuġ, die Milizionäre nach der Landung der Franzosen ohne Waffen und Munition an die Küste schicken wollte und ihnen mitteilte, man würde ihnen diese auf dem Weg dorthin aushändigen, kam er nur dank des beherzten Gemeindepriesters knapp mit dem Leben davon. Die Dorfbewohner stürzten sich auf den Ritter, um ihn zu lynchen. Dem Pfarrer gelang es mit Mühe und Not, die wütenden Männer zu beschwichtigen und gewährte Simon Asyl im Pfarrhaus.

*

In Mdina hatte sich die Lage unterdessen chaotisch zugespitzt, und die Stadtväter waren kaum noch Herr der Lage. Aberhunderte von Flüchtlingen aus den umliegenden Ortschaften verstopften die Straßen der Città Notabile. In der Ferne konnte man bereits die anrückenden Marschkolonnen der Franzosen sehen.

Die Ankunft der Naxxar- und Birkirkara-Milizen in Mdina und die Berichte, die die Männer über die Kampfstärke der Invasoren und den Verrat der Ritter lieferten, heizten die Stimmung weiter auf. Die Flüchtlinge kampierten mit ihren hastig zusammengeklaubten Habseligkeiten auf den Straßen. Viele hatten auch ihr Vieh und Geflügel mitgebracht.

Der Sergeant fand seine Frau auf dem Kathedralenplatz. Überall schrien Kinder. Eine erschöpfte Alte tröstete ihren Enkel, indem sie mit ihm ununterbrochen den Rosenkranz betete.

„Wie wird das bloß alles noch enden?", fragte Carmena. „Werden sie uns beschießen?"

Eine Abteilung der Ordenskavallerie, die Einlass in die Stadt begehrte, wurde von den Stadtvätern aufgefordert, die Waffen abzulegen, vorher würde man die beiden Tore nicht öffnen. Gut bewaffnete und augenscheinlich dem Großmeister loyal noch ergebene Kämpfer in die Stadt zu lassen, könnte die Franzosen unnötig provozieren, erklärte man ihnen. Das wolle man um jeden Preis vermeiden, um nicht leichtfertig Leben und Gut der Menschen zu gefährden.

„Feiglinge!", schallte es ihnen von unten entgegen. „Verräter!"

Die Stadtväter ließen sich nicht beirren. „Wenn man uns zeitig besser bewaffnet hätte, sähe die Sache vielleicht anders aus", wurde den Rittern kühl erwidert. „Aber mit ein paar alten Gewehren und einer Stadt voller Frauen und Kindern kämpft es sich eben schlecht. – Ohne Waffen dürft ihr herein, ansonsten zieht weiter!"

Da die Ordensreiter befürchten mussten, bald von den schnell vorrückenden Spitzen der französischen Truppen in die Zange genommen zu werden, preschten sie eilig in Richtung Valletta davon.

Der Sergeant war Soldat genung, um die Entscheidung der Stadtväter aus vollem Herzen zu billigen.

Er stand mit Carmena in der Menge vor der *Banca Giuratale*, dem Rathaus, als Baron Girgor Bonnici Platamone, der Hakem, das Oberhaupt der lokalen Selbstverwaltung von Città Notabile, verkündete, dass man übereingekommen war, dem Feind die kampflose Übergabe der Stadt anzubieten.

Bischof Labini, der sich gerade in Mdina aufhielt, und der während der Bekanntmachung neben dem Hakem stand, beruhigte die Menge zusätzlich, indem er versprach, sich höchstpersönlich für eine friedliche Lösung bei den Franzosen einzusetzen.

Viele der Zuhörer bekreuzigten sich und fassten wieder etwas Zuversicht. Mit dennoch besorgten Mienen erwartete man die Ankunft des Feindes vor den Stadtmauern.

Auch die de Nevas waren bei der Ansprache des Hakem am Rathaus.

Lorenzo de Neva flüsterte seiner Frau etwas zu. Die Baronin schaute daraufhin zu einer Gruppe Männer. Ihr Gesicht verhärtete sich.

„Was ist los?", fragte Anna.

Ihre Mutter deutete stumm auf Baron Giovanni Galea, der sich in der Sankt Paulus Straße vor dem Rathaus den Weg durch die dicht an dicht stehenden Menschen in Richtung Kathedrale bahnte. Dann zischte sie nur ein Wort: „Widerlich!"

„Ich verstehe nicht recht ...", sagte Anna de Neva irritiert und wandte sich Hilfe suchend an den Vater.

Der Baron legte den Arm um ihre Schulter. „Unserem

Nachbarn Galea stand die Vorfreude auf den Einzug der Franzosen regelrecht ins Gesicht geschrieben."

*

Die Marschsäule von General Vaubois erreichte Mdina gegen Mittag. Zum Erstaunen der Malteser ging ihnen ein Offizier voraus, der eine weiße Fahne schwenkte.

„Das ist doch Çensu Barbara!", rief der Hakem.

Çensu Barbara war ein bekannter Freimaurer, der von Fra Hompesch wegen seiner republikanischen Gesinnung exiliert worden war.

„Bürger von Mdina, ich komme zu euch als Parlamentär von General Vaubois. Habt Vertrauen! Der General verspricht euch, die Stadt zu verschonen, wenn ihr die Waffen streckt. Frankreich hegt keinerlei feindliche Absichten gegen das maltesische Volk. Im Gegenteil. Die tapferen Soldaten der Republik haben es sich zur Aufgabe gesetzt, unser geliebtes Land vom Joch der Johannitertyrannei zu befreien."

„Çensu Barbara", antwortete der Hakem einigermaßen beruhigt. „Ich habe deine Botschaft vernommen. Aber bevor ich dir verbindlich zu antworten vermag, muss ich mich erst mit dem Bischof von Malta, der gerade in der Stadt weilt, und den Juraten besprechen. – Öffnet das Tor! Çensu Barbara soll dem Rat und dem Bischof das Angebot persönlich unterbreiten dürfen. Ich garantiere ihm freies Geleit."

Der Parlamentär betrat die Stadt und wurde vom Hakem in die Banca Giuratale geleitet. In kürzester Zeit war man sich über die Kapitulationsbedingungen einig und setzte ein dementsprechendes Schriftstück auf, das Çensu Barbara als Vertreter der Französischen Republik unterzeichnete. Frankreich, hieß es in dem Dokument ausführlich, respektiere nicht nur die angestammten Privilegien, die Gesetze und das Eigentum der Malteser, sondern garantiere auch die Unantastbarkeit aller kirchlichen Einrichtungen sowie die freie Ausübung der katholischen Religion. Die Malteser seien von nun an Bürger Frankreichs mit allen Rechten und Pflichten, und die Armee der Republik werde sich strikt an die gegebenen Zusagen halten.

Daraufhin wurden unter Trommelwirbel die Ordensbanner eingeholt, und General Vaubois' Truppen marschierten in die Stadt. Bald sah man sie überall auf den Mauern. Die Soldaten verhielten sich diszipliniert. Es kam zu keinen Übergriffen. Die Flüchtlinge durften unbehelligt mit ihrem Hab und Gut in ihre Dörfer zurückkehren. Die Milizionäre mussten zwar die Gewehre abliefern, aber es wurde ihnen gestattet, Città Notabile mit allen Hieb- und Stichwaffen zu verlassen.

Nur die wenigen Ordensangehörigen unter den Verteidigern wurden unter Arrest gestellt und umgehend zu den Kriegsschiffen eskortiert; weniger weil sie eine Bedrohung darstellten, mehr um sicherzugehen, dass sie nicht von aufgebrachten Maltesern belästigt wurden.

Um die Situation weiterhin zu entkrampfen, lud Bischof Labini General Vaubois und dessen Stabsoffiziere zu einem Essen mit den Honoratioren der Stadt in seine Mdinaer Residenz ein. Unter den Gästen befanden sich auch Baron und Baronin de Neva.

Pater Jozeph Rizzo, der Rektor des bischöflichen Seminars, ließ derweil Proviant und Wein an die französischen Soldaten verteilen.

Am Abend besuchten viele von ihnen die Messe in der Kathedrale und beeindruckten die Bewohner Mdinas durch ihr vorbildliches Verhalten.

*

Kaptan Sultana, der auf der „Seeschwalbe" im Hafen von Marsaxlokk von der Invasion überrascht worden war, erlebte, dass die Ritter und die sie unterstützenden Malteser sehr wohl gegen die im Süden Maltas an Land gesetzten Truppen von General Desaix zu kämpfen wussten.

Das Fort Sankt Julian, unter dem Befehl von Fra du Pin de la Guérivière, einem jungen Leutnant der Ordensmarine, und andere tapfere Kommandeure in der Marsaxlokk Bucht, leisteten erbitterten Widerstand, bis ihnen die Munition ausging, dann schlugen sie sich zu den sicheren Festungen der Cottonera-Linie und nach Fort Ricasoli durch. Ihr Rückzug gelang ohne Verlust an Menschenleben und wurde von den Kavallerieeinheiten des Bailli Clugny gedeckt.

In Fort Tigné am Marsamxett Hafen wehrte man drei dicht aufeinanderfolgende Sturmangriffe erfolgreich ab, ebenso misslang es den Franzosen, Fort Sankt Manuel auf der Marsamxett Hafeninsel im Sturm zu nehmen. Die Franzosen waren gezwungen, sich aus der Reichweite der akkurat feuernden Festungskanonen zurückzuziehen und sahen von weiteren Angriffen ab.

Auch die Ordensflotte versuchte ihr Möglichstes, um die Anlandung von feindlichen Truppen zu stören. Da am Vormittag des 10. Juni Flaute herrschte, liefen eine Galeere und zwei Galeoten aus dem Großen Hafen, um die Boote zu beschießen, die General Vaubois' Truppen nördlich des Marsamxett Hafens an Land gesetzt hatte. Die großen französischen Segelschiffe hielten sich in sicherem Abstand zur Küste, denn bei Windstille waren sie nahezu manövrierunfähig. Das galt nicht für die ruderangetriebenen Ordensschiffe.

Aber kaum hatte das Geschwader von Ritter Subirras mit dem Beschuss der Landungstruppen begonnen, frischte der Wind unglücklicherweise wieder auf. Fra Subirras befahl notgedrungen den Rückzug in den Großen Hafen.

Die Ordenstruppen im Norden Maltas, wo General d'Hillier das Kommando führte, schlugen sich, so gut es ging, mussten sich indes nach kurzem Feuergefecht den überlegenen Franzosen ergeben. Es hatte ein paar Tote und Verletzte unter den Maltesern gegeben, aber kein einziger Feind war bei den Gefechten ums Leben gekommen.

Wie in Mdina wurden nur die Ordensritter zu Kriegsgefangen erklärt. Die maltesischen Soldaten wurden auf der Stelle demobilisiert.

Sie sollten zu Hause erzählen, wie gut sie von der französischen Armee behandelt worden wären, gab ihnen General d'Hillier mit auf den Weg ...

26. Kapitel

Dun Salvatore bringt seine Schäfchen zur Räson

Während auf Malta der Angriff bereits schon in den frühen Morgenstunden des 10. Juni begann, verzögerte sich die Invasion Gozos wegen widriger Windverhältnisse auf 13 Uhr. General Reynier war bereits in Sorge, die detailliert ausgearbeiteten Pläne seines Oberbefehlshabers nicht termingerecht ausführen zu können, als der Kapitän der Korvette ihm signalisierte, eine taugliche Stelle für die Invasion gefunden zu haben. General Reynier befahl umgehend, die Truppen in die Landungsboote zu verschiffen.

Antonio Abela und die Debrincat-Brüder hatten schon am Vortag ihre Schiffe in die versteckte Bucht von Mġarr ix-Xini an der steilen Südküste gebracht. Die schmale, fjordähnliche Bucht war früher ein beliebtes Versteck für muselmanische Piratenschiffe gewesen. Wenn die Franzosen angreifen würden, dann vermutlich im Norden und Osten, wo es mehrere geeignete Stellen mit flachen Ufern gab.

Die Nadur-Miliz hatte gleich nach dem Generalalarm ihren Verteidigungsabschnitt an der Nordküste besetzt und die Soldaten auf die Artillerieschanze und in die Schützen-gräben in der Ramla Bucht geschickt. Die schwache Wach-mannschaft auf dem Sankt Blasius Turm in der gleichnami-gen Bucht weiter östlich von Ramla wurde ebenfalls durch einige Männer der Miliz aus Nadur verstärkt.

Mit der begrenzten Anzahl von Verteidigern – und ihrer miserablen Bewaffnung – waren die Kommandeure der Dorf-milizen zu Kompromissen gezwungen. Sie konnten die Män-ner nur dort konzentrieren, wo die geografischen Verhältnisse ein Anlanden von Truppen zuließen, oder wo die Johanniter-ritter bereits irgendeine Art von Verteidigungsanlage in Form von Schanze, Turm oder Wehrmauer errichtet hatten.

Das Gelände zwischen der Ramla und der Sankt Blasius Bucht war wie viele Abschnitte der Nordseite Gozos für eine Landung nicht sonderlich geeignet. Das Gebiet hieß Rdum il-Kbir, das Große Kliff. Die Küste stieg dort an die sechzig Meter steil an. Die Besatzungen des Sankt BlasiusTurms und der Nadur-Batterie kamen überein, dennoch stündlich eine Patrouille auf die schwer zugänglichen Anhöhen zu schi-cken.

Antonio Abela und die Debrincat-Brüder gehörten zu der mobilen Reserve, die von Nadur aus in Marsch gesetzt wer-den sollte, wenn klar war, wo der französische Angriff statt-finden würde. Vom Dach der Signalstation aus verfolgten sie mit Dun Salvatore die Bewegungen der feindlichen Flotte. Der kleine Priester schaute angestrengt durch ein Teleskop. Zwei Fregatten und eine Korvette begleiteten eine beängsti-gende Anzahl von Truppentransportern jeder Größe.

Tarcisio Debrincat deutete auf die Fregatten, die sich von der Armada gelöst, Kurs auf Marsalforn im Westen von Ramla genommen hatten und nun wieder kehrtmachten. „Ich glaube, sie machen uns bloß etwas vor."

„Wie meinst du das?" Der kleine Priester schob das Te-leskop zusammen.

„Nun, wenn ich anstelle des französischen Admirals wäre, würde ich vermutlich genauso vorgehen. – Erst im Norden drohen, und dann blitzschnell im Süden zuschlagen."

„Unsinn, wo denn da?", widersprach Antonio. „Mġarr und der Hafen werden von Fort Chambray geschützt. Kein Kapitän wird es riskieren, sich in die Reichweite der Festungsgeschütze zu wagen."

„Toni hat vermutlich recht", sagte Maurizio Debrincat. „Und die anderen Buchten im Süden und Osten sind zu eng für große Landungsboote, um starke Verbände abzusetzen", wandte er sich an seinen Bruder.

Tarcisio Debrincat lachte heiser. „Vor den Geschützen und der mickrigen Besatzung von Fort Chambray muss sich kein ernsthafter Angreifer fürchten. Habt ihr zufällig mal gesehen, was sie in Fort Chambray an Kanonen zur Verfügung haben? – Nein, die Feuerkraft dieser Armada reicht aus, um die Hafenfestung zu pulverisieren, wenn ihr mich fragt."

„Das glaube ich nicht. Mit Schiffen gegen die Mauern einer offenbar starken Festung anzugehen, wird jeder kompetente Kapitän nach Möglichkeit zu vermeiden suchen", widersprach Dun Salvatore. „Sie werden irgendwo im Norden angreifen. Dort ist das Risiko weitaus kalkulierbarer."

Der kleine Priester sollte sich nicht geirrt haben. Ein berittener Bote von der Ramla Bucht preschte den Pfad zur Signalstation hoch.

„Dun Salvatore! Die Franzosen haben soeben Dutzende von Langbooten gewassert. Sie nehmen Kurs auf Rdum il-Kbir!"

*

Als Antonio Abela und die Debrincat-Brüder mit der Reservetruppe auf den Klippen eintrafen, fanden sie dort schon weitere Verteidiger aus Nadur vor, die vom Sankt Blasius Turm und aus der Ramla Bucht herbeigeeilt waren, um die Rdum il-Kbir-Anhöhen zu besetzen und die sich nähernden Boote zu beschießen. Auch die Geschütze der Ramla- und Turmbatterie feuerten ununterbrochen auf den Feind, dennoch erkletterte die erste Landungseinheit der französischen Infanteristen bereits die steilen Kliffhänge.

Antonio robbte sich bis an den Klippenrand vor und kauerte sich schleunigst hinter einem Felsen hin. Das dichte Gewehrfeuer, mit dem die Soldaten in den Booten ihren zum Strand watenden Kameraden Feuerschutz gaben, war mörderisch. Ein Querschläger pfiff dicht an seiner Schläfe vorbei.

Ein Mann neben Antonio, es war Gabriel, der schmächtige jüngste Sohn von Advokat Fenech, den alle nur den „Aal" nannten, weil er als Einziger mühelos in den engen Glockenstuhl der Kirche zu klettern vermochte, rief: „Im zweiten Boot von rechts sitzen lauter Offiziere!"

Wer von den Milizionären seine Patronen noch nicht verschossen hatte, richtete das Gewehr auf das genannte Ziel.

„Getroffen!", jubelte Tarcisio Debrincat.

Antonio hob kurz den Kopf aus der Deckung. Das mit Offizieren besetzte Boot schwankte unter den Einschlägen der Gewehrkugeln.

Dann hatten sich die Franzosen auf die Verteidiger der Anhöhe eingeschossen, und ihr Feuer wurde immer akkurater. Die Milizionäre machten, dass sie davonkamen. Ihr Rückzug gelang, soweit es Antonio beurteilen konnte, ohne Verluste.

Die eigenen Geschütze in der Ramla Bucht und auf dem Sankt-Blasius-Turm waren anscheinend von der Schiffsartillerie unschädlich gemacht oder von den Besatzungen geräumt worden, jedenfalls sah Antonio sie keinen Schuss mehr abgeben, als er sich mit den anderen in Richtung Nadur absetzte. Dort wollte man sich sammeln und weitere Befehle einholen.

Dun Salvatore hörte auf dem Kirchplatz besorgt den Berichten der Männer zu und sagte dann: „Könnt ihr abschätzen, wie viele es waren?"

Maurizio Debrincat schüttelte den Kopf. „Unmöglich, Dun Salv. Es waren viele."

„Tausend Mann bestimmt", ließ sich ein Milizionär vernehmen.

„Mehr als das. Zweitausend mindestens", widersprach ein zweiter. „Und alle hatten moderne Gewehre. Als wir uns davonmachten, sah ich noch, wie sie auch ein Dutzend Feldgeschütze auf den Strand schoben."

Der kleine Priester wurde durch einen Kurier aus seinen Überlegungen aufgeschreckt. „Dun Salv! Ein Teil der Franzosen marschiert zur Zitadelle, der andere nähert sich im Eiltempo Nadur."

Erst herrschte Schweigen, dann redeten alle durcheinander.

„Wir lassen sie ins Dorf und beschießen sie von den Dächern aus."

„Quatsch. Wir müssen sie vorher aufhalten und in die Felder locken."

„Seid ihr wahnsinnig? Habt ihr vergessen, wie sie bewaffnet sind? – Nein, wir ziehen uns nach Fort Chambray zurück."

‚Hundert Naduri, das sind hundert Meinungen', dachte der kleine Priester, riss die Arme hoch und schrie: „Ruhe, allesamt!"

Augenblicklich verstummten die Milizionäre.

„Nichts von alledem werdet ihr tun. Was ihr vorhabt, ist weder klug noch angemessen bei dieser Übermacht. Ihr geht jetzt alle nach Hause, und zwar auf der Stelle. Ich will keine Schießerei im Dorf. Habt ihr mich verstanden?"

„Aber Dun Salvatore, unsere Heimat wird doch von ihnen angegriffen", wagte Matteo, der Bäcker, zu widersprechen. „Die müssen wir doch verteidigen!"

Der kleine Priester schaute ihn freundlich an. „Wie viele Patronen besitzt du noch, mein Sohn?"

„Keine, Dun Salv", stammelte der Bäcker irritiert. „Aber mit dem Säbel weiß ich gut umzugehen, wenn es drauf ankommt."

„Du bist vielleicht ein tapferer Mann, Matteo, aber du bist auch ein gottverdammter Idiot!", brüllte der kleine Priester los.

Die Milizionäre zuckten zusammen. Weniger weil er gebrüllt hatte – das waren sie gewohnt –, sondern weil er geflucht hatte.

„Heldentum ist löblich, aber einem hundert-, ja vielleicht tausendfach überlegenen Feind trotzen zu wollen, ist schiere Dummheit. Habt ihr alle verstanden, was euer Priester euch da gerade gesagt hat? – Und jetzt weg mit euch!"

Einige Männer protestierten verhalten, aber der überwiegende Teil der Naduri gab ihrem kleinen Priester lautstark recht.

Dun Salvatore machte eine herrische Handbewegung. „Und bringt die Waffen wieder ins Zeughaus. Ich möchte nicht erleben, dass ein Franzose hier im Dorf ein Massaker auslöst, bloß weil jemand vielleicht doch noch auf den Gedanken kommt, den Helden zu spielen."

Die Männer verließen den Kirchplatz. Der Priester hielt Antonio zurück. „Gib den Debrincats dein Gewehr und den Säbel, und komm mit mir."

„Was habt Ihr vor, Vater?"

„Du bist doch oft mit Kaptan Sultana nach Marseille gefahren und kannst bestimmt ein wenig Französisch, nicht wahr?"

„Ja."

„Dann hör mir jetzt gut zu. Wir beide werden die Franzosen am Dorfeingang erwarten und versuchen, mit ihnen zu reden. Schließlich sind sie keine muselmanischen Piraten, sondern Christenmenschen wie wir auch." Er ging in sein Haus, ließ sich von Leonora ein weißes Tischtuch geben und drückte es Antonio in die Hand. Dann deutete er auf dessen Patronentasche. „Die solltest du besser abbinden."

Antonio überließ der Haushälterin die Tasche zur Verwahrung.

Die vorrückenden Franzosen waren vom Großen Kliff direkt nach Süden marschiert. Die Spitze der Marschkolonne erreichte die westlichen Ausläufer Nadurs am frühen Nachmittag. Die Soldaten schwärmten mit den Gewehren im Anschlag aus. Ein Offizier hatte die beiden Parlamentäre bemerkt und näherte sich ihnen mit gezogener Pistole.

Dun Salvatore und Antonio Abela erwarteten den Offizier am Dorfausgang. Antonio schwenkte langsam das große weiße Tuch.

„Mach ihm klar, dass wir das Dorf nicht verteidigen werden", befahl der Priester, „und dass wir auch keinen Hinterhalt gelegt haben."

Antonio übersetzte.

Der Offizier senkte die Waffe. „Mon père, wir sind nicht nach Malta gekommen, um die Menschen hier zu knechten, sondern um sie zu befreien. Wer sich dem nicht entgegenstellt, hat auch nichts zu befürchten. – Sag das eurem Priester!"

Die anderen Soldaten waren nähergekommen und redeten auf den Offizier ein.

„Was wollen sie?", fragte Dun Salvatore.

„Sie haben seit heute Morgen nichts mehr gegessen und bitten den Offizier um die Erlaubnis, Lebensmittel im Dorf zu requirieren."

„Herr im Himmel, Toni! Das muss um jeden Preis verhindert werden! Richte ihnen aus, ich werde für Essen sorgen, ausreichend für alle. Sie sollen zum Platz hinter der Kirche kommen."

Der Offizier nickte, als er den Vorschlag vernahm und sprach mit seinen Soldaten.

„Toni, renn zu Rikardu, dem Schlachter, und schildere ihm die Situation! Er muss sofort seinen fettesten Ochsen opfern und das Fleisch hinter die Kirche schaffen. Mach ihm unmissverständlich klar, dass, wenn er sich weigert, die Soldaten die Sache selbst in die Hand nehmen werden. Und dann ist er mit Sicherheit alle seine drei Ochsen los. – Noch was! Leonora und die Frauen müssen ganz schnell Grillspieße und Feuerholz herbeischaffen. Das Fässchen Wein, das ich im Keller habe, opfere ich auch. Die Nachbarssöhne sollen es hinter die Kirche bringen. – Ach so, ausreichend Trinkwasser brauchen die Soldaten bestimmt auch. – Und nun, Toni, damit sie nicht denken, dass wir sie in eine Falle locken wollen, übersetz ihrem Anführer, ich werde als Garant für mein Versprechen in ihrer Mitte das Dorf betreten."

Antonio richtete das Wort an den Offizier. „Ich gehe jetzt, um das gewünschte Essen aufzutreiben. Dun Salvatore bleibt derweil bei euch, damit ihr seht, dass wir keine bösen Absichten verfolgen."

Der Schlachter Rikardu murrte, aber gehorchte dem Befehl des kleinen Priesters und rief alle seine Gehilfen herbei. In Windeseile wurde der Ochse getötet und zerlegt. Bald brannten auf dem hinteren Kirchplatz die ersten Feuer unter den Bratspießen. Der Geruch der brutzelnden Fleischstücke und die Aussicht auf einen schmackhaften Imbiss hatte die erwünschte Wirkung. Nadur blieb von jeglicher Plünderung verschont.

„Hätten es nicht auch ein paar Ziegen sein können?", brummelte der Fleischer verstimmt.

„Nein, mein Sohn." Dun Salvatore lächelte verschmitzt, denn der Schlachter galt als geizig. „Mit ein paar Ziegen hätten wir sie nicht satt gekriegt, und das hätte bestimmt unangenehme Folgen für uns alle gehabt. Gott wird dir deine Opferbereitschaft vergelten."

Der Schlachter murmelte. „Davon wird mein Ochse auch nicht wieder lebendig." Seine Laune besserte sich aber zusehends, als der Advokat ihm zusicherte, dass die Dorfgemeinschaft zusammenlegen würde, um seinen Mastochsen und Dun Salvatores Wein zu ersetzen.

Nachdem die Soldaten sich gestärkt hatten, hielt ein goldbetresster Offizier, niemand anders als der Kommandierende der Gozo-Landungstruppen General Reynier, eine knappe Ansprache an die Dorfbewohner, die, als sie merkten, dass die Franzosen sich friedlich benahmen, aus ihren Häusern auf den hinteren Kirchplatz gekommen waren.

Antonio übersetzte: „Die glorreichen Truppen der Revolution werden euch von euren Blutsaugern befreien und Brüderlichkeit und Gleichheit für alle Stände nach Malta bringen. Hoch lebe die Republik! Liberté, Égalité, Fraternité!"

Die Soldaten wiederholten dreimal schallend den Ruf und setzten sich gut gelaunt in Richtung Fort Chambray in Bewegung.

Von der Signalstation aus sahen die Naduri, dass die Festung oberhalb des Hafens von Mġarr die anrückenden feindlichen Truppen nicht beschoss. Die Franzosen ließen mehrere Regimenter vor dem Fort und zogen zur Zitadelle von Rabat weiter. Dort vereinigten sie sich mit den Landungskräften, die vom Großen Kliff direkt zur Inselmitte aufgebrochen waren. Wie in Nadur kam ihnen ein Priester entgegen, um mit General Reynier wegen der Übergabe der Festung und seiner Vorstadt Rabat zu sprechen.

In Nadur hatte Antonio dolmetschen können, aber in der Zitadelle und in Rabat fand sich niemand, der die französische Sprache beherrschte. Man behalf sich mit Latein, und der General versicherte, dass den Gozitanern Religion,

Privilegien und Eigentum erhalten bleiben würden, wie sie es von alters her gewohnt waren: „Honores, proprietates et religionem habebitis maiorum ..."

Gegen Sonnenuntergang wehten auf den Zinnen der Zitadelle und auf Fort Chambray die Trikoloren. General Reynier schickte ein Kurierschiff zur „L'Orient".

Gozo war vollständig und ohne nennenswerte Verluste in französische Hand gefallen. Dagegen fiel die Tatsache, dass dem Gouverneur des Johanniterordens mit zwei Rittern die Flucht aus Mġarrs Hafenfeste gelungen war, weniger ins Gewicht.

Ein Mann aus Mġarr wollte beobachtet haben, wie sie in einem Boot nach Comino gerudert waren, ein anderer hatte sie in Richtung Zitadelle davonreiten sehen.

*

Ein Brief Carusons erreichte den Großmeister in den frühen Morgenstunden des darauffolgenden Tages. Ein Parlamentär hatte ihn zur Porte des Bombes in Floriana gebracht.

Der französische Konsul befand sich noch immer an Bord von Bonapartes Flaggschiff und schrieb:

Eminenz,

ich muss Euch mitteilen, dass der Oberkommandierende Bonaparte empört war zu erfahren, dass Eure Eminenz nur gewillt ist, vier Schiffen zur gleichen Zeit die Einfahrt in den Großen Hafen zu gestatten. Bedenkt, wie lange es dauern würde, bei diesem Prozedere 500–600 Seeschiffe mit Wasser und Lebensmitteln zu versorgen. Ich weiß um die ungeheure Streitmacht, die General Bonaparte zur Verfügung steht, seinem Willen Nachdruck zu verleihen, und bin felsenfest davon überzeugt, dass es für den Orden vom Heiligen Jo-

hannes unmöglich ist, den bis dato stets siegreichen Armeen der Republik zu widerstehen. Es wäre ratsam, wenn Eure Eminenz unter den gegebenen Umständen, aus Liebe zum Orden und zur gesamten Bevölkerung Maltas, unverzüglich geeignete Maßnahmen ergreifen würde, um mit dem Oberkommandierenden ein Übereinkommen zu erzielen, damit unnützes Blutvergießen vermieden wird. General Bonaparte erlaubt mir nach Eurer abschlägigen Antwort unter keinen Umständen mehr die Rückkehr nach Valletta, da er die Stadt als der Republik feindlich gesonnen betrachtet. Sie darf keine Schonung erwarten außer der Großzügigkeit des Oberbefehlshabers, der angeordnet hat, auch während der kommenden Kampfhandlungen Religion, Gebräuche und Besitz der Malteser gewissenhaft zu respektieren. Ich hoffe inständigst, Eure Eminenz erweisen Einsicht in das Unabwendbare.

gez. Jean André Caruson
Konsul der Französischen Republik

27. KAPITEL

Aufruhr in Valletta

10. Juni 1798. Francesco Camilleri und Marcello Mifsud erhielten innerhalb von einer Stunde drei widersprüchliche Befehle.

Zuerst hieß es, die Compagnia della Bolla müsse Fort Ricasoli mit den Marineinfanteristen vom Regiment der Segelschiffe zurückerobern. Das Fort hatte im Gegensatz zu den Cottonera-Befestigungen dem Ansturm von General

Desaix' Truppen nicht widerstehen können. Dann wiederum sollte die Compagnia della Bolla nach Mdina verlegt werden, aber in diesem Augenblick traf die Nachricht von der Kapitulation der ehemaligen Hauptstadt ein. Letztendlich wurde das Regiment der Kaufleute und Händler Vallettas auf Order des Hafenmeisters Matthias Poussielgue als solches aufgelöst und auf verschiedene Stellungen verteilt. Ein Teil der Milizionäre erhielt Anweisung, sich zu den diversen Stadttoren zu begeben, um die dortigen Mannschaften zu verstärken, andere wurden zu den Cottonera-Befestigungen geschickt.

Francesco Camilleri und Marcello Mifsud fanden sich kurz darauf auf der Porte des Bombes, dem Haupttor von Vallettas Vorstadt Florianas wieder, gerade rechtzeitig, um die Vorbereitungen für einen Ausfall der Ordenstruppen beobachten zu können.

Marcello kniff die Augen zusammen. Soweit er Malta überschauen konnte, kündeten lange Staubwolken davon, dass die Franzosen sich der Stadt aus allen Richtungen näherten.

Francesco wies auf eine Marschsäule, die dem Marsamxett Hafen zustrebte. „Die schaffen schwere Artillerie heran."

Marcello blickte hinunter auf die sich zum Ausfall gruppierenden Soldaten. Verägert sagte er: „Schau dir das bloß an! Unsere haben noch nicht einmal ein paar lausige Feldgeschütze dabei."

„Wie mag es um ihre Munition bestellt sein?", wunderte sich der Weinhändler.

„Offenbar nicht üppig. Oder siehst du jemanden mit zwei Patronentaschen?"

In eine Gürteltasche passten zwölf Patronen.

„Doch, einen. Der Sergeant da links mit dem Ordensbanner hat zwei am Gürtel. Aber wirklich nur der."

„Mehr als wir haben sie zumindest", bemerkte der „Schwertfisch"-Wirt sarkastisch und schnitt eine Grimasse. „Dennoch begreife ich nicht, warum man die Männer zu einem wichtigen Kommandounternehmen nicht deutlich besser ausstattet. Alle müssten mindestens zwei Taschen dabeihaben."

Der Stoßtrupp der Verteidiger mochte an die dreihundert Soldaten stark sein. Man hatte die besten Männer des Malta-Regiments und des Regiments der Galeerensoldaten am Stadttor von Floriana zusammengezogen. In beiden Einheiten dienten ausschließlich gut ausgebildete Berufssoldaten.

Es dauerte keine Stunde, und der Stoßtrupp flüchtete sich wieder hinter die rettenden Mauern Florianas. Die Soldaten waren in einen Hinterhalt geraten. Ein paar Franzosen hatten vor ihnen auf der Straße zum Dorf Hamrun die Flucht ergriffen.

Beim Nachsetzen sahen sich die Malteser plötzlich Hunderten von Feinden gegenüber, die sie aus dem Dorf mit mörderischem Feuer empfingen. Der Rückzug verlief einigermaßen glimpflich, es hatte nur wenige Tote und Verletzte gegeben, aber das Ordensbanner war den Franzosen in die Hände gefallen. – Fürwahr kein gutes Omen.

Die zum Porte des Bombes abgeordneten Angehörigen der Compagnia della Bolla wurden angewiesen, sich um die Verwundeten zu kümmern, bevor man sie ins Große Hospital nach Valletta schaffen würde. Marcello und Francesco halfen, sie auf Karren zu laden, und stiegen dann auf den Torwall zurück.

„Ich habe fast geahnt, dass es so ausgeht", empörte sich der „Schwertfisch"-Wirt.

Francesco Camilleri lehnte sich nur gegen die Brustwehr und schwieg.

*

Auch in Valletta bemerkte man den Antransport schwerer Belagerungsgeschütze und Mörser vor Fort Tigné und Fort Manuel. Dort machte bereits das Gerücht die Runde, dass die Franzosen die Stadt in der Nacht bombardieren würden.

„Das ist doch völliger Humbug", sagte Marcello, als er dies vernahm. „Es braucht einige Tage, um die großen Geschütze vernünftig in Stellung zu bringen und sie hinlänglich durch Schanzen zu sichern. Und selbst wenn sie heute Nacht ein paar Kanonenkugeln auf die Stadt abfeuern sollten, wären das militärisch gesehen allenfalls lästige Nadelstiche, aber mehr auch nicht."

Obwohl auch andere Leute in der Stadt diese Meinung vertraten und gegen die Panik der Bevölkerung anzureden versuchten, wuchsen die verängstigten Volksmassen in Valletta an. Sie zogen widersprüchliche Forderungen skandierend durch die Straßen.

„Weg mit dem Orden! Jagt sie davon!", hieß es, wenn republikanisch Gesinnte die Wortführer waren.

„Tod den Verrätern!", schrien die Cacciatori Maltesi und Milizionäre, die sich von der Küste in die schützenden Wälle gerettet und die Verbrüderung etlicher Ordensritter mit den Invasoren miterlebt hatten.

Aber es fehlte auch nicht an Stimmen, die Fra Ferdinand aufforderten, den Franzosen mit dem Schwert in der Hand entgegenzutreten.

Das allgemeine Durcheinander wurde noch gesteigert, als nach Einbruch der Dunkelheit versehentlich Ordenssoldaten in der Straße der Händler aufeinander feuerten, weil jeder Trupp den anderen für eingedrungene Feinde hielt. Überall lagen die Nerven blank.

Zu einem tragischen Zwischenfall kam es, als Soldaten einer Cacciatori-Patrouille aus Birkirkara zwei schon seit Jahren in Valletta lebende Franzosen vor dem Hafentor in einer Gasse unterhalb der Sankt Barbara Bastion töteten, weil sie die Männer für Saboteure gehalten hatten.

Auch mehrere Ordensritter, die sich vor dem wütenden Mob nicht mehr rechtzeitig in Sicherheit bringen konnten, wurden gelyncht. Eine der verstümmelten Leichen schleifte man mit dem Ruf „So soll es allen Verrätern ergehen!" vor den Großmeisterpalast.

Besorgt um die öffentliche Ordnung und das Leben ihrer Mitbürger, schickten die maltesischen Stadtväter, die ähnlich wie die in Mdina organisiert waren, nach einer Versammlung in Vallettas Banca Giuratale eine Abordnung zum Großmeister. Sie wollten ihn demütigst darum bitten, mit den Franzosen baldmöglichst einen Waffenstillstand zu vereinbaren.

*

Nicht nur auf den Straßen und Plätzen, auch im Großmeisterpalast war die Lage konfus. Boten kamen und gingen, Soldaten aller Truppenteile lagerten im Hof, Mitglieder des Ordensrates diskutierten erregt auf den Gängen.

Die Angehörigen des großmeisterlichen Haushalts waren am Nachmittag alle bewaffnet worden, aber niemand hatte ihnen irgendwelche Befehle gegeben. Fra Ferdinands persönliche Bedienstete hielten sich noch vollzählig im Palast auf, viele der Küchengehilfen oder Pferdeknechte hingegen hatten den Palast bereits bei der erstbesten Gelegenheit klammheimlich verlassen.

Es dauerte, bis die Stadtväter mit ihrem Anliegen zum Großmeister vordrangen. Er fand nur wenig Zeit, um sie anzuhören, versicherte ihnen aber höflich, dass man ihren Vorschlag im Ordensrat bedenken würde und schickte sie weg.

Paolo und Jacomo Gonzi, beide mit einem Säbel versehen, warteten ihrem Herrn weiterhin auf. Als die Delegation der Bürger Vallettas Fra Ferdinands Arbeitszimmer verlassen hatte, stürmten wenig später Bailli Carvalho Tarcisio und mehrere Mitglieder des Ordensrates herein.

„Hoheit, ist es wahr, dass die Stadtherren Euch soeben gebeten haben, die Franzosen um einen Waffenstillstand zu ersuchen?", fragte ein italienischer Großkreuzritter aufgebracht.

Fra Ferdinand bejahte.

Darufhin geriet Bailli Pinto in Rage. Mit hochrotem Kopf rief er: „Das ist doch ungeheuerlich! Was erdreistet sich dieser Pöbel! Wenn ich an Eurer Stelle gewesen wäre, hätte ich die Kerle für ihre Unverschämtheit auf der Stelle hinrichten lassen!"

Bevor der Großmeister auf die dreisten Worte seines Mitbruders antworten konnte, hatte dieser bereits laut fluchend den Raum verlassen.

Paolo sah, wie Fra Ferdinand seine Hände vors Gesicht schlug und in sich zusammensackte.

„Hoheit, was ist mit Euch?", rief ein Ratsmitglied und trat besorgt näher.

„Es ist schon gut, Fra Matteo", flüsterte der Großmeister und richtete sich in seinem Sessel wieder auf. „Aber jetzt geht bitte alle. Ich muss nachdenken."

„Aber …!"

„Geht!"

Die Ratsmitglieder gingen in die Haupthalle; Paolo und Jacomo zogen sich in die Spülküche zurück.

Guiseppe Schembri, der Kammerdiener Fra Ferdinands, gesellte sich mit düsterer Miene zu ihnen. „Es sieht böse aus. Viele Ratsmitglieder befürchten eine Revolte der Bürger."

Paolo sah ihn erschrocken an. „Meinst du das wirklich? Ich kenne zwar niemanden, der den Orden wie seine Eltern liebt, aber offener Aufruhr? Nein, das kann ich mir nicht vorstellen."

„Es sieht dennoch fast danach aus. Der Mob hat schon ein paar Ritter in Valletta umgebracht."

Jacomo schüttelte energisch den Kopf. „Das waren bestimmt die Agenten der Franzosen."

„Den Anschein hat es nicht. Es heißt, es wären Hafenarbeiter aus Vittoriosa und Milizionäre aus Birkirkara gewesen. – Wenn das Kreise zieht ..." Der Kammerdiener ließ den Satz unvollendet.

Fra Hompeschs Sekretär Doublet betrat die Spülküche. „Jacomo, Seine Hoheit verlangt nach Wein."

„Ich bringe ihn sofort, Herr."

„Nicht nötig. Gib ihn mir. Seine Hoheit berät sich gerade und will nicht gestört werden."

Als Ovid Doublet mit dem Verlangten gegangen war, folgte ihm der Mundschenk unbeobachtet. Kurz darauf tauchte er wieder in der Küche auf.

„Von einer Beratung kann man da nicht unbedingt sprechen. Der Großmeister unterhält sich in seinem Zimmer nur mit Doublet. Außer Fra Ferdinands Stimme habe ich sonst keine weitere gehört."

„Konntest du zufällig verstehen, worüber sie gesprochen haben?"

„Kein Wort, auf dem Gang vor dem Zimmer standen ein paar Wachen."

*

Gegen Mitternacht erreichte den Großmeister die Nachricht aus den Cottonera-Festungen, dass die Soldaten zwar dort in Massen ihre Stellungen verlassen würden, aber Kommandeur de la Tour du Pin noch Herr der Lage sei.

Wieder wurde der Ordensrat einberufen.

*

Francesco und Marcello starrten in die Nacht. Von einem Späher, der sich bis dicht an die französischen Stellungen geschlichen hatte, erfuhren sie, dass ein Angriff unmittelbar bevorstand.

Der kommandierende Offizier der Porte des Bombes, der französische Ritter François d'Andelart, der auch über die Porta Reale in Valletta befehligte, wies daraufhin, sehr zur Verwunderung der Geschützmannschaften, zwei Männer an, auf dem Stadttor und den angrenzenden Wällen große Blendlaternen aufzustellen.

„Das ist doch Wahnsinn!", schrien ihn die beiden Kanoniere an und verweigerten den Befehl.

Ihr lautstarker Protest hatte die Kameraden alarmiert. Sechs, acht, dann zehn aufgebrachte Männer umringten François d'Andelart.

„Was soll hier geschehen? Willst du uns den Franzosen als Zielscheibe präsentieren?", herrschten sie ihn an.

„Wenn sie uns angreifen, braucht ihr Licht, um besser zu zielen." Der Offizier zog seinen Säbel. „Ihr tut, was ich euch befohlen habe!"

Auch die Soldaten zogen blank.

„Verfluchter Verräter!", schrie ein Geschützführer und schlug zu.

François d'Andelart gelang es nur, diesen einen Säbelhieb abzuwehren, dann stürzten sich die Soldaten wie Berserker auf ihn. Sekunden später sank er blutüberströmt zu Boden.

Als seine Leiche von der Torbesatzung über die Mauer in den Graben geworfen wurde und unten aufschlug, spuckte ihm der Geschützführer hinterher. „Dieses Schwein", zischte er.

Francesco, der mit Marcello den Vorfall von der Mauerkrone aus beobachtet hatte, ballte die Fäuste. „Geschieht ihm recht, diesem Hund."

„Verräter, überall Verräter", sagte Marcello angewidert. „Das wird böse enden!" Plötzlich stieß er den Weinhändler an und lauschte angespannt in die Nacht. Metall stieß gegen Metall. „Auf eure Posten, Männer! Sie rücken an!", schrie er.

Zwei Stunden lang versuchten die Franzosen verbittert, das Stadttor von Floriana sturmreif zu schießen, dann bliesen sie den Angriff ab. Die Torverteidiger brachen in Jubel aus.

„Einem Feind von außen mögen die Mauern standhalten", sagte Marcello nachdenklich. „Aber wie soll man mit all den Verrätern in den eigenen Reihen verfahren?"

Aber darauf wusste auch sein Freund Francesco keine Antwort.

*

Der Großmeister und die im Palast verbliebenen Mitglieder des Ordensrates kamen in den frühen Morgenstunden des 11. Juni überein, Waffenstillstandsverhandlungen mit General Bonaparte aufzunehmen und den Konsul für Preußen und Holland, Graf Agostino Formosa de Frémaux, mit den entspechenden Vollmachten zu dessen Flaggschiff „L'Orient" zu schicken.

Vorausgegangen war dem Entschluss eine hitzige Diskussion. Fra Ferdinand hatte vorgeschlagen, sich dem Volk zu zeigen und sich nach Floriana zu den am weitesten vorgeschobenen Stellungen der Verteidiger zu begeben. Dem war von fast allen Kongregationsmitgliedern energisch widersprochen worden: Zu groß sei die Gefahr, auf dem Weg dorthin einem Attentäter zum Opfer zu fallen. Fra Ferdinand war schweren Herzens auf die Argumentation seiner Berater eingegangen, denn zusätzlich zu den aufgeregt in der Stadt herumziehenden Volksmassen fürchtete man, dass die Gefangenen und Staatssklaven die Gelegenheit zu einem Aufstand nutzen würden.

An diesem Morgen sah Paolo den Großmeister nur kurz. Begleitet vom Kammerdiener Guiseppe Schembri begab er sich zu seinem persönlichen Arbeitszimmer. Fra Ferdinand wirkte um Jahre gealtert.

28. Kapitel

Waffenstillstandsverhandlungen

Graf Agostino Formosa de Frémaux machte sich nicht auf den Weg zu Napoleon. Der Konsul wollte es um jeden Preis vermeiden, durch die Übernahme einer solchen Mission das neutrale Holland und Preußen in die Auseinandersetzung zwischen Frankreich und dem Ritterstaat zu involvieren, was mit Sicherheit zu schwerwiegenden diplomatischen Verwicklungen oder schlimmeren Auseinandersetzungen geführt hätte.

Der Graf ließ dem Großmeister bestellen, dass er sich wegen einer Krankheit und aufgrund seines hohen Alters leider nicht persönlich nach Sankt Julian auf die „L'Orient" begeben könnte, er würde aber seinen Sekretär Melan, einen gebürtigen Franzosen, mit der Angelegenheit beauftragen.

Der Botschaftssekretär traf um 9 Uhr früh des 11. Juni auf dem Flaggschiff von Bonapartes Flotte ein. Melan wurde nicht zum Oberbefehlshaber der Ägyptenarmee vorgelassen, sondern dieser ließ ihm durch seinen General Berthier ausrichten, dass er am Nachmittag drei Bevollmächtigte nach Valletta entsenden würde, um mit Seiner Hoheit die Bedingungen für den gewünschten Waffenstillstand zu besprechen. Der Großmeister möge dafür Sorge tragen, dass die Unterhändler der Französischen Republik ausreichend Soldaten zum Geleitschutz erhielten.

*

Als die dreiköpfige französische Delegation sich um 15 Uhr der Porte des Bombes von Floriana näherte, wehten auf einigen Stadtwällen und über Fort Sankt Elmo bereits weiße Fahnen. Auch auf Fort Ricasoli zog man die erste hoch.

„Das ist das Ende", flüsterte der „Schwertfisch"-Wirt, „oder zumindest ist es der Anfang davon. – Unglaublich, schau! Die Verräter kehren als französische Offiziere zurück."

In Begleitung des Verhandlungsführers, des französischen Generals Junot, betraten zwei Männer die Stadt, die ebenfalls von Fra Ferdinand exiliert worden waren: Henri Poussielgue, der Bruder des Hafenkommandanten, und Großkreuzritter Fra Deodat de Dolomieu.

Francesco Camilleri spuckte aus.

Viele in der Menge, die die Straßen zum Großmeisterpalast säumten, murmelten kaum überhörbare Verwünschungen, als die Unterhändler, von einem dichten Kordon großmeisterlicher Leibgardisten umgeben, an ihnen vorbeimarschierten.

Paolo und der Mundschenk brachten der Delegation im Salon des Großmeisters stark verdünnten Weißwein und Kuchen, dann wurden sie aus dem Raum geschickt.

Außer Fra Ferdinand befanden sich vom Orden auch noch dessen Sekretär Ovid Doublet und die Baillis Tomassi sowie de Pennes im Raum.

Deodat de Dolomieu, nicht mehr „Fra", sondern nunmehr „Bürger" Dolomieu, küsste dem Großmeister mit formaler Höflichkeit die Hand.

Der alte Bailli de Pennes fragte seinen ehemaligen Mitbruder und früheren Freund daraufhin sarkastisch, was für

Gründe ihn veranlasst hätten, zu einem Verräter an der ritterlichen Gemeinschaft des Heiligen Johannes zu werden.

Bevor Dolomieu etwas erwidern konnte, fuhr ihm Fra Ferdinand, der befürchtete, dass es zu einem Streit kommen würde, ins Wort und bat alle Anwesenden, Platz zu nehmen.

Bailli de Pennes setzte sich, nicht ohne zuvor Dolomieu mit einem verächtlichen Blick zu bedenken. „Hoheit, welche Präambel soll der Waffenstillstandsvereinbarung vorangehen?"

General Junot schaute den Bailli nachsichtig an. Dann sagte er: „Es bedarf hierfür keinerlei Präambel, mein Herr. Ich werde den Bürger Poussielgue jetzt den erforderlichen Text aufsetzten lassen."

Der Bruder des Hafenmeisters griff augenblicklich zur Feder.

Der General räusperte sich und begann zu diktieren:

„Artikel I

Zwischen der Armee der Französischen Republik unter dem Oberkommado des Bürgers Generals Bonaparte, hier repräsentiert durch Bürger Brigadegeneral Junot, und Seiner Hoheit Fra Freiherr Ferdinand von Hompesch, Oberhaupt des Ordens vom Heiligen Johannes von Jerusalem, wird ein Waffenstillstand von 24 Stunden vereinbart, beginnend um 18 Uhr des heutigen Tages, des 11. Juni 1798.

Artikel II

Während der 24-stündigen Einstellung der Kampfhandlungen werden vom Orden Unterhändler zum Flaggschiff ‚L'Orient' geschickt, um die Kapitulation Maltas vorzubereiten.

Verfasst in doppelter Ausführung, Malta, 11. Juni 1798."

Nachdem zuerst der Franzose und dann Fra Ferdinand die Vereinbarung unterschrieben hatten, bat der General darum, den berühmten Palast der Großmeister besichtigen zu dürfen, von dessen Pracht er schon so viel Rühmliches gehört hätte. Fra Ferdinand entsprach seinem Wunsch, bestimmte Dolomieu zu seinem Führer und begab sich anschließend zur Haupthalle, um die dort anwesenden Ritter, die Mitglieder der Notabilità und die maltesischen Honoratioren mit knappen Worten von der Unterzeichnung der Waffenstillstandserklärung zu informieren. Danach zog der Großmeister sich mit ein paar Vertrauten zur Beratung in seine privaten Gemächer zurück.

Nicht nur die Zukunft der Maltesischen Inseln, die schiere Existenz des Heiligen Ordens von Malta und Jerusalem, der jahrhundertelang allen Widrigkeiten getrotzt hatte, stand auf dem Spiel. Fra Ferdinand erhoffte sich eine bessere Verhandlungsposition, wenn er den Franzosen gewogene Unterhändler schickte. Er wusste, dass der Rat solch einer Entscheidung niemals zustimmen würde. Deshalb rang er sich nach reiflicher Überlegung durch, die Delegierten für die Kapitulationsverhandlung ohne weitere Rücksprache mit den Häuptern des Ordens zu benennen, auch wenn ein solches eigenmächtiges Vorgehen gegen den Eid verstieß, den er anlässlich seiner Wahl zum Großmeister abgelegt hatte: „Ich schwöre vor Gott, die althergebrachten Gesetze unseres Heiligen Ordens zu wahren und bei meinen Handlungen in allen Staatsgeschäften die Mitglieder des Rates zu hören, so wahr mit Gott helfe."

Fra Ferdinands Wahl fiel auf den Bailli di Torino Frisari, den Botschafter des Königreichs beider Sizilien, den spanischen Ritter Felipe de Amati, Botschafter Spaniens und – zur Überraschung aller – auch auf Fra Bosredon de Ransijat.

Der Ordensschatzmeister war bereits kurz vor dem Eintreffen der französischen Delegation von gleich gesinnten

Ordensmitgliedern – mit dem stillen Einverständnis Fra Ferdinands – aus der Haft entlassen worden.

Die maltesischen Unterhändler waren Baron Mario Testaferrata, Advokat und *Uditore*, Ratgeber Seiner Hoheit, sowie die Advokaten Francis Bonnano und Joseph Muscat. Alle drei Männer hatten sich am Vorabend auf der Versammlung der Stadtväter in der Banca Giuratale von Valletta maßgeblich dafür eingesetzt, den Großmeister darum zu bitten, mit den Franzosen einen Waffenstillstand auszuhandeln.

*

Die Nachricht von der unmittelbar bevorstehenden Kapitulationsverhandlung verbreitete sich wie ein Lauffeuer und löste Bestürzung und Entsetzen unter der Bevölkerung aus. Hatte Malta mit seinen starken Festungen bislang nicht jeden Feind abgewiesen? Nur durch den lange geplanten Verrat vieler Ritter, so lautete die einhellige Meinung, war es zu der Katastrophe gekommen.

Die Hälfte der Kanoniere hatte die Porte des Bombes spontan verlassen, als die ersten weißen Fahnen aufgezogen worden waren. Von den Ritteroffizieren war bis auf einen jungen italienischen Leutnant auch niemand mehr zu sehen.

„Das wär's wohl", sagte der Weinhändler trocken. „Komm, Marcello, wir haben hier nichts mehr verloren. Dieser Krieg ist für uns aus."

Sie schulterten ihre Gewehre und stiegen hinunter.

„Was machen wir nun?", fragte der „Schwertfisch"-Wirt, als sie sich durch die Menschenmassen auf den Straßen Florianas zur Porta Reale drängten. Alle Bewohner von Vallettas Vorstadt schienen sich auf den Beinen zu befinden und diskutierten. Vor der Porta Reale brüllten sich mehrere Gruppen lautstark an. Fast wäre es zu Handgreiflichkeiten gekommen, aber zwei Priester schlichteten rechtzeitig den Streit und trennten die Kampfhähne.

„Ich schau mal besser in der Weinhandlung vorbei. Maria wird vermutlich in Sorge um mich sein", sagte Francesco. „Außerdem möchte ich natürlich wissen, wie es Paolo in der Zwischenzeit ergangen ist, und ob er sich noch im Palast aufhält."

Maria und Marcellos Frau hatten ihren Männern nach dem abgeschlagenen Angriff der Franzosen Proviant auf die Porte des Bombes gebracht, wie auch die anderen Frauen der dorthin abkommandierten Soldaten. Daran, dass die Verteidiger verpflegt werden mussten, hatte anscheinend niemand gedacht.

Ohne Probleme passierten sie die Porta Reale. Falls die Wachmannschaft überhaupt noch die starken Torbefestigungen besetzt hielt, kümmerte sie sich jedenfalls nicht um die nach Valletta strömenden Menschen.

Marcello und Francesco bot sich auf der Strada San Giorgio ein ähnliches Bild wie in Floriana. Der Platz vor dem Großmeisterpalast glich einem Ameisenhaufen, den jemand mit einem Stock aufgewühlt hatte.

„Ich will versuchen, ob ich mit Paolo sprechen kann", sagte der Weinhändler und verabschiedete sich von seinem Freund.

Marcello Mifsud schaute in die Runde. Die Stimmung der Menge war aufgeladen, aber noch gab es keine Anzeichen, dass sie explodieren würde. ,Ich geh und verbarrikadier dennoch vorsichtshalber die Taverne', dachte er. So wie er seine Landsleute einschätzte, würden sie bei einer Rebellion bestimmt kein Weinlager ungeplündert lassen.

*

Francesco Camilleri gelang es nicht, bis zum geschlossenen Palasttor vorzudringen, dazu war die dort versammelte Menge zu dicht, aber er traf einen anderen Milizionär von der Compagnia della Bolla, der wusste, dass Paolo noch im Palast war. Besorgt machte sich der Weinhändler auf den Weg in die Sankt Kristofu Straße.

Maria Camilleri hatte die Tür zum Weinkeller bereits abgeschlossen und stand mit ein paar Frauen aus der Nachbarschaft vor der Casa Cammenzuli.

„Dank sei der barmherzigen Muttergottes, da bist du ja endlich!", rief sie erleichtert aus und rannte auf ihn zu.

Francesco lehnte das Gewehr gegen die Kellertür und umarmte seine Frau. „Aber Paolo ist noch immer im Palast."

„Ich weiß. Ein Kamerad hat es mir erzählt. Hast du eine Nachricht von ihm bekommen?"

„Keine", sagte sie bekümmert. „Franco, sag, wie ist die Lage auf dem Platz?"

„Noch ist alles einigermaßen ruhig. Aber es gärt immens."

„Sind die französischen Unterhändler schon wieder abgereist?"

„Nein, offenbar noch nicht. Deshalb ist auch das Palasttor wahrscheinlich noch verschlossen."

Maria deutete auf Francescos Gewehr und Säbel. „Was ist mit der Compagnia della Bolla?"

„Die ist in alle Winde zerstreut, hat es den Anschein."

„Und, was willst du jetzt tun?"

Der Weinhändler zuckte resigniert mit den Schultern. „Ich glaube, ich liefere die Waffen im Zeughaus ab und komm dann wieder her. Hat ja alles eh keinen Sinn mehr." Niedergeschlagen schulterte er das Gewehr und trottete davon.

*

Aus den Cottonera-Festungen und den Städten Vittoriosa, Senglea und Cospicua auf der anderen Seite des Großen Hafens trafen Boten im Großmeisterpalast ein und vermeldeten, dass man ungeachtet der Waffenstillstandsvereinbarung weiterzukämpfen gedenke.

Fra Ferdinand bat umgehend die dortigen Priester um Hilfe. Sie sollten die Soldaten beschwichtigen und ihnen erklären, dass unter den gegebenen Umständen ein Niederlegen der Waffen unumgänglich sei.

Es kostete viel Überzeugungsarbeit, bis die meisten der aufgebrachten Männer einsahen, dass jeglicher Widerstand gegen die übermächtigen Invasoren nur in einem immensen Blutbad enden würde.

Der harte Kern der Verteidiger schwor mit einigen Offizieren, trotz des eindringlichen Appells der Geistlichen, weiterhin Widerstand gegen die Invasoren zu leisten.

Der Befehlshaber der Cottonera-Linie, Bailli de la Tour du Pin, erschien daraufhin wutentbrannt im Großmeisterpalast, um gegen die Kapitulation zu protestieren.

Paolo, der gerade mit dem Mundschenk des Großmeisters aufwarten wollte, hörte auf dem Gang, wie Fra Ferdinand ihn mit tonloser Stimme zu beschwichtigen suchte: „Mein Bruder, wir müssen uns in das Schicksal ergeben. Alles ist verloren."

Die harsche Erwiderung von Bailli de la Tour du Pin glich einem wohlgeführten Schwerthieb, der sein Ziel nicht verfehlte: „Das ist wohl wahr, Eure Eminenz, vor allen Dingen aber haben wir unwiederbringlich unsere Ehre verloren!"

*

Bosredon de Ransijat schlug vor, dass die maltesische und französische Delegation sicherheitshalber die Stadt gemeinsam verlassen sollten. Der Großmeister versprach, ihnen durch vertrauenswürdige Soldaten seiner Leibwache bis zur Porte des Bombes Geleitschutz zu geben.

Kurz vor Sonnenuntergang verließen die Franzosen Floriana in einer kleinen offenen Kutsche, dicht gefolgt von den Maltesern, die in einer großen geschlossenen Kutsche folgten. In letzter Minute hatte sich ihnen auf Anraten Fra Ferdinands noch Ovid Doublet angeschlossen. Vor der Porte des Bombes trennten sie sich. General Junot, Dolomieu und Poussielgue fuhren zum provisorischen Hauptquartier von General Vaubois, die Kutsche der Ordensdelegation machte sich mit einer Eskorte französischer Kavalleristen auf den Weg zur Sankt Julian Bucht.

29. Kapitel

„Übereinkunft"

Bosredon de Ransijat und seine Begleiter erreichten die Sankt Julian Bucht gegen 23 Uhr. Es war stockfinster, und die See ging hoch, als sie aus der Kutsche stiegen.

Ein Boot erwartete sie bereits. Es brauchte eine volle Stunde, um die Delegation zu Napoleons Flaggschiff „L'Orient" zu bringen. Mehrere von ihnen wurden während der rauen Passage seekrank. Über eine gefährlich schwankende Strickleiter kletterten sie auf das Kriegsschiff, das wie eine Wand vor ihnen emporragte.

General Bonaparte, der schon geschlafen hatte, wurde eiligst geweckt und schickte umgehend nach General Berthier und Admiral Brueys. Sie sollten dem Treffen mit den Maltesern beiwohnen. Einige der Delegierten waren von der Überfahrt aber noch derart mitgenommen, dass sie Bonaparte darum baten, sich erst einmal ein wenig ausruhen zu dürfen.

Lächelnd bot der Oberbefehlshaber ihnen seine eigene Kajüte an.

Als sich schließlich alle einigermaßen erholt in der Admiralskajüte eingefunden hatten, ließ Bonaparte Rum und Kekse servieren.

Doublet machte sich augenblicklich mit einem Stoß Papier und Feder bereit.

Der General nahm ihm beides mit der Bemerkung weg, er würde selbst schreiben.

„Was schlagen Sie vor, meine Herren, wie wir dieses Dokument hier betiteln sollten? Die Überschrift ‚Kapitulation‘ hätte meiner Meinung nach einen allzu peinlichen Ton für einen Orden mit einer derart rühmlichen Vergangenheit. Wie wäre es stattdessen mit der Formulierung ‚Übereinkunft‘?“

Bonaparte sah auffordernd in die Runde. Niemand meldete sich zu Wort.

„Nun, so sei es denn. Schweigen bedeutet immer Zustimmung“, sagte er und fing an zu schreiben. Jedes Mal, nachdem er eine Passage zu Papier gebracht hatte, las er sie laut vor:

„Übereinkunft zwischen der Französischen Republik, repräsentiert durch den Bürger Bonaparte, Oberbefehlshaber der Orientarmee, und dem Ritterlichen Orden des Heiligen Johannes von Jerusalem, vertreten durch Bailli di Torino Frisari, Kommandeur Bosredon de Ransijat, Baron Mario Testaferrata, Advokat Joseph Muscat und Advokat Bonnano. Als Mittelsmann Seiner Katholischen Majestät, des Königs von Spanien, ist zugegen der Ritter Felipe de Amati, spanischer Botschafter in Malta.

Artikel I

Die Ritter vom Orden des Heiligen Johannes zu Jerusalem übergeben der französischen Armee die Stadt und die Forts von Malta. Sie verzichten zugunsten der Französischen

Republik auf alle Rechte der Souveränität über die Inseln Malta, Gozo und Comino und auf jedwede Besitzrechte an diesen Inseln.

Artikel II

Die Französische Republik wird auf dem Kongress in Rastatt ihren ganzen Einfluss in die Waagschale werfen, um dem Großmeister ein Äquivalent für das aufgegebene Fürstentum anderswo in Europa zu verschaffen. Die Französische Republik verpflichtet sich ferner, Fra Freiherr Ferdinand von Hompesch eine jährliche Pension in Höhe von 300 000 französischen Franc zu zahlen sowie einmalig den Betrag von 600 000 Franc für seinen persönlichen Bedarf. Während seines Aufenthalts in Malta soll Seine Hoheit mit allen ihm zustehenden militärischen Ehren behandelt werden.

Artikel III

Den französischen Rittern des Ordens des Heiligen Johannes von Jerusalem, die gegenwärtig in Malta oder Gozo wohnen, und die in ihre Heimat zurückkehren wollen, sei dies ohne Einschränkung gestattet. Ihr Wohnsitz in Malta wird ab dato so betrachtet, als befände er sich in Frankreich.
Die Französische Regierung wird gleichfalls ihren Einfluss auf die befreundeten Republiken von Rom, Ligurien, Cisalpina und Helvetia geltend machen, damit Artikel III auch auf die Ritter aus diesen Ländern Anwendung findet.

Artikel IV

Die Französische Republik wird jedem Ritter, der seinen festen Wohnsitz in Malta hat und die Insel nicht zu verlassen wünscht, eine jährliche Rente von 700 Franc gewähren. Ordensrittern über 60 Jahre und älteren wird von der Republik eine Jahresrente in Höhe von 1 000 Franc ausgesetzt.
Die Französische Republik wird durch ihre Geschäftsträ-

ger auch versuchen, die in Artikel III genannten befreundeten Republiken dahin gehend zu beeinflussen, dass sie den heimkehrwilligen Rittern aus ihren Ländern eine ebensolche Rente gewähren.

Artikel V

Die Französische Republik wird auf andere europäische Mächte einwirken, dass den zurückkehrenden Ordensangehörigen das Recht nicht genommen wird, über die jeweiligen Ordensbesitzungen in diesen Ländern zu verfügen.

Artikel VI

Die Französische Republik garantiert, dass die Ritter vom Orden des Heiligen Johannes von Jerusalem weder in Malta noch in Gozo ihres Privatvermögens verlustig gehen werden.

Artikel VII

Den Bewohnern der Inseln Malta und Gozo wird, wie in der Vergangenheit, die freie Ausübung ihrer Römischen, Katholischen und Apostolischen Religion erlaubt. Ihre vom Orden garantierten Privilegien und ihr Eigentum werden gleichsam unangetastet bleiben. Eine besondere Art der Steuer wird ihnen vonseiten der Französischen Republik nicht auferlegt werden.

Artikel VIII

Alle zivilrechtlichen Verordnungen und Bestimmungen, die während der Regierungszeit des Ordens in Malta und Gozo erlassen worden sind, behalten bis auf Weiteres ihre Gültigkeit.

Verfasst in zweifacher Ausfertigung an Bord der vor Malta liegenden ‚L'Orient‘. Am 24. Prairial im VI. Jahr der Republik (nach altem Kalender: 12. Juni 1798)."

General Bonaparte unterzeichnete als Erster, danach unterschrieben Bosredon de Ransijat, Baron Mario Testaferrata und die Notare, der Bailli von Turin Frisari und Ritter Felipe de Amati zügig die mehrseitige Kapitulationsurkunde. Die Delegierten wollten sich erheben, aber der Oberkommandierende bat sie, noch einen Moment sitzen zu bleiben.

„Ein paar Kleinigkeiten nur noch wären zu klären, und ich denke, wir sollten sie auch gleich in dieser Runde fixieren, meine Herren."

Napoleon Bonaparte begann sofort ein weiteres Schriftstück zu verfassen, das den detaillierten Ablauf von der Übergabe der Befestigungen, der Armee und der Flotte an die französische Armee zum Inhalt hatte, und das daraufhin in gleicher Art von der maltesischen Delegation gegengezeichnet wurde wie die „Übereinkunft".

Um 10 Uhr würden Stabsoffiziere Bonapartes bei Fra Ferdinand eintreffen und sofort anschließend, begleitet von einem Ordensoffizier, das Kommando über die verschiedenen Verteidigungsstellungen in und um Maltas Hauptstadt übernehmen. Die Forts Sankt Angelo, Tigné und Manuel mussten noch am Mittag an die französischen Truppen übergeben werden, so wie auch die Befestigungen von Burmola, Cottonera und Vittoriosa.

Die Adjutanten der französischen Admirale Berthier und Brueys würden am gleichen Tag die Kriegsschiffe, Marinemagazine und alle für die Ordensflotte relevanten Einrichtungen in Besitz nehmen.

Fort Sankt Elmo und Ricasoli, Valletta und Floriana sollte der Orden am nächsten Tag, dem 13. Juni, ausliefern. Alle Ordenssoldaten hätten sich in ihre bisherigen Kasernen zurückzuziehen und dort zu verbleiben, bis das französische Oberkommando andere Befehle erteilen würde. Bei der Übergabe der Festungen müssten ferner alle vorhandenen schriftlichen Unterlagen betreffs Artilleriebestückung, Magazine und Mannschaftsregister unverzüglich an die neuen Kommandanten ausgehändigt werden.

Als General Bonaparte sich schließlich erhob und die Delegierten zur Kajütentür begleitete, verabschiedete er sie mit den Worten: „Meine Herren, richten Sie bitte Seiner Hoheit aus, dass ich ihm am Nachmittag meine Aufwartung zu machen gedenke."

*

Nachdem die Delegation mit einem Langboot zur Sankt Julian Bucht übergesetzt worden war, kehrte sie in den frühen Morgenstunden wieder in der geschlossenen Kutsche nach Valletta zurück.

Baron Mario Testaferrata und die zwei Advokaten begaben sich sofort zu der von einer riesigen Menschentraube belagerten Banca Giuratale. Dort verkündeten sie stolz, dass eine für die Malteser annehmbare Übereinkunft mit den Franzosen erzielt worden wäre.

„Wir können mit Vertrauen in die Zukunft blicken. General Bonaparte hat uns garantiert, unsere Religion und unser Eigentum zu schützen, so wie es in der Französischen Republik der Fall ist."

Die meisten Zuhörer waren durch die Nachricht, dass fortan die Waffen schweigen würden, beruhigt. Nur ein paar republikanische Krakeler begannen lautstark die Kapitulation des Ordens zu feiern.

Im Rittersaal des Großmeisterpalastes hingegen spielten sich tumultartige Szenen ab, als der Kapitulationsvertrag in Anwesenheit von Fra Ferdinand und dem Ordensrat verlesen wurde.

Die meisten Johanniter waren eindeutig gegen die Annahme der Bedingungen und forderten Fra Ferdinand auf,

den Kampf ungeachtet der feindlichen Übermacht fortzu-
führen. Bischof Labini, der soeben aus Mdina eingetroffen
war, gelang es nur mit Mühe, die Wogen der Erregung zu
glätten und forderte zur Besonnenheit und Eintracht auf.

Auch der Großmeister fand die diktierten Bedingungen
inakzeptabel.

Nachdem er sich kurz mit ein paar Vertrauten beraten
hatte, bat er die Anwesenden mit matter, aber klarer Stimme
um Ruhe.

„In Anbetracht der erdrückenden militärischen Lage,
in der sich der Orden momentan befindet, sehe ich mich
leider außerstande, diesen Vertrag kategorisch abzulehnen,
aber unterzeichnen werde ich ihn keinesfalls. Nichts ist von
Dauer. – Wenn die politische Lage in Europa sich ändert,
woran ich fest glaube, würde meine Unterschrift es erschwe-
ren, gegen diesen illegalen Akt der Aggression Frankreichs
nachdrücklich zu protestieren und es dem Orden hinderlich
sein, die angestammten Rechte auf Malta wieder unstrittig
einzufordern."

Im Saal herrschte eisiges Schweigen.

30. KAPITEL

Ein Auftrag für Victor Sammut

Paolo ging zum Palasttor, unternahm aber gar nicht erst
den Versuch, nach draußen zu gelangen. Die Torwächter
der Compagnia della Bolla hatte man abgezogen. Die großmeisterlichen Leibgardisten waren von Fort Sankt Elmo zu-
rückbeordert worden und bewachten wieder das Tor. Wer
kein offizieller Botengänger des Ordens war oder keinen

Passierschein vorweisen konnte, durfte weder hinaus noch hinein.

Paolo machte sich auf die Suche nach Fra Ferdinands Sekretär; vielleicht war der ja berechtigt, ihm die benötigte Bescheinigung auszustellen.

„Hast du Sekretär Doublet gesehen?"

Der Kellermeister schüttelte den Kopf. „Er wird im Sitzungssaal sein, wo der Großmeister sich gerade mit dem Bischof bespricht. Weshalb?"

„Er soll mir einen Passierschein geben. Ich will kurz nach Hause."

„Da wirst du kaum Glück haben. Das haben die anderen Domestiken auch gesagt. Bisher ist keiner von ihnen hier wieder aufgetaucht. Außerdem darf zurzeit niemand in den Saal."

„Ich will dennoch versuchen, ob mir jemand einen Passierschein ausstellt."

„Dann frag doch einen von den Gardeoffizieren, ob er dich so durchlässt."

„Bei denen habe ich keine Chance. Am Tor haben sie selbst den Kellermeister abgewiesen, weil er keine Erlaubnis besaß. Aber ich finde schon jemanden", sagte Paolo entschlossen und ging.

Die Ritter schwärmten aufgeregt im Palast umher wie in einem Bienenstock. Ein Bailli, den er anzusprechen wagte, bedeutete ihm mit einer Grimasse, dass er sich zum Teufel scheren sollte.

Endlich erblickte er Fra Ferdinands Garzone di Camera im Gespräch mit einem Großkreuzritter.

„Einen Passierschein willst du?", sagte Guiseppe Schembri. „Da frag wirklich am besten Sekretär Doublet. Er hat den Sitzungssaal verlassen und kam eben hier vorbei." Er bedeutete Paolo die Richtung, in welche der Sekretär sich entfernt hatte.

Ovid Doublet war zum Küchentrakt gegangen.

Beiderseits eines langen, breiten Gangs gingen nicht nur die Palast- und die Spülküche mit den Glasschränken ab – Jacomo Gonzis und Paolos Reich –, sondern auch diverse große Speicherräume für Lebensmittel sowie die Silberkammer mit dem großmeisterlichen Besteck und Geschirr. Das Zimmer, das dem Ersten Leibkoch Seiner Hoheit, Guiseppe Dingli, als Büroraum diente, lag in der Gangmitte.

Paolo hetzte davon, gerade noch rechtzeitig, um zu sehen, wie Ovid Doublet das Büro betrat.

Schon wollte er ihm folgen, als Bosredon de Ransijat, von der anderen Seite des Ganges kommend, ebenfalls dort verschwand.

Paolo zögerte. Der Ordensschatzmeister war für seine hochfahrende Art, mit Dienern umzuspringen, gefürchtet. Paolo beschloss zu warten, bis er dem Sekretär alleine sein Anliegen vortragen konnte. Er ging in die Spülküche und ließ die Gangtür auf.

Plötzlich hörte er Schritte, dann keuchte der dicke Victor Sammut, Hausbesorger des französischen Gesandten, an der Türöffnung vorbei.

„Nanu, Victor?", rief ihn Paolo an. „Was treibst du dich denn hier herum?"

Victor Sammut wischte sich den Schweiß aus der Stirn, kam zu Paolo in die Küche, ließ sich auf einen Schemel fallen und stöhnte. „Zu einem gewöhnlichen Laufburschen bin ich verkommen. – Hast du Ovid Doublet gesehen? Er hat nach mir geschickt." Er fächerte sich mit seinem Passierschein Kühlung zu.

„Was will der Sekretär denn von dir?"

„Keine Ahnung."

Paolo schenkte Victor ein großes Glas Wasser ein, das er gierig trank. „Ich denke, du arbeitest für den französischen Gesandten?"

Victor Sammut rollte mit den Augen. „Mein edler Herr hat mich hierhergejagt und mir befohlen, mich bei Ovid Doublet zu melden und genau das zu machen, was der mir aufträgt."

„Er sitzt mit Ransijat ein paar Zimmer weiter. Komm, ich zeig dir, wo."

Er führte den Hausbesorger zum Büro des Leibkochs.

Victor klopfte an.

„Wer da?", hörten sie Ransijats Stimme.

„Victor Sammut. Mein Herr schickt mich. Ich soll mich bei Herrn Doublet melden."

„Das geht in Ordnung, tritt ein", vernahm man den Sekretär.

Paolo kehrte in die Spülküche zurück.

Wenig später tauchte Victor Sammut wieder bei ihm auf. „Gib mir bitte noch ein großes Glas Wasser, Paolo!"

„Was wollte Doublet von dir?"

Victor kratzte sich am Kopf. „Ich habe von dem Sekretär einen merkwürdigen Auftrag erhalten. Aber immerhin gut bezahlt." Er zog ein 15- Tari-Stück aus der Tasche. „Das ist von ihm."

„Was will er dafür von dir?"

„Das ist es ja, was mir Sorgen bereitet. Ich muss sofort einen Brief nach ..."

Was für einen Brief Victor Sammut wohin bringen sollte, erfuhr Paolo erst Wochen später, denn Guiseppe Schembri, der Garzone di Camera, kam mit dem Mundschenk in die Küche gestürzt.

„Mach schnell, Paolo, komm mit uns in den Weinkeller! Seine Hoheit will General Bonaparte mit der ‚Kapitana' abholen lassen. Ihr sollt zwölf Flaschen vom besten Wein zum Galeerenhafen schaffen."

*

Victor Sammut verließ die Stadt unbehelligt. Von der Porte des Bombes wanderte er auf direktem Weg bis zu den ersten französischen Vorposten und schwenkte ein weißes Taschentuch. Ein Offizier hatte einige Mühe zu begreifen, was Carusons Hausbesorger ihm in seinem holprigen Französisch zu erklären versuchte.

„Une lettre pour le bateau ‚L'Orient'. De mon maître Caruson, le consul", wiederholte Carusons Hausbesorger mehrmals.

Der Offizier führte Victor Sammut daraufhin zum Stabszelt.

„Wer ist dein Herr?", fragte ihn ein Oberst.

„Jean André Caruson, der Gesandte der Französischen Republik."

Der Oberst öffnete den Umschlag, überflog den Brief, dann nickte er Victor freundlich zu und befahl einem Adjutanten, ihm ein Glas Wein zu geben.

„Bürger Sammut, du darfst jederzeit wieder nach Valletta zurück." Der Oberst verließ das Zelt und bellte einen Befehl.

Ein Meldereiter preschte kurz darauf aus dem Truppenlager zur Sankt Julian Bucht und übergab das Schreiben einem Marineleutnant, der sich sofort zu Bonapartes Flaggschiff übersetzen ließ.

Der Offizier salutierte. „Mein General, ein Brief von einem Boten unseres Botschafters aus Valletta."

Bosredon de Ransijat und Ovid Doublet hatten geschrieben:

In Valletta und Floriana gehen momentan die wildesten Gerüchte um. Man erzählt sich, dass die französische Armee trotz des unterzeichneten Waffenstillstandsabkommens plant, die Cottonera-Festungen anzugreifen und zu vernichten. Vielleicht haben einige Eurer Soldaten noch nichts von der Waf-

fenruhe mitbekommen und sich mit den dortigen Ordenstruppen Gefechte geliefert. Die Bewohner von Vittoriosa, Senglea und Cospicua reden bereits von einem Verrat Frankreichs. Erst hätten die Ritter sie betrogen, und nun könne man den Zusagen der Republik auch nicht mehr vertrauen.

Mon Général, sollte gelegentlich von den wenigen verbliebenen halsstarrigen Verteidigern der Cottonera-Linie noch auf die französischen Truppen geschossen werden, dann messt dem keine sonderliche Bedeutung zu. Gebt Anweisung, das Feuer nicht zu erwidern, die meisten Malteser haben sich in ihr Schicksal eingefügt. Der Großmeister hat der Kapitulation zugestimmt, und es wäre ärgerlich wegen der wenigen Hitzköpfe, die es noch in Cottonera geben mag, den grandiosen Siegeszug der republikanischen Truppen zu verzögern.

Bischof Labini ist aus Mdina eingetroffen. Der Großmeister hat ihn soeben nach Cospicua geschickt, um die letzten Uneinsichtigen dort zur Räson zu bringen. Wir bezweifeln nicht, dass ihm das umgehend gelingen wird. In Mdina hatte sein besänftigender Einfluss auch maßgeblich dazu beigetragen, dass die Stadt ohne Widerstand der lokalen Truppen und in kürzester Zeit besetzt werden konnte, wurde uns berichtet.

Im Großmeisterpalast und in Valletta und Floriana herrscht blanke Anarchie. Die französischen Truppen müssen so schnell wie möglich einmarschieren, um einerseits überflüssiges Blutvergießen zu vermeiden, andererseits aber auch, um eventuelle Aufstände der Bevölkerung gleich im Keim zu ersticken. Wir bitten Euch, geratet mit dem ausgearbeiteten Zeitplan der Festungsübernahmen und der Flotte nicht in Verzug, dann wird der Sieg der republikanischen Truppen wahrhaftig triumphal ausfallen.

Wir lassen Euch dieses Schreiben durch einen Vertrauten unseres Mitpatrioten, Bürger Jean André Caruson, zukommen.

Bürger de Ransijat, Bürger Doublet

Bonaparte lächelte zufrieden. Dann rief er einen Schreiber zu sich und diktierte einen kurzen Dankesbrief an Bischof Labini:

„Hochwürden,

mit großer Freude habe ich von dem freundlichen Empfang in Mdina Kunde erhalten, den Ihr den französischen Truppen nach ihrem Einzug bereitet habt. Ihr könnt versichert sein, dass die Katholische, Römische und Apostolische Religion von der Republik nicht nur geachtet wird, sondern dass überdies ab sofort besonders die Geistlichkeit sich der fürsorglichen Protektion Frankreichs erfreuen darf. Für mich gibt es keine lobenswertere Persönlichkeit als einen Priester, der seiner Gemeinde predigt, den staatlichen Behörden mit Frieden, Ruhe und Einigkeit zu begegnen. Ich werde heute Nachmittag auf der ‚L'Orient' im Großen Hafen eintreffen, und wünsche bei meinem Eintreffen, dass Ihr mir die Kuraten und Oberhäupter der religiösen Ordensgemeinschaften der Stadt und der umgebenden Dörfer vorstellt. Seien Sie nochmals meines Wohlwollens und meiner Hochachtung versichert.

Bonaparte.“

31. KAPITEL

Baron de Neva bringt Pastizzi

Der Mundschenk verließ mit Guiseppe Schembri die Spülküche und ließ sich von Ovid Doublet einen Passierschein ausfüllen; Paolo wuchtete derweilen schon die Weinkiste in den Palasthof.

„Was hast du da?", herrschte ihn ein Leibgardist an. „Zeig mal her!"

Paolo setzte die unhandliche Weinkiste vorsichtig auf dem Boden ab. „Befehl vom Großmeister. Es ist Wein drin. Wir sollen die Kiste zum Galeerenhafen auf die ‚Kapitana' bringen."

„Das kann jeder erzählen. Wer sagt mir, dass du nicht am Plündern bist. Wärst nicht der Erste. – Wo ist dein Passierschein?"

„Hier!", rief der Mundschenk.

Der Soldat nahm den Zettel und schüttelte den Kopf. „Da steht aber nur dein Name drauf, Jacomo."

„Jesusmaria, ich Trottel! Ich habe in der Hektik gar nicht darauf geachtet, was Doublet geschrieben hat! Wie soll ich denn jetzt die schwere Kiste alleine bis zum Hafen tragen? – Hab dich nicht so, Fredo, mach eine Ausnahme. Lass ihn mit mir gehen."

Der Leibgardist war nicht zu erweichen. „Nichts zu machen, Jacomo. Dein Gehilfe darf den Palast ohne Passierschein nicht verlassen."

In diesem Augenblick tauchte der Garzone di Camera im Hof auf.

„Mensch, Guiseppe, Sekretär Doublet hat vergessen, Paolo mit aufzuschreiben", rief der Mundschenk ihm wütend entgegen.

Der Garzone di Camera winkte ab. „Reg dich nicht so auf. Das ist jetzt alles völlig einerlei. General Bonaparte hat dem Großmeister soeben mitteilen lassen, dass er nicht daran denkt, auf einem Ordensschiff zu kommen. Er wird mit der ‚L'Orient' im Großen Hafen einlaufen. Die ersten französischen Schiffe sind übrigens schon da. Schafft den Wein wieder in den Keller zurück!"

*

Paolo schnallte den Säbel ab und ließ sich erschöpft auf einen Schemel in der Spülküche sinken. Kaum ein Auge hatte er in den letzten beiden Tagen zumachen können. Irgendjemand hatte immer etwas gewollt. Mal hatte er für Fra Ferdinands Berater Botendienste ausführen müssen, mal hatte ihn Ovid Doublet in den Weinkeller geschickt; und wenn er sich für einen Moment auf seiner Pritsche in der Schlafkammer hinter dem Küchentrakt ausgestreckt hatte, dann war garantiert Jacomo Gonzi oder der Garzone di Camera mit einem anderen Auftrag für ihn aufgetaucht.

Paolo gähnte und schloss die Augen. ‚Zu was für einem Irrenhaus ist der Palast bloß verkommen‘, dachte er. ‚Die Ritter rennen kopflos herum wie aufgescheuchte Hühner, und der Großmeister sagt die ganze Zeit über kaum ein Wort. Und wenn, dann spricht er mit matter Stimme wie ein Kranker, der mit seinem Leben abgeschlossen hat.‘

Der Mundschenk rüttelte ihn unsanft an der Schulter. „Paolo, man verlangt nach dir!“

„Verdammt. Kann man sich denn keine Sekunde ungestört ausruhen? Wer ist es denn jetzt schon wieder?“, fauchte er und rieb sich die Augen.

„Baron de Neva. Er sucht dich überall.“

Paolo sprang auf. „Wo ist er?“

„Vermutlich im Hof, da habe ich ihn jedenfalls zuletzt gesehen“, sagte Jacomo Gonzi.

Paolo eilte nach unten.

Baron Lorenzo de Neva unterhielt sich mit einem Priester aus dem Gefolge von Bischof Labini.

Paolo blieb in respektierlichem Abstand stehen und verbeugte sich. „Herr Baron!“

Lorenzo de Nevas Gesicht hellte sich auf. „Paolo, ich habe kaum noch gehofft dich hier anzutreffen!“ Er verbeugte sich höflich vor dem Priester. „Entschuldigt mich jetzt, mein Vater.“ Der Baron ging zu dem jungen Mann. „Es freut mich wirklich, dich unversehrt wiederzusehen. Ich hörte, es gab doch einige Tote bei den Kämpfen. – Aber sag, wie ist es Francesco ergangen? Sind er und Maria wohlauf?"

„Ich hoffe es, Herr Baron."

Lorenzo de Neva runzelte die Stirn. „Du weißt es nicht?"

„Nein. Wir Palastbediensteten haben seit gestern Früh strikte Ausgangssperre", erklärte Paolo.

„Verstehe. Ich habe Bischof Labini hierherbegleitet und reite in einer Stunde nach Città Notabile zürück. Ich verspreche dir, vorher bei deinen Eltern vorbeizuschauen, und gebe dir dann Nachricht."

„Danke, Herr Baron. Darf ich fragen, wie es der Baronin und Eurer Tochter geht?"

„Gut. Der Einmarsch der Franzosen verlief gesittet. Es ist ruhig in Città Notabile, kein Grund zur Besorgnis also."

„Was ist mit Gozo?", fragte Paolo. „Dort soll es zu Kämpfen gekommen sein, hieß es im Palast."

„Vom Bischof hörte ich, dass dort jetzt auch die Waffen schweigen, aber Näheres weiß ich nicht."

Antoine Étienne Toussard überquerte eilig den Hof und grüßte flüchtig. Der Baron erwiderte den Gruß ungewöhnlich kühl und sah ihm mit zusammengepressten Lippen nach, bis der Ordenschefingenieur im Palast verschwunden war.

Paolo schaute den Baron erstaunt an.

„Dem und anderen haben wir zu verdanken, dass Malta jetzt eine französische Provinz ist", zischte Lorenzo de Neva.

Paolo nickte und flüsterte: „Toussard hat der feindlichen Flotte nachts Lichtsignale gegeben. Nicht bloß mir ist das aufgefallen."

Der Baron ballte die Fäuste. „Dann stimmt es also, was Barbara gehört hat. Zwei Leutnants hatten auf dem Empfang, den Bischof Labini nach unserer Kapitulation General

Vaubois und seinen Offizieren gegeben hat, zu tief ins Glas geschaut und vergaßen darüber offenbar, dass jemand ihre Unterhaltung verstehen könnte. Sie saßen mit dem Rücken zu uns und sprachen nämlich davon, dass ein ‚Patriot' von einem Haus am Marsamxett Hafen der Flotte wertvolle Navigationshilfe gegeben hätte." Lorenzo de Neva schnaubte verächtlich. „Ich bin gespannt, wie sein Judaslohn ausfallen wird." Lorenzo de Neva legte Paolo die Hand auf die Schulter. „Ich gehe jetzt bei deinen Eltern vorbei, warte hier im Hof auf mich. Ich bin gleich wieder zurück."

Kaum hatte Lorenzo de Neva den Großmeisterpalast verlassen, als eine Gruppe französischer Offiziere und Soldaten durch das Tor marschierte. Die Übergabe Vallettas hatte begonnen.

Paolo versuchte es zwar, aber ihm wurde erneut nicht erlaubt, das Tor ohne Passierschein zu durchschreiten. Noch hatten dort Fra Ferdinands Leibgardisten das Sagen.

Baron de Neva kam wie versprochen bald darauf wieder zurück. Er drückte Paolo eine fettglänzende Tüte in die Hand, und der junge Camilleri glaubte zu wissen, was sie enthielt.

„Sie sind wohlauf und lassen dir das geben."

„Danke. – Wie sieht es in der Stadt aus?

Der Baron rang nach Worten, dann sprudelte es aus ihm heraus: „Es ist ein unbeschreiblicher Anblick! Valletta quillt schier über vor Franzosen. Sie sind überall. Es sind Tausende, scheint's." Er hielt inne, bekreuzigte sich und seufzte. „Aber sie benehmen sich im Großen und Ganzen gesittet. Ich habe nur ein paar Betrunkene gesehen, und die waren recht friedlich. Zwei Offiziere sitzen übrigens jetzt in eurem Weinkeller und feiern ihren Sieg."

Paolo erschrak.

„Keine Sorge. Francesco erzählte mir, dass vor ihnen ein paar Soldaten bei ihm waren. Als sie wieder gingen, haben sie anstandslos bezahlt." Lorenzo de Neva verzog das Gesicht. „Tja, Paolo, an französische Kundschaft werdet ihr euch ab jetzt wohl gewöhnen müssen."

„Danke für Eure Mühe, Herr Baron. Bitte richtet meine Grüße an die Baronin", Paolo stockte unmerklich, „... und an Eure Tochter aus."

Lorenzo de Neva versprach es.

*

Als Paolo in der Spülküche saß und sich mit dem Mundschenk die knusprigen Pastizzi der Mutter schmecken ließ, sah er durch das Fenster, wie die Prunkkarosse des Großmeisters in Begleitung berittener Gardesoldaten den Palast verließ.

„Die holen jetzt General Bonaparte vom Zollkai ab", sagte Jacomo Gonzi und machte sich über eine weitere Pastete her.

Plötzlich schraken sie zusammen: Aus der Richtung des Großen Hafens ertönten Geschützsalven.

Es war 16.30 Uhr. Die bereits dort vor Anker liegenden französischen Kriegsschiffe „La Spartiate", „L'Aquilon", „Le Franklin" und „Le Guerrier" schossen zu Ehren der Ankunft ihres Oberkommandierenden minutenlang donnernd Salut. Nicht nur 21 Kanonenschüsse begrüßten Napoleon Bonaparte und seinen Stab, deren Langboot auf den Zollkai zusteuerte: Auf allen Forts und auf den Wällen Vallettas waren die Ordensfahnen durch Trikoloren ersetzt worden.

Noch an Bord der „L'Orient" hatte der General einen Tagesbefehl ausgegeben, der allen Truppenteilen zugeschickt und von den Offizieren verlesen wurde:

„Der Armee wird bekannt gegeben, dass der Feind sich ergeben hat. Die Fahne der Freiheit weht über den Festungen von Malta. Der Oberbefehlshaber gemahnt die Armee, sich diszipliniert zu verhalten. Er befiehlt, dass Leben und Besitz respektiert werden, und dass man das maltesische Volk freundlich behandelt."

*

Dun Salvatore und Antonio Abela standen mit den Debrincat-Brüdern auf der Signalstation von Nadur. Über Fort Chambray, der Zitadelle von Rabat, dem Hauptquartier der Besatzungstruppen General Reniers und auch über dem Comino-Turm wehte die Fahne des Siegers.

„Ob wir es wagen können, unsere Speronaras wieder nach Mġarr zu holen? Ich hätte ein ungutes Gefühl dabei, sie weiterhin unbeaufsichtigt in Mġarr ix-Xini zu lassen", sorgte sich Maurizio Debrincat.

„Bis jetzt sind sie dort jedenfalls vor den Franzosen sicherer als im Hafen. Wer weiß, ob sie sie nicht vielleicht beschlagnahmen wollen?", sagte sein Bruder.

Dun Salvatore dachte nach, dann machte er den Vorschlag: „Toni spricht doch Französisch. Ich denke, er sollte sich in der Kommandantur von Fort Chambray oder besser noch im Hafen vorsichtig danach erkundigen, ob die Besatzungstruppen etwas mit den Malta-Fährschiffen vorhaben."

„Kommst du mit uns, Dun Salv?"

Der kleine Priester machte eine Geste des Bedauerns. „Monsignore Caruana hat alle Pfarrer zu sich gerufen. Ich breche gleich nach Rabat auf."

Sie verließen die Station.

Dun Salvatore wurde im *Landauer* von Advokat Martino Fenech zur Hauptstadt gefahren. Tarcisio, Maurizio und Antonio wählten den direkten Weg hinunter zur Hafenbucht und kletterten auf einem steilen Ziegenpfad den Abhang von Nadur hinunter.

Als die drei Männer im Hafen von Mġarr ankamen, legte gerade ein Boot mit französischen Soldaten an.

Ihr Offizier gab Antonio bereitwillig Auskunft. „Bürger, der Oberkommandierende hat dem maltesischen Volk versprochen, dass sein Eigentum unangetastet bleibt. Ihr könnt die Malta-Passage ohne Einschränkung machen, wie ihr es bisher gewohnt wart. Wenn die Armee aus irgendeinem Grund Transportschiffe benötigen sollte, dann wird sie sie mieten." Er deutete auf zwei hoch mit Gemüse beladene Speronaras, die an Comino vorbei Kurs auf Malta genommen hatten, und fügte lachend hinzu: „Eure Kameraden da draußen haben euch bestimmt schon die beste Ladung für heute weggeschnappt."

32. KAPITEL

Napoleon betritt Valletta

Im Gegensatz zu Francesco Camilleri hatte Marcello Mifsud es nicht gewagt, wegen der zahlreichen betrunkenen französischen Soldaten, denen er begegnet war, den „Schwertfisch" zu öffnen.

„Kommst du mit zum Zollhauskai?", fragte Marcello seine Frau.

Sie war nicht dazu zu bewegen. Die fremden Soldaten überall machten ihr Angst.

Eine Hundertschaft Infanteristen in Paradeuniform mit aufgepflanztem Bajonett sicherte weiträumig die Landungsstelle ab. Auch auf den Wällen und Bastionen oberhalb des Fischmarktes patrouillierten sie zu Dutzenden. Eine Militärkapelle stimmte ihre Instrumente und nahm in Dreierreihen Aufstellung.

Mehrere voll besetzte Langboote lösten sich von der „L'Orient".

Ein Teil der schaulustigen Menge, die sich eingefunden hatte, darunter auch etliche Ritter der französischen Zunge und Angehörige der einheimischen Notabilità, brach in Jubel aus.

Der „Schwertfisch"-Wirt und die Anwohner aus den Gassen und Straßen unterhalb der Hafenmauern beobachteten etwas abseits von den Claqueuren das lärmende Spektakel.

Marcellos Nachbar, ein Fischmakler und Sergeant der Compagnia della Bolla, der den Einmarsch der Franzosen am Hafentor von Marsamxett miterlebt hatte, warf ihnen einen finsteren Blick zu. „Interessant, wer sich da drüben alles versammelt hat." Er deutete auf einen Mann, der euphorisch eine Trikolore schwenkte.

„Bei dem wundert es mich nicht", sagte Marcello verächtlich. „Aber dass sogar Bischof Labinis Sekretär Caruana einer von den Verrätern ist, erschüttert mich doch."

„Tut es das?", schnaubte der Fischmakler und machte eine obzöne Geste. „Selbst von den Ordensgeistlichen sollen viele aufseiten der Franzosen sein, habe ich mir sagen lassen."

Marcello fiel plötzlich ein Mann auf, der sich vor Freude wie ein Verrückter gebärdete. Es war niemand anders als Baron Giovanni Galea aus Mdina, der Nachbar von Lorenzo de Neva.

Die Militärkapelle nahm in der prallen Sonne Aufstellung. Die Gesichter der Soldaten glänzten vor Schweiß. Die sechsspännige Prunkkarosse des Großmeisters rollte knirschend auf dem Pflaster heran.

„Fra Ferdinand gibt doch seinem Besieger nicht etwa persönlich die Ehre?", wetterte der Fischmakler los.

Marcello schüttelte den Kopf. „Soweit ich gesehen habe, war die Kutsche leer."

Den berittenen Leibgardisten Fra Ferdinands, die die Karosse begleitet hatten, wurde von einem französischen Offizier befohlen, sich zu zweit hinter den Musikanten zu formieren.

Das erste Langboot näherte sich dem Kai. Am Heck stand eine Gruppe Goldbetresster. Ein Marinesoldat am Bug warf einem Franzosen auf der Kaimauer eine Leine zu, der sie um einen Poller schlang.

„Weißt du, wer von ihnen Bonaparte ist?", fragte der Fischmakler.

„Nein, aber man sagt, dasser ziemlich klein sein soll."

Das Boot legte mit dem Heck an. Eine weitere Leine flog auf den Kai und wurde verzurrt. Dann schob man einen Plankensteg hinüber.

Der Begrüßungsjubel der Claqueure steigerte sich augenblicklich zum Crescendo: „Liberté, Égalité, Fraternité!"

Der Offizier, der als Erster aus dem Boot seinen Fuß auf den Boden Vallettas setzte, war in der Tat von kleiner Gestalt. Er grüßte seine Anhänger mit einer knappen Handbewegung und drehte sich nach den anderen Goldbetressten um.

„Das muss er sein", knurrte Marcello.

Die Jubelrufe überschlugen sich.

Als die anderen Offiziere seines Stabs das Langboot verlassen hatten, schritt General Bonaparte, flankiert von mehreren Adjutanten, zur Kutsche.

Die Claqueure skandierten wie besessen: „Vive la République!"

Unter den schmetternden Klängen der Militärkapelle setzte sich die großmeisterliche Prunkkarosse langsam in Bewegung.

Der Fischmakler zischte: „Bloß weg hier, Marcello! Lass uns einen bei dir trinken gehen. Diese Verräterbande macht mich sonst kotzen."

Marcello und sein Nachbar gingen zum „Schwertfisch" und betraten die Taverne durch die Hintertür. Die Wirtsfrau stellte zwei Gläser vor die Männer auf den Tresen und goss sie randvoll ein. Sie tranken schweigend auf ex.

„Ohne die verdammte Jubelbande da draußen hätten wir den Franzosen ohne Weiteres Widerstand leisten können, bis Nelsons Flotte eingetroffen wäre", wetterte der Fischmakler.

Marcello schenkte nach und nickte. „Vermutlich hast du recht. Aber nun sind sie da, und ich fürchte, so bald werden wir sie auch nicht wieder los, denn jetzt sitzen sie in unseren ‚unbezwingbaren' Festungen."

Der Makler stürzte sein Glas hinunter und verabschiedete sich dann nach einem weiteren mit den Worten: „Eine Schande bleibt es dennoch!"

So sahen Marcello und sein Nachbar nicht, dass die Kutschpferde kurz darauf an einem Brunnen auf dem Hafenkai scheuten, und General Bonaparte und seine Stabsoffiziere kurz entschlossen zu Fuß ihren Einzug in Valletta hielten.

*

Bonapartes Tross durchschritt die Porta del Monte, das Hafentor, und begab sich durch die Oststraße, Sankt Kristofu Straße und Händlerstraße zur Banca Giuratale, wo Baron Mario Testaferrata, die Advokaten Francis Bonnano und Joseph Muscat sowie die Juraten und die Stadtväter die Franzosen begrüßten.

Die zahlreichen Bewohner Vallettas, die beim Einzug des Generals in der Stadt hinter den die Straßen säumenden Spalierreihen der französischen Soldaten gestanden hatten, hatten weder Unmutsbekundungen gezeigt noch akklamiert. Sie schwiegen trotzig, wie jemand schweigt, der sich notgedrungen in das Unabwendbare fügen muss.

Marcello und Maria Camilleri hielten sich vor der Banca

Giuratale auf, als General Bonaparte und seine Begleiter dort eintrafen. Der Weinhändler und seine Frau zeigten wie auch andere Geschäftsleute aus Valletta bedrückte Mienen, denn nicht nur die Camilleris dachten mit Sorge an die Berge von uneingelösten Schuldscheinen und offenen Rechnungen ihrer ritterlichen Kundschaft.

„Das restliche Geld, dass wir von Fra Ferdinand noch zu kriegen haben, können wir getrost auf ewig in den Wind schreiben, Maria. Du glaubst doch nicht im Ernst, dass die Franzosen für die Schulden Seiner Hoheit bei uns aufkommen werden."

„Es hieß, sie hätten ihm zu diesem Zweck eine Pension versprochen."

Francesco Camilleri lachte heiser. „Und selbst wenn das so wäre. Es steht außer Zweifel, dass der Großmeister in Kürze Malta verlassen muss. – Nein, unser Geld sehen wir nie wieder!"

Bonaparte und seine Generäle waren in der Banca Giuratale verschwunden.

„Komm, Franco, lass uns bei den Mifsuds vorbeischauen", schlug Maria vor.

Die Camilleris machten sich auf den Weg zum „Schwertfisch".

„Was Paolo gerade so treibt, würde ich doch zu gerne wissen", sagte sie bekümmert. „Ob Lorenzo ihm wohl noch die Pastizzi geben konnte, bevor er nach Mdina zurückgeritten ist?"

„Aber sicher, er hat es uns doch versprochen. Und Lorenzo ist jemand, der sein Wort hält. – Ängstige dich nicht unnötig um Paolo. Der Krieg ist vorbei", beruhigte Francesco sie. „Bonaparte wird gewiss nicht Fra Ferdinands Diener weiterbeschäftigen. Vielleicht hat er den Palast ja auch schon verlassen dürfen."

*

Im Großmeisterpalast packte derweil Paolo seine wenigen Habseligkeiten in der Schlafkammer zusammen. Bis auf den Garzone di Camera war niemand mehr von den Leibdienern bei Fra Ferdinand. Viel war es nicht, was er in einen Leinensack stopfte. Etwas Leibwäsche, ein Paar Schuhe, die Bücher, mit deren Hilfe er unter Anleitung von Jacomo Gonzi jeden Tag Französisch gelernt hatte, und seine Reservelivree.

Die französischen Wachen am Palasttor durchwühlten den Sack gründlich. Als sie keine Wertsachen fanden, ließen sie ihn gehen. Vorsorglich hatte Paolo den Inhalt seiner Geldbörse in die Strümpfe gesteckt.

Der Palastvorplatz war schwarz von kampierenden Franzosen.

Unbehelligt erreichte Paolo die Sankt Kristofu Straße, aber die Eltern waren nicht zu Hause; also machte er sich auf die Suche nach ihnen.

*

Die Juraten hatten in der Banca Giuratale ein Festmahl für Bonaparte hergerichtet. Sogar verschiedene Sorten Speiseeis waren vorbereitet worden, aber der General nahm sich keine Zeit zum Speisen. Er ruhte sich nur eine Weile von dem schweißtreibenden Marsch unter der brennenden Junisonne aus und begab sich, begleitet vom Stab und einigen ehemaligen Ordensrittern seiner Armee, sogleich auf eine ausgedehnte Inspektionstour durch die Stadt.

Als General Bonaparte auf den gewaltigen Sankt Johannes Kavalier neben der Porta Reale gestiegen war, und sein Blick über die trutzigen Verteidigungsanlagen der Stadt und ihre beiden Häfen schweifte, rief Silkowski, einer der Stabsoffiziere aus: „Mon Général, wir können uns überglücklich schätzen, dass es aufrechte Patrioten gegeben hat, die uns all diese gewaltigen Festungsanlagen von innen her geöffnet haben."

Ein Oberst fügte kopfschütteln hinzu: „Unglaublich! – Wenn die Ritter sich einfach nur ruhig hinter ihren Wällen verschanzt gehalten hätten, wären wir gezwungen gewesen, jede einzelne Mauer, jede turmhohe Bastion und jedes dieser starken Forts unter allergrößten Verlusten zu berennen. – Und das auf einer wasserarmen Insel ohne ausreichend Möglichkeit, eine große Armee mit Nahrung zu versorgen. Ich fürchte, Mon Général, bereits nach zwei, drei Wochen hätten wir unverrichteter Dinge wieder das Feld räumen müssen."

Viele der Generäle nickten zustimmend.

Der Oberbefehlshaber lächelte milde. „Das sind jetzt aber höchst müßige Überlegungen, meine Herren, die Sie da anstellen. Es war der revolutionäre Geist, der uns beseelt und uns den leichten Sieg über den Orden vom Heiligen Johannes beschert hat. Außerdem habe ich schon oftmals in Ihrem Kreis geäußert, dass es allemal besser ist, eine starke Feste durch Intrigen als durch das Blut unserer Armee zu erobern, wenn sich die Gelegenheit dazu bietet. Bedanken wir uns also bei all unseren Freunden in Malta, die bereits seit geraumer Zeit unermüdlich für die Sache der Republik gearbeitet haben. – Und nun zügig an die Arbeit, meine Herren! Wir können es uns einfach nicht leisten, allzu lange hier in Malta herumzutrödeln. – Ägypten wartet."

General Bonaparte war von den Stadtvätern angeboten worden, Quartier in der Banca Giuratale zu nehmen, aber das Gebäude sagte ihm nicht sonderlich zu. Er richtete sein Hauptquartier in Valletta im Palast von Baron Parisio neben der Herberge der kastilischen Ritter ein.

*

Maria und Francesco Camilleri waren beim „Schwertfisch" angekommen, und Marcellos Frau ließ sie durch die Hintertür ein. Wenig später klopfte es erneut. Zu ihrer großen Freude stand Paolo vor der Tür. Er hatte den Fischmakler auf der Sankt Barbara Bastion getroffen und von ihm erfahren, wo seine Eltern waren.

Jeder hatte viel zu erzählen, sodass sie bis zum Anbruch der Dunkelheit in der Taverne blieben.

*

Bischof Labini, die Gemeindepriester und Oberhäupter der religiösen Orden waren der schriftlichen Einladung Bonapartes gefolgt und fanden sich im Palazzo Parisio ein.

Der General hatte seinen Brief an den Oberhirten Maltas in einem geradezu freundschaftlichen Ton verfasst; das Treffen mit den Geistlichen hingegen verlief förmlich und kühl und diente einzig und allein dem Zweck, die absolute Macht der neuen Herren Maltas über die Geschicke des Klerus zu demonstrieren.

Nachdem ein Offizier General Bonaparte jeden mit Namen und Rang vorgestellt hatte, hielt der Oberbefehlshaber eine kurze Rede. Sie machte den geistlichen Herren unmissverständlich klar, dass der Wind fortan eisig über sie und ihre Gemeinden wehen würde.

„Meine Herren, seid gute Priester, worunter ich verstehe, dass ihr die Bibel predigt, die eingesetzten Behörden der Republik respektiert und das Volk zu Gehorsam und Demut anhaltet. Wenn ihr diesem Auftrag nachkommt, so werde ich euch beschützen. Seid ihr aber schlechte Priester, dann fürchtet meine Strafe."

Nach diesen knappen Worten nickte er den Geistlichen zu und gab ihnen so zu verstehen, dass er die Unterredung zu beenden wünschte.

33. Kapitel

„Befehl!"

13. Juni 1798. Oberbefehlshaber General Bonaparte machte sich mit Eifer und Verbissenheit ans Werk. Eine wahre Sturz-flut von Befehlen und Anordnungen verließ seine Kanzlei im Parisio-Palast in den wenigen Tagen seines Maltaaufent-halts. Die erste Order bestand darin, den russischen Konsul Anthony O'Hara und seinen englischen Kollegen der Insel zu verweisen. Sie hatten Malta binnen drei Stunden zu ver-lassen. Großmeister Hompesch wurde eine Frist bis zum 18. Juni eingeräumt. Den Rittern der portugiesischen Zunge, erbitterten Gegnern Frankreichs, gewährte er 48 Stunden bis zur Abreise. Das Eigentum aller Briten, Portugiesen und Russen in Malta und Gozo wurde noch am gleichen Tag beschlagnahmt. Ordensrittern, auf die die Paragrafen der „Übereinkunft" bezüglich Nationalität und Alter nicht zu-trafen, gab der Oberkommandierende drei Tage Zeit, um ihre Angelegenheiten zu regeln. Ausgenommen davon wa-ren per speziellem Erlass:

Ritter, die noch kein Gelübde abgelegt haben und sich in Malta zu verheiraten wünschen, solche, die einen für die französische Armee wichtigen Beruf ausüben und solche, von denen bekannt ist, dass sie die Sache der Republik un-terstützt haben.

Eine gesonderte Liste nannte die Namen Letzterer. Bonapartes Ausweisungsbefehle waren wie die meisten seiner Verfügun-gen sogleich an den öffenlichen Gebäuden ausgehangen wor-den. In der Aufzählung fanden sich sowohl die Namen von Toussard und Fay als auch die von Ransijat und Doublet.

Dem Ordensvermögen war ein weiterer Tagesbefehl gewidmet:

Befehl!
Hauptquartier Malta, 25. Prairial im Jahr VI der Republik.
Der Oberbefehlshaber ordnet an:

Artikel I

Der Oberste Armeeschatzmeister Poussielgue und der Oberste Zahlmeister Estève werden damit beauftragt, jegliches Gold, Silber und alle Edelsteine in der Sankt Johannes Kirche zu requirieren sowie in allen öffentlichen Gebäuden und Kirchen in Malta und Gozo. Ferner ist das Silbergeschirr aus den Ordensherbergen und dem Großmeisterpalast zu beschlagnahmen.

Artikel II

Das eingesammelte Gold soll morgen zu Barren eingeschmolzen werden. Diese sollen danach umgehend dem Obersten Zahlmeister zur weiteren Verwendung während des Feldzugs ausgehändigt werden.

Artikel III
Für die Edelsteine gilt das Gleiche.

Artikel IV

Silbergeschirr im Wert von 250–300 Tausend Francs soll gegen Gold und Silberwährung an lokale Händler veräußert werden. Der Erlös soll ebenfalls der Kriegskasse hinzugefügt werden.

Artikel V

Der Erlös aus dem restlichen Silbergeschirr geht an die Divisionszahlmeister in Malta und Gozo zur Bestreitung ihrer Soldkassen und sonstiger Ausgaben.

Artikel VI

Die Ausübung der religösen Handlungen in der Sankt Johannes Kirche und den anderen Kirchen soll gewährleistet bleiben. Die dafür unbedingt benötigten Gegenstände wie Tabernakel, Bibeleinbände und so weiter aus Edelmetall werden nicht eingezogen.

Bonaparte

*

Unter schwerer Bedeckung schaffte man die erbeuteten Schätze auf die „L'Orient". Die Malteser verfolgten den Abtransport fassungslos. Hatte Bonaparte nicht versprochen, ihr Eigentum unangetastet zu lassen? Dass der Großmeisterpalast und die Auberges der Ritter ihrer Wertsachen beraubt wurden, war nicht überraschend. Aber dass man überall auf Malta und Gozo auch die Kirchen bis auf wenige Sakralgegenstände ausplünderte, verbitterte die Leute zutiefst.

Generationen hatten gespendet, selbst die Ärmsten der Armen hatten sich die eine und andere Kupfermünze vom Munde abgespart, um die Gotteshäuser ihrer Pfarren würdig auszuschmücken. Und nun trugen die Feinde die silbernen Leuchter davon, die Taufbecken, die vergoldeten Kandelaber ...

Ohnmächtig angesichts der drohenden Bajonette ballte so mancher in der Menge seine Faust in der Tasche und schwor Rache.

*

In Nadur hielten die Franzosen sich ebenfalls an den Kirchengütern schadlos.

Als Dun Salvatore mit dem befehligenden Leutnant aus der Kirche kam, hatte sich das ganze Dorf auf dem Platz versammelt. Die Soldaten hoben zwei schwere Kisten mit Plündergut auf einen Wagen.

Dun Salv kannte seine Schäfchen, und er reagierte schnell. Die blitzenden Augen und das Gemurmel verhießen wenig Gutes.

Auch den Soldaten war natürlich die feindselige Haltung der Naduri nicht entgangen. Der Leutnant gab ein scharfes Kommando, und seine Männer richteten drohend ihre Gewehre auf die Dörfler.

Der kleine Priester raffte seine Soutane und stieg hastig die Kirchentreppe hinab.

Tarcisio und Maurizio Debrincat bebten geradezu vor Wut. Antonio Abela hatte die Zähne aufeinandergepresst, dass ihm die Halsadern dick anschwollen. Matteo, der Bäcker, zischte: „Es sind nur dreißig, Dun Salv. Wir sind hundert und mehr!"

„Ja, Matteo", sagte der kleine Priester, „aber ihr habt nur eure Hände. – Nicht jetzt, meine Kinder. Sie schießen uns alle über den Haufen wie tollwütige Hunde", flüsterte er eindringlich. „Noch nicht! Glaubt mir, unsere Stunde wird kommen."

*

Die Flut der Befehle und Verordnungen aus dem Palazzo Parisio riss nicht mehr ab. Eine dichte Menschenmenge umstand die öffentliche Anschlagtafel vor der Banca Giuratale.

Befehl!
Hauptquartier Malta, 25. Prairial, Jahr VI

Artikel I

Die neue Regierung von Malta und Gozo wird von einer neunköpfigen Kommission patriotischer maltesischer Bürger übernommen, die vom Oberbefehlshaber ernannt wird.

Artikel II

Der Kommission steht im Rotationsverfahren jeweils eines der neun Mitglieder für sechs Monate vor. Die Regierungskommission bestimmt einen Sekretär und einen Schatzmeister außerhalb ihrer Reihen.

Artikel III

Der maltesischen Kommission ist ein französischer Regierungsgouverneur beigeordnet.

Artikel IV

Die Regierungskommission übt die Malta und Gozo betreffenden Regierungsgeschäfte aus und überwacht die Einziehung der direkten und indirekten Steuern. Sie ist weiterhin für die reibungslose Lebensmittelversorgung der Bevölkerung und das Gesundheitswesen der Inseln verantwortlich.

Artikel V

Der Oberste Armeezahlmeister wird sich mit der Kommission beraten, um die Summe festzusetzen, die monatlich der Armeekasse für laufende Ausgaben zugeführt werden muss.

Artikel VI

Die Regierungskommission macht sich unverzüglich an die Arbeit, um Zivil- und Kriminalgerichte nach französischem Vorbild zu schaffen. Die Richter bedürfen der Zustimmung des Militärgouverneurs der Maltesischen Inseln. Bis diese Gerichte ihre Arbeit aufnehmen können, soll Recht noch nach der althergebrachten Art und Weise gesprochen werden.

Artikel VII

Die Inseln Malta und Gozo werden in Verwaltungsbezirke unterteilt. Jeder Bezirk muss wenigstens eine Bevölkerung *von 3 000 Bürgern haben. Die Hauptstadt Maltas wird in zwei Bezirke unterteilt.*

Artikel VIII

Jedem Bezirk steht eine fünfköpfige Verwaltungskommission vor.

Artikel IX

Jeder Bezirk erhält einen Friedensrichter.

Artikel X

Die Bezirksrichter werden von der Regierungskommission eingesetzt. Der Militärgouverneur muss seine Zustimmung geben.

Artikel XI

Jeglicher Besitz des Johanniterordens, des Großmeisters und die Herbergen der Ritter fallen an die Französische Republik.

Artikel XII

Der Ordensbesitz, wie in Artikel XI definiert, wir von drei vertrauenswürdigen Bürgern in enger Zusammenarbeit mit dem Obersten Militärschatzmeister inventarisiert und der Kriegskasse zugeleitet.

Artikel XIII

Die lokalen Polizeieinheiten unterstehen ab sofort direkt dem Militärgouverneur und den ihm untergebenen Offizieren.

Bonaparte

Die Namen der neuen Regierungsbeauftragten veröffentlichte der Oberkommandierende in einem weiteren Befehl.

Francesco und Paolo Camilleri hatten sich auch vor der Banca Giuratale eingefunden.

„Jetzt ernten diese Schweine für ihren Verrat", entrüstete sich der Weinhändler.

Ein Mann neben ihm fluchte laut los: „Wenn mir einer von den Hunden mal in einer dunklen Gasse ..."

Unter anderen befanden sich die Namen von Bosredon de Ransijat und Vincent Caruana, Sekretär von Bischof Labini, auf der Liste der Regierungskommission.

Paolo schnitt eine Grimasse. „‚Vertrauenwürdige Bürger‘ sollen den Ordensbesitz inventarisieren. – Hast du gelesen, wer damit gemeint ist?"

„Nein."

Paolo deutete auf einen anderen Aushang.

Francesco Camilleri stellte sich neben seinen Sohn. „Robert Roussel? Kenne ich nicht!" Dann spie er plötzlich aus.

Die Bürger Matthias Poussielgue und Jean André Caruson bildeten den Rest der besagten Kommission.

Ein Offizier kam mit einem Papierstoß in den Händen aus der Banca Giuratale. Die Männer verstummten und bildeten eine Gasse.

Der Franzose heftete weitere Befehle an die Tafel:

Der Oberbefehlshaber befahl den Offizieren und Mannschaften der Cacciatori Maltesi und des Malta-Regiments, sich um 14 Uhr auf dem Palastplatz einzufinden; binnen 24 Stunden mussten alle steinernen Wappen des Ordens an allen Bauten entfernt werden; die Maultier- und Eseltreiber sollten sich der Armee vor der Porte des Bombes zur Verfügung halten; mit der einzigen Ausnahme von Bischof Labini wurde allen ausländischen Priestern, Mönchen und Nonnen zehn Tage Zeit eingeräumt, die Inseln zu verlassen; vor dem vollendeten dreißigsten Lebensjahr durfte niemand mehr das Priester- oder ein Ordensgelübde ablegen.

Die Vorschriften und Gesetze, die binnen eines einzigen

Tages auf die Malteser herabprasselten, gingen in die Hunderte:

Befehl! … Kein Malteser darf die Kokarde der französischen Nationalfarben tragen, ohne dafür die Erlaubnis eingeholt zu haben. Die Kokarde ist Bürgern vorbehalten, die sich durch Treue, Tapferkeit und vorbildliches Verhalten um die Sache der Französischen Republik verdient gemacht haben. … In jeder Kirche, an jedem Ort, wo sich ein Wappen des Großmeisters befand, soll es durch das Wappen der Französischen Republik ersetzt werden. … Die Sklaverei ist abgeschafft. Alle als *Buonavogliere* bezeichnete Sklaven werden freigelassen, und der von ihnen eingegangene, des Menschengeschlechts unwürdige Vertrag, wird vernichtet. Alle türkischen Sklaven, die Privatpersonen gehören, werden dem Generalkommandanten überhändigt, um als Kriegsgefangegene behandelt und, im Hinblick auf den Waffenstillstand zwischen dem Osmanischen Reich und der Französischen Republik, nach Hause geschickt zu werden, wenn der oberkommandierende General dies befiehlt, und wenn die nordafrikanischen *Beis* darin eingewilligt haben, alle ihre französischen und maltesischen Sklaven nach Malta zu schicken. … Die Instandhaltung der öffentlichen Straßen und Gebäude sowie deren Beleuchtung werden künftig vom Volk bezahlt. … Der Orden von Malta ist aufgelöst. Es ist den ehemaligen Angehörigen strengstens verboten die Titel Bailli, Großkreuzritter oder Ritter zu benutzen. Zehn Tage nach der Veröffentlichung dieses Befehls, ist es ihnen bei Strafe verboten, Uniformen oder Uniformteile des Malta-Ordens zu tragen. … Zur Eheschließung sind alleinig die zivilen Gerichte berechtigt. … In den zwei Verwaltungsbezirken der Hauptstadt soll eine Nationalgarde von je 900 Mann aufgestellt werden. Die Nationalgarde soll aus den wohlhabenden Bevölkerungschichten rekrutiert werden. Ihre Aufgabe wird es sein, den notwendigen Wach- und Polizeidienst auszuüben. Die Nationalgarde darf niemals zur Wache innerhalb der Forts eingesetzt werden ...

Die Stimmung der Menge vor der Anschlagtafel der Banca Giuratale heizte sich bedrohlich auf. Verwünschungen und Flüche wurden nicht bloß noch gemurmelt, sondern geschrien. Vom Nordende der Händlerstraße näherte sich bereits eine Kompanie französischer Soldaten im Laufschritt.

Wieder war es ein Priester, der die erhitzten Gemüter zu beruhigen verstand. Bevor die Soldaten die Banca Giuratale erreichten, hatten sich die meisten Malteser schon zerstreut.

Paolo und sein Vater machten sich durch die Melita Straße in Richtung Großer Hafen davon. Die Franzosen bezogen vor dem Eingang der Banca Giuratale Posten, verfolgten aber niemanden.

Am Zollkai verhandelten zwei italienische Ritter mit dem griechischen Kapitän einer kleinen Kaik wegen einer Passage nach Sizilien. Paolo hörte nur, wie der Grieche einen völlig überhöhten Preis forderte und die Ritter ihn ohne Widerrede akzeptierten.

Neben der Kaik lag eine Speronara del Gozzo. Von der Besatzung war niemand zu sehen.

„Ich bin mir nicht völlig sicher, aber das könnte durchaus Tonis Schiff sein", sagte Paolo. „Lass uns im ‚Schwertfisch' vorbeischauen, Vater."

Während die Camilleris auf die Taverne zusteuerten, verließ ein tief liegendes dänisches Frachtschiff den Großen Hafen. Einige der Männer, die an der Reling standen, kannten sie. Es waren vier portugiesische Ritter, die hin und wieder in der Sankt Kristofu Straße ein paar Flaschen Wein gekauft (und bar bezahlt) hatten.

„Wie es dem Großmeister wohl geht?", sagte der Weinhändler. „Es muss ihn hart ankommen, dass er von so vielen Verrätern umgeben war."

„Als ich gestern den Palast verließ, hieß es, er wolle sich mit Bonaparte im Palazzo Parisio treffen, um ihn zu bitten, die Heiligen Reliquien mitnehmen zu dürfen."

„Ich bete inständig darum, dass es ihm gestattet wird. Wer Kirchen schamlos ausplündert, schändet auch Reliquien."

Die Reliquien waren der Stolz des Ordens: ein Splitter vom wahren Kreuz, ein Dorn aus der Dornenkrone Jesu und auch die rechte Hand des Heiligen Johannes, nachdem die ritterliche Gemeinschaft sich benannt hatte. Die Reliquien wurden in edelsteingeschmückten Schreinen aus massivem Gold und Silber verwahrt, allein schon aus diesem Grund waren sie der Plünderung nicht entgangen. Bonaparte selbst hatte die Reliquien in Verwahrung genommen.

Was Paolo und Francesco erst später erfahren sollten, war, dass der Oberbefehlshaber sich in der Tat „generös" gezeigt hatte. Splitter, Dorn und Hand durften den Großmeister ins Exil begleiten. Freilich ohne die kostbaren Behältnisse. Bevor der General Ferdinand die Hand des Heiligen Johannes zurückgegeben hatte, hatte er ihr allerdings einen wertvollen Ring abgestreift und ihn mit einer sarkastischen Bemerkung an seinen eigenen Finger gesteckt: „Die Hand gehört Euch, Eminenz, aber der Ring passt weitaus besser zu mir."

*

Die portugiesischen Ritter an Bord des dänischen Frachtschiffs hatten den Brief eines deutschen Ordensbruders, der noch keine Passage gefunden hatte, an das Großpriorat von Heitersheim mitgenommen:

Die Flagge der Französischen Republik ist hier seit dem 12. dieses Monats aufgezogen. Was die Macht der türkischen Waffen viele Jahrhunderte nicht bewerkstelligte, ist jetzt durch einen verwerflichen und wohlgeplanten Verrat gesche-

hen. *Die französischen Truppen, die zuerst gelandet waren, wären mühelos vertrieben worden, wenn die Verschwörer in der Stadt nicht abscheuliche Listen angewandt hätten, um dies zu verhindern. Der Trick bestand darin, dass sie durch heimliche Entsendung von Boten zu unter den Befehl der Ritter stehenden Milizen diesen mitteilten, die Ritter vom Heiligen Johannes hätten sie verraten und bereits die Maltesischen Inseln an die Franzosen verkauft. In all ihrem Bewusstsein, dass es ihre Plicht war, dem Großmeister und der Religion gegenüber loyal zu sein, kam das Volk vielerorts – besonders in Valletta – von Sinnen und wurde wütend auf ihre heuchlerischen Führer. Sie töteten mehrere französische Ritter – und all dies in der angenommenen guten Absicht, Verräter zu bestrafen.*

Die wohlgemeinte Absicht des Ordensrates, Malta zu verteidigen, scheiterte, da die Verschwörer ihren Plan so sorgfältig angelegt hatten, dass die erlassenen Befehle mithilfe von List und Gewalt abgefangen oder irregeleitet wurden. Auf diese Weise täuschte Bonaparte die Verteidiger. Dieser General behandelte die Häupter des Ordens hernach ohne Nachsicht und als rachedurstiger Sieger; andererseits setzte er die Verräter am Orden an die Spitze der neuen Regierung.

Dies ist die wahre Geschichte von der Einnahme Maltas, wie ich sie erlebe. Nur ein kleiner Teil der verschiedenen Klassen, doch unglücklicherweise etliche ihrer Führer in Schlüsselpositionen, waren Verschwörer. In der Regel verhielten sich Ritter und Volk loyal. Nur eines hätte Malta retten können: Die vollständige Vernichtung aller Verräter auf der Stelle durch den Großmeister.

Einige der Ritter melden sich jetzt zu den französischen Fahnen. Ich werde nicht den Versuch machen, ihr Verhalten zu entschuldigen, und noch viel weniger, sie als verbrecherisch zu verdammen. Mitleid ist das einzige Gefühl, das sie in meinem Herzen hervorrufen.

34. Kapitel

Das wahre Antlitz der neuen Herren

Kurz bevor die Camilleris Marcellos Taverne erreichten, stellte sich ihnen Baron de Nevas Stallknecht in den Weg.

„Mein Herr schickt dir diesen Brief, Francesco. Du sollst ihm so schnell wie möglich antworten."

Der Weinhändler öffnete das Kuvert, las und erbleichte. Wortlos reichte er seinem Sohn Lorenzo de Nevas Schreiben.

Paolo las ebenfalls, biss sich auf die Lippen und sagte dann leise: „Bestell dem Baron, dass wir uns um die Angelegenheit kümmern. Ich komme dann selbst nach Mdina und gebe Bescheid."

*

Der „Schwertfisch" war brechend voll. Paolo schaute sich im vorderen Gastraum vergeblich nach Antonio um, fand ihn aber auch nicht in der Nische.

Die Empörung über die Kirchenplünderungen und die Unzahl der drückenden Verordnungen hatte sich noch nicht beruhigt.

„Jetzt müssen wir sogar die Bezahlung für ihre Armee aufbringen", empörte sich ein Segelmacher. „Das hat es unter dem Orden nie gegeben."

„Beim Appell der Cacciatori und des Malta-Regiments heute Mittag hat sich nur ein Bruchteil der Offiziere und Soldaten blicken lassen", wusste ein Fischmakler hämisch zu berichten. „Der General, der die Parade abnahm, hat vor Wut geschäumt."

Resigniert bemerkte ein anderer Gast: „Hast du den

letzten Befehl auch schon gesehen? Nein? – Morgen ist ein erneuter Appell anberaumt. Wer sich dann noch vor der Parade drückt, wird sechs Monate eingekerkert."

Francesco Camilleri beugte sich zu Marcello über den Schanktresen. „Ist das Tonis Speronara am Zollkai?"

„Ja. Er muss jeden Moment wieder hier sein. Er wollte seinem Onkel nur etwas vorbeibringen."

„Dann ist der Fährverkehr nach Gozo wieder wie immer?"

„Es scheint da ausnahmsweise keinerlei Beschränkungen zu geben. – Hast du das von den Maultier- und Eseltreibern mitbekommen?"

„Ja. Bezahlen die Franzosen sie für ihre Dienste?"

Der „Schwertfisch"-Wirt lachte heiser. „Bezahlen? Wer Glück hat, bekommt ein Almosen."

Paolo bestellte ein Glas Weißwein und verdünnte ihn mit Wasser. „Sie sollen alle moslemischen Sklaven freigelassen haben. Stimmt das?"

„Ja. Aber in der Stadt sind sie nicht. Sie haben sie gleich auf die Kriegsschiffe gebracht."

„Bonaparte will sie gegen unsere gefangenen Landsleute in Nordafrika eintauschen", unterbrach ihn der Segelmacher. „Das wäre aber dann wirklich das einzig Positive, was er bislang angeordnet hat."

Marcello blickte zur Tür. „Da kommt Toni."

Antonio Abela setzte sich zu den Camilleris und berichtete, was seit der Landung der Feinde in Gozo passiert war. „... dann haben sie das Altargitter und auch den neuen Abendmahlskelch mitgenommen, den ihr gerade erst gespendet hattet."

Francesco starrte verbittert in sein Weinglas.

Paolo schlug mit der Faust auf den Tresen. „Sie benehmen sich wie ungläubige Muslimpiraten, obwohl sie doch auch Christen sind."

„Schöne Christen, die Kirchen berauben", sagte Marcello. „In meinen Augen sind sie schlimmer als die muselmanischen Freibeuter."

Zwei französische Offiziere am Fischmarktkai bestiegen ein Langboot.

Plötzlich rief der Segelmacher: „He, kommt mal her, und schaut euch die Kerle an!"

Alle stürzten zur Tür. Das Boot, gerudert von zwölf Marinesoldaten, nahm Kurs auf das vor Vittoriosa ankernde Linienschiff „Le Guillaume Tell".

François de Bardonnence, ehemaliger Befehlshaber der Ordensartillerie, und Antoine Étienne Toussard, Chefingenieur der Johanniter, trugen die Uniformen der republikanischen Armee.

„Wen wundert's", knurrte Marcello, der seinen Platz hinter dem Tresen nicht verlassen hatte. „Ein paar von den jungen französischen Rittern sind heute Morgen auch schon stolz in ihren neuen Uniformen übergesetzt worden."

Antonio zischte: „Als ich eben am Großmeisterpalast vorbeikam, hing da wieder ein Befehl. Die Seeleute der Ordensmarine haben sich beim Flottenkommando zu melden. Was das bedeutet, ist ja wohl klar."

Francesco Camilleri nickte. „Glasklar. Die uns zugesagten Rechte tritt Bonaparte mit den Füßen, aber die Pflichten für die Republik fordert er unbarmerzig ein." Seine Stimme triefte vor Hohn, als er hinzufügte: „Auch wir Malteser kämpfen nun für Liberté, *Bürger* Abela!"

Antonio ballte die Fäuste. „Man müsste sie ..."

„Leichter gesagt, als getan, Toni", fiel ihm Paolo ins Wort, der ahnte, was in seinem Freund vorging. „Ich weiß nicht, wie viele Franzosen in Gozo stationiert sind, aber hier sind es unzählige, und ihre Bewaffnung ist vorzüglich. – Hoffen wir auf bessere Zeiten."

„Warten wir lieber auf einen günstigen Zeitpunkt",

knurrte der Fischmakler. „Diese riesige Flotte kann nicht ewig in Malta bleiben. Die Engländer, die Portugiesen und auch der König von Sizilien werden sich nicht damit abfinden, dass Frankreich sich den Ordensstaat einverleibt hat."

Marcello Mifsud schürzte die Lippen, dann sagte er: „Jesusmaria, ihr seid alles Traumtänzer. Die Engländer! Die Portugiesen! Was soll das Gerede? Wo war denn Nelsons Flotte?"

Paolo und Francesco hatten ausgetrunken und erhoben sich.

„Wann willst du nach Gozo zurück?"

Antonio Abela zuckte mit den Achseln. „Sowie ich vom französischen Hafenmeister die Erlaubnis habe, nach Marsaxlokk zu segeln. Kaptan Sultana will, dass ich für ihn etwas Bauholz nach Mġarr schaffe. Er hat es noch rechtzeitig in Marsaxlokk einlagern können, bevor die Franzosen die ‚Seeschwalbe' angemietet haben."

„Was erzählst du da?"

„Ja. Wisst ihr das denn nicht? Die ‚Seeschwalbe' und fast alle seetüchtigen Schiffe, größer als eine Speronara, die in Marsaxlokk ankern, sind bereits gestern schon als Truppen- und Lastentransporter für Ägypten verpflichtet worden."

„Und Agostino?", fragte Francesco besorgt.

„Die Franzosen haben die Skipper und Besatzungen gleich mitverpflichtet. Ich kann froh sein, dass ich rechtzeitig als Steuermann abgeheuert habe, sonst hätte es mich auch erwischt. Sein Neffe war doch bei der großmeisterlichen Leibwache, den hat man zu einer Truppe gepresst, die Malta Legion heißt."

„Nicht bloß ihn", warf der Wirt ein. „Alle Gardisten und auch viele von den jungen Rittern. Wir können uns noch auf etliche Überraschungen gefasst machen als freie, gleiche und brüderliche ‚Bürger'. – Scheiß Franzosen!"

Die Gäste fielen in Marcellos Flüche ein.

Paolo beugte sich zu Antonio und sagte leise: „Wenn du heute noch in Valletta bleiben solltest, dann komm kurz nach Sonnenuntergang zu uns in die Weinhandlung. Es gibt einiges mit dir zu bereden, was wir hier besser nicht sollten. Und solltest du es heute nicht schaffen, dann lass dich auf jeden Fall morgen bei uns blicken."

Toni sah seinen Freund verwundert an.

„Nicht hier, Toni. Lass uns alles in Ruhe bei uns zu Hause besprechen."

„Es scheint wichtig zu sein", murmelte der Freund.

„Ja", sagte Paolo.

„Dann werde ich auf jeden Fall abends zu euch kommen. Ob das mit Kaptan Sultanas Fuhre in Ordnung geht oder nicht. Um heute noch nach Marsaxlokk und dann nach Gozo zu segeln, ist es eh zu spät."

*

Antonio Abela erhielt vom französischen Hafenmeister nicht die Erlaubnis, nach Marsaxlokk zu segeln, um Kaptan Sultanas Bauholz abzuholen. Die Gozo-Fährschiffer, wurde ihm beschieden, sollten sich fortan auf den Warentransport von Mġarr nach Valletta konzentrieren, denn ohne die landwirtschaftlichen Erzeugnisse von Maltas kleinerer Schwesterninsel war es um die Lebensmittelversorgung der dicht bevölkerten Städte am Marsamxett und Großen Hafen schlecht bestellt.

Im Weinkeller der Camilleris machte er seiner Wut Luft. „Diese Verbrecher haben sogar die Frachttarife neu geordnet. Lebensmitteltransporte für den Armeebedarf werden nur noch pauschal bezahlt, egal, ob sie eine ganze Speronara randvoll damit beladen oder mir nur eine Kiste Äpfel mitgeben."

Der Weinhändler holte wortlos eine Flasche und goss Antonio ein.

Paolo hielt dem Vater sein Glas entgegen. „Mir auch noch, bitte."

Maria Camilleri hatte schweigend mit den Männern am Tisch gesessen und gehäkelt. Unvermittelt sagte sie: „Tonio, wir brauchen dringend deine Hilfe, bevor es vielleicht zu spät ist."

Irritiert schaute der Angesprochene in die Runde. „Ja, gerne, was kann ich tun?"

Der Weinhändler räusperte sich. „Maria muss schleunigst aus Valletta verschwinden."

„Ich verstehe nicht recht ..."

Paolo ergriff das Wort. „Es ist bislang nur ein Gerücht, aber es wäre klüger nicht abzuwarten: *Alle* Engländer müssen demnächst das Land verlassen."

„Aber so wie ich den Befehl verstanden habe, gilt das bloß für Ordensangehörige, nicht für hier sesshafte Geschäftsleute und natürlich den englischen Gesandten."

Francesco Camilleri schüttelte energisch den Kopf. „Eben nicht. Die Regierunskommission plant anscheinend wirklich *alle* Engländer auszuweisen, die nicht in Malta geboren sind. Das würde dann für Maria ebenso gelten wie für die Baronin de Neva. Der Baron hat diesbezüglich zumindest einen vagen Hinweis von einem Diener Ransijats bekommen."

„Das können die doch nicht machen!", ereiferte sich Antonio.

„Sollten sie es tatsächlich für richtig halten, werden sie es durchsetzen, verlass dich drauf", sagte Paolo. „Deshalb wollen wir nicht warten, bis es zu spät ist. – Toni, würdest du Mutter morgen Nachmittag mit der Baronin nach Gozo bringen? In Nadur sind sie auf jeden Fall sicherer als hier. Vielleicht stimmt das Gerücht ja auch nicht."

„Keine Frage, natürlich helfe ich euch!"

Der Weinhändler legte ihm die Hand auf die Schulter. „Danke, mein Sohn."

*

Paolo machte sich im ersten Licht des Tages auf den Weg nach Mdina.

Da jeder in Valletta die Baronin gut kannte, wollte er vorschlagen, dass sie erst am Nachmittag in der Selmun Bucht im Norden Maltas an Bord von Antonios Speronara gehen sollte.

Antonio würde Mġarr nicht direkt anlaufen, weil sich fast immer viele Neugierige einfanden, wenn ein Schiff aus Malta eintraf. Er plante, vorher kurz in Ħondoq ir-Rummien vor Anker zu gehen, einer kleinen hafenähnlichen Ausbuchtung an der Südküste Gozos. Von dort aus gelangte man in einer knappen Stunde Fußmarsch nach Nadur. Den beiden Frauen war der Weg vertraut. Antonio würde dann später in Mġarr einen Eselskarren mieten und ihnen das Gepäck ins Dorf nachbringen.

Die de Nevas stimmten dem Plan zu. Dem Gesinde wurde erzählt, dass die Baronin eine Freundin in Floriana besuchen würde.

Anna de Neva ließ sich nicht davon abhalten, ihren Vater an die Küste zu begleiten. Sie war eine ebenso geübte Reiterin wie ihre Mutter; nur Paolo, der selten auf einem Pferderücken gesessen hatte, litt wegen des scharfen Ritts. Man hatte ihm einen temperamentvollen Falben gegeben, der den unerfahrenen Reiter spürte und nur mühsam zu bändigen war.

Im Għajn Riħana Tal bot Anna Paolo an, den Falben gegen ihre ruhige Stute zu tauschen.

Paolo schüttelte nur trotzig den Kopf, biss die Zähne zusammen und litt weiter.

Auf Seitenpfaden gelangten schließlich alle zur Selmun Bucht. Als Paolo abstieg, fühlte er sich durchgerüttelt und gepeinigt bis aufs Mark.

Die Baronin glitt vom Pferd, faltete den dünnen, kostbaren Staubmantel zusammen, den sie während des Ritts getragen hatte, und reichte ihn der Tochter.

Anna lächelte anerkennend: Barbara de Neva hatte sich gekleidet wie eine einfache Bauersfrau. Sie trug einen langen dunklen Rock, eine weite Bluse aus dem gleichen einfachen Baumwollstoff und darüber eine helle Kittelschürze.

„Nur deine Ringe solltest du besser doch nicht zeigen, Mutter!"

„Stimmt, mein Kind!" Die Baronin streifte sie ab und steckte sie in die Schürzentasche.

Antonios Speronara glitt in dem Augenblick in die Bucht, als der Baron die Satteltaschen aller Pferde geleert und die diversen Gepäckstücke seiner Frau in zwei Jutetücher verschnürt hatte.

*

Für den Rückweg drückte der Baron Paolo lächelnd die Zügel von Annas Stute in die Hand und sagte: „Du hast dich vorhin tapfer gehalten, aber ich glaube nicht, dass der Falbe dich jetzt noch mal aufsteigen lässt, ohne dich bei der erstbesten Gelegenheit abzuwerfen."

Paolo musste nicht sonderlich überzeugt werden. Er spürte noch immer jeden Knochen im Leib.

35. KAPITEL

Der „Aal"

In alle Dörfer und Städte der Inseln wurden französische Militäreinheiten geschickt, um die zahlreichen Zeughäuser und Waffenarsenale der örtlichen Milizen zu inventarisieren. In Nadur trafen sie einen Tag nach der Kirchenplünderung am späten Nachmittag ein.

Die Infanteristen schlugen Zelte vor dem kleinen Arsenalschuppen neben der Sankt Peter und Paul Kirche auf. Die Offiziere, ein Hauptmann und zwei Adjutanten, nahmen bei Advokat Martino Fenech, einem der lokalen Milizführer, Quartier.

Die Verständigung war einfach, sowohl der Hauptmann als auch der Advokat sprachen Italienisch. Der Franzose wünschte die Signalstation am Dorfrand von Nadur zu sehen und ließ sich von Fenech die Signale erklären, mit der die Ritter kommuniziert hatten. Danach machte er einen Rundgang durchs Dorf und fragte nach dem Zeughaus.

Als Fenech erfuhr, dass der Hauptmann am nächsten Morgen eine Bestandsliste vom Wafferlager der Nadur-Miliz anfertigen wollte, begab er sich eiligst zu Dun Salvatore.

„Wir hätten die Waffen rechtzeitig wegschaffen sollen, Dun Salv. Nun ist es zu spät."

„Nicht jeder hat sein Gewehr und die Munition abgegeben, Martino", gab der kleine Priester zu bedenken. „Die Debrincat-Brüder nicht, und Antonio Abela auch nicht. – Wo ist übrigens deins?"

Der Advokat grinste. „Jedenfalls nicht im Zeughaus. Und die Gewehre von fünf weiteren Milizionären sind es ebenfalls nicht."

„Das macht insgesamt neun Waffen. Demnach müssten sich noch 31 Gewehre im Arsenal befinden. Da fällt mir ein, wo ist eigentlich die Bestandsliste? Wenn die Franzosen sie verlangen und die Differenz feststellen, wird es Ärger geben."

„Was für eine Bestandsliste denn, Dun Salv? Haben wir jemals eine Bestandsliste für das Zeughaus geführt?" Der Advokat verdrehte die Augen gen Himmel. „Ah, doch natürlich, ich erinnere mich schwach! Jede Dorfmiliz musste ja so eine Liste führen."

„Und, wo ist sie?"

Martino Fenech hüstelte. „Sollte der Haupmann danach fragen, dann bin ich mir ziemlich sicher, dass sie unserem Milizschreiber beim überstürzten Rückzug vom Großen Kliff abhandengekommen ist. In eine Felsspalte gefallen oder so." Er grinste. „An Zeugen, die das bestätigen können, wird es jedenfalls nicht mangeln."

Der kleine Priester schmunzelte. „Daran zweifle ich nicht."

Der Milizschreiber war niemand anders als Fenechs jüngster Sohn Gabriel, der von allen im Dorf nur der „Aal" genannt wurde.

Dann steckten Dun Salvatore und Martino Fenech die Köpfe zusammen.

*

Der Advokat gab am Abend ein opulentes Essen für die Offiziere, während der kleine Priester ein weiteres Fässchen Bordeaux für die Soldaten opferte. Der Priester und der Advokat sorgten dafür, dass die Franzosen dem Wein tüchtig zusprachen. Sogar die Debrincat-Brüder hatten sich mit einem Korb fangfrischer Fische zu den Soldaten gesellt. Aus den umliegenden Häusern wurden Pfannen und ein paar

Bündel dürres Feuerholz gebracht. Bald brieten die Fische über schnell improvisierten Kochstellen.

Die Franzosen tranken und aßen, aber sie vernachlässigten ihre Pflichten nicht. Jeweils ein Doppelposten mit schussbereiten Gewehren hielt sich beständig vor der Zeughaustür und vor dem Haus des Advokaten auf.

In Zeichensprache bedeuteten die Debrincat-Brüder den Soldaten, dass sie ihnen besseres Holz holen würden, denn das erste Feuer drohte schon auszugehen. Sie winkten dem „Aal", mit ihnen zu kommen.

Kurz darauf schleppten Maurizio und Tarcisio Debrincat zwei Wurzeläste eines Olivenbaums herbei und warfen sie auf das Pflaster vor die Zeughaustür. Sie gingen noch einmal fort und kamen mit Äxten und einer armdicken, langen Steinwalze wieder. Sie schoben die Walze unter das Holz, um die Axtklingen nicht auf das Pflaster treffen zu lassen, und fingen an zu hacken.

Angefeuert von den Soldaten bearbeiteten sie die Wurzeln wie Berserker. Mit jedem der wuchtigen Schläge erbebte die Steinwalze scheppernd.

Als die Brüder schweißüberströmt und völlig außer Atem nach zehn Minuten die Äxte aus den Händen legten, hatten sie die Wurzeln in einen Berg verfeuerbare Stücke zerteilt. Olivenwurzelholz ist hart wie Eisen. Die Franzosen applaudierten. Dun Salvatore erhob sein Glas und ermunterte die Soldaten, sich den Wein schmecken zu lassen.

*

Das Zeughaus von Nadur grenzte mit der Rückwand an einen Holzschuppen. Er gehörte Matteo, dem Bäcker, der es an Sonnentagen in den zumeist klammen Wintermonaten immer für die Dorfmiliz übernommen hatte, vom Dach des Schuppens aus mit einem Haken eine schmale Luke in der

Rückwand zu öffnen. Damit sollte verhindert werden, dass die Schießpulvervorräte stockten.

Gabriel Fenech, der Advokatssohn, schlang sich das Ende eines Hanfseils um die Hüfte und verknotete es sorgfältig, dann gab er dem Bäcker das Seil. Der befestigte das andere Ende an einem Schuppenpfosten. Beide Männer kletterten auf das Schuppendach und warteten, bis der erste Axthieb vor dem Zeughaus fiel.

Der „Aal" zwängte sich mit den Beinen voran durch die Luke.

*

Gleich nach Sonnenaufgang ließ sich der Hauptmann vom Advokaten die Waffenbestände der Dorfmiliz zeigen, und einer der Adjutanten fertigte eine Inventarliste an, die der Advokat gegenzeichnete.

Der Offizier versiegelte das Zeughaus und schärfte Martino Fenech ein, ab jetzt für jeden fehlenden Säbel und jedes Gewehr persönlich zur Rechenschaft gezogen zu werden.

Der Advokat nahm Haltung an und versicherte feierlich, als „patriotischer Bürger der Republik" die acht Gewehre und diverse Blankwaffen im Nadurer Zeughaus wie seinen Augapfel zu hüten.

Die Franzosen zogen ab. Auch im Dorf Qala existierte ein Waffenlager der lokalen Miliz und harrte der Begutachtung.

Am Steilhang unterhalb der Signalstation von Nadur gibt es weder terrassierte Felder noch Gärten. Dort befinden sich die bevorzugten Nistplätze der Merill, einer der wenigen Vogelarten, die in Malta und Gozo brüten. Aber nie legen die Vogelfänger an dem Hang ihre Leimruten aus, denn um die einzig dafür geeignete Stelle, ein kleines Felsplateau, zu erreichen, müsste man sich mühsam durch mannshohes

Kakteengestrüpp kämpfen. Deshalb ist auch die Höhle, die
neben dem Plateau in den Bergrücken ging, den wenigsten
Naduri bekannt.

36. Kapitel

Abschied bei Nacht

Am 16. Juni 1798 schrieb der Oberkommandierende der
Ägyptenarmee an das Direktorium:

*Ein Teil unserer Flotte hat bereits die maltesischen Häfen
verlassen, und ich hoffe, dass wir am 18. Juni mit dem Rest
der Armada folgen können. Zum Gouverneur von Malta
habe ich General Vaubois ernannt. Er war der Befehlshaber der Landungsstreitkräfte und hat das Herz der Bevölkerung durch seine Weisheit und Freundlichkeit gewinnen
können. Der Großmeister reist morgen nach Triest ab. Viele
der jungen Ordensritter und 2 000 Malteser begleiten unsere Armee, ebenso die türkischen Sklaven, zumeist erfahre-
ne Seeleute, die wir alle auf der Überfahrt gut gebrauchen
können. Die Türken werden in Ägypten freigelassen, sowie
Nachricht eintrifft, dass auch die nordafrikanischen Beis ihren Verpflichtungen nachgekommen sind und ihre Gefangenen nach Hause zurückgeschickt haben.*

Bonaparte

*

Großmeister Fra Freiherr Ferdinand von Hompesch verließ
Malta am 18. Juni 1798 gegen 2 Uhr früh auf einem österrei-
chischen Schiff, eskortiert von der Fregatte „L'Arthémise".

Er hatte die nächtliche Stunde teils aus Scham, teils aus der Absicht gewählt, jedwede Provokation zu vermeiden. Von dem ihm versprochenen Geld verblieb die eine Hälfte, 300 000 Franc, laut Mitteilung der Regierungskommission in Malta „... um Eurer Hohcit Schulden damit zu begleichen". Die andere Hälfte und die von Bonaparte zugesagte Pension sollte ihm später zukommen.

Zu Fra Ferdinands Begleitung gehörten die beiden französischen Baillis Lombard-Montauroux und Suffren de Saint Tropez, Großkreuzritter Amiable de Ligondés, Le Grand, Desbrull, Garde-Saint Angel, Torredont, Gabriel Ligondés, François Louis Bosredon – der Bruder des Verräters Bosredon de Ransijat –, Guignard Charles Saint-Priest, Le Normand, Châteauneuf, Roquefeuil, die dienenden Waffenbrüder Fra Becker und Fra Prépaud, der Priester Gelsomino, der deutsche Bailli Neveu, die Ritter Lewis Benedict Baron Reichach, Streicher und Hegneberg, der bayerische Bailli Thoering, die Ritter de Saulx und Pressing, der Malteser Emanuel Gravagna, Fra Ferdinands Sekretär für spanische Angelegenheiten und Verwalter seiner Privatschatulle, der Franzose Melan, ein Buchhalter und der Großkreuzritter Anthony Miari de Belluno.

Als sich in den Morgenstunden in Valletta herumsprach, dass Fra Ferdinand in der Nacht abgereist war, trauerten auch viele um den freundlichen deutschen Großmeister, die in der Vergangenheit nie verhehlt hatten, dass sie die Ritterherrschaft mehr erduldet als wohlgeheißen hatten.

Vom Orden hatte man gewusst, was er seinen Untertanen abverlangte, die neuen Herren hingegen wurden von Tag zu Tag unberechenbarer und despotischer. Sogar die Straßen und Plätze waren umgetauft worden: Strada San Giorgio zu *Rue Nationale*, und der Großmeisterpalast hieß nun *Palais National*.

*

Als Bonapartes Armada Malta verließ, säumten unzählige Frauen und Kinder die Kaimauern. Aus vielen Familien der Inseln war ein männliches Mitglied in den Dienst der französischen Flotte oder der Malta Legion gepresst worden. Es war ein bitterer, tränenreicher Abschied, denn jeder wusste, dass die Männer einem ungewissen Schicksal entgegenfuhren.

Die englische Flotte brannte nur darauf, die Franzosen zu stellen und zu vernichten.

*

Napoleon hatte eine starke Besatzungstruppe hinterlassen, General Vaubois konnte über 4 000 gut bewaffnete Soldaten verfügen. Malta war auch schon zu Ordenszeiten auf Getreide- und Lebensmittelimporte angewiesen gewesen; die zusätzlichen Esser führten schon bald dazu, dass Nahrungsgüter drastisch teurer wurden. Während der Invasion war der Warenverkehr mit Sizilien, dem Hauptlieferanten von Getreide, fast völlig zum Erliegen gekommen, und er kam auch nach Bonapartes Abreise nicht recht in Schwung. Das Königreich von Sizilien war Frankreich nie wohlgesinnt; es herrschte zwar kein Kriegszustand zwischen beiden Ländern, aber man betrachtete die Besetzung der Maltesischen Inseln als einen verwerflichen und illegalen Akt.

Da Sizilien aufgrund der eigenen Schwäche die Situation nicht militärisch lösen konnte, griff man zu anderen Mitteln: Die Franzosen in Malta mussten ausgehungert werden. Da die Inseln jetzt zur Republik gehörten, standen den maltesischen Schiffen die nordafrikanischen Häfen offen. Mit der Begründung, dort wüte noch immer regelmäßig die Pest, verschärfte das Königreich von Sizilien die Quarantänebedingungen für maltesische Getreideschiffe derart, dass der offizielle Handel bald gänzlich zum Erliegen kam. Schmuggelware erreichte Malta dennoch, allerdings in geringer Menge, denn Freibeuter unter englischer Flagge machten im zentralen Mittelmeer Jagd auf die Blockadebrecher mit der Trikolore. – Mit den englischen Freibeutern, die Sizilien anliefen, verfuhren die Hafenbehöden deutlich kulanter, was die Quarantänebestimmungen anging.

Wer in Malta Getreide und andere Nahrungsmittel, sei es Öl oder Wein, besaß, begann sie zu horten oder überteuert zu verkaufen. Das schaffte zusätzliche Spannungen, denn das umlaufende Geld war durch die neu eingetriebenen Steuern zur Unterhaltung der Besatzungsarmee noch knapper geworden, als es in den letzten Jahren unter der Ordensherrschaft bereits gewesen war. Nur noch wenige Bäckereien hatten geöffnet. Die Regierungskommission musste mit Gewalt eingreifen und Militär einsetzen, denn vereinzelt war es von der aufgebrachten Bevölkerung zu Plünderungen von Geschäften gekommen.

Paolo und Francesco Camilleri wussten nicht so recht, ob sie sich über die sechs Soldaten vor ihrer Weinhandlung freuen oder ärgern sollten. Vor Plünderungen waren sie geschützt, aber Kunden kamen ebenfalls keine.

Glücklicherweise hatte sich bislang nicht bewahrheitet, dass die Regierungskommission auch englische Ehefrauen der Malteser des Landes verweisen wollte. Dessen ungeachtet hielten der Baron und Francesco es für vernünftiger, wenn ihre Frauen vorerst noch eine Weile in Gozo bleiben würden. Nach den Plünderungen – in Mdinas Vorstadt Rabat war der Krämerladen eines für seine republikanische Gesinnung bekannten „Bürgers" ausgeraubt und in Brand gesteckt worden – schickte Lorenzo de Neva auch seine Tochter nach Gozo. Dieses Mal waren es die Debrincat-Brüder, die Anna de Neva in der Ħondoq ir-Rummien Bucht absetzten.

37. Kapitel

Quatorze Juillet

Seit dem Sturm auf die Bastille ist der 14. Juli der höchste Feiertag der Französischen Republik. Man beabsichtigte, ihn auch mit großem Zeremoniell in Malta zu begehen. Die Regierungskommission schickte Gouverneur Vaubois bereits am 10. Juli ein detailliertes Programm der Festivitäten, zu der alle Honoratioren aus Politik und Kirche Maltas eingeladen waren. Durch öffentliche Aushänge wurde die Bevölkerung über die Bedeutung der bevorstehenden Feiern aufgeklärt. Die Malteser wurden aufgefordert, an ihnen respektvoll und in Würde teilzunehmen. Wegen der sporadisch immer noch vorkommenden Unmutsbezeugungen gegen die Besatzungstruppen ermahnte der Gouverneur die Bevölkerung in einem gesonderten Schreiben:

Eine kleine Gruppe von Aufrührern setzt alles daran, euch aufzuwiegeln. Hört nicht auf ihre üblen Ratschläge. Sie wollen euch nur für ihre Zwecke missbrauchen, denn diese Männer sind unverbesserliche Parteigänger eurer ehemaligen Herren. Schon jetzt verbreiten sie, dass sie beabsichtigen, die würdigen und brüderlichen Zeremonien zu stören. Begegnet diesen Verführern kämpferisch und standhaft als wahre Patrioten, die ihr Vertrauen aus der Einheit mit der Französischen Republik schöpfen.

Ein Programmpunkt sah die Hochzeit von vier Waisenmädchen vor, deren Mitgift, je 100 Scudi, von der Regierung aufgebracht werden würde. Außerdem waren als Volksbelustigung Pferderennen geplant. Ferner sollten an dem Festtag „auf Wunsch vieler Bürger" Angehörige der Notabilità öffentlich ihre Adelsurkunden am Fuße des „Freiheitsaltars" verbrennen.

Baron de Neva war nicht der Einzige, der befürchtete, dass sich am 14. Juli die Massaker am Adel wiederholen könnten, die neun Jahre zuvor in Paris stattgefunden hatten. Er selbst wollte Città Notabile nicht verlassen, aber mithilfe der Debrincat-Brüder ließ er vorsichtshalber seine Frau und Tochter nach Sizilien bringen.

Maria Camilleri blieb auf Anraten von Francesco und Paolo vorerst noch in Gozo.

Der große Tag war gekommen. Der Weinhändler und sein Sohn begaben sich wie fast alle Bewohner Vallettas zum Platz vor dem Großmeisterpalast. In der Mitte des Platzes stand der „Freiheitsbaum", eine mit Grün umwundene Fahnenstange, gekrönt von einer Kappe in den Farben Blau-Weiß-Rot. Daneben hatte man einen pyramidenförmigen Altar auf einer vierstufigen Plattform errichtet. Die mit Leinentüchern verhangenen Seiten der Pyramide schmückten Bilder. Sie stellten die Landung der Franzosen dar, die befreiten Sklaven mit den Maltesern und Franzosen tanzend, den Großmeister und die Johanniterritter, wie ihnen von einem Soldaten mit herrischer Geste befohlen wird, Malta zu verlassen.

„Lug und Trug ist das alles!" Paolo zeigte auf das Bild mit den Tanzenden.

Der Weinhändler reckte den Kopf. „Hast du etwas anderes erwartet? – Da kommen sie!"

Die vier Hochzeitspaare, die Bräute in Weiß, stellten sich in einem Karree auf, das von Soldaten der neuen Nationalgarde und den Cacciatori geformt wurde.

General Vaubois und seine Stabsoffiziere begrüßten die Paare, dann krönte der Gouverneur die Häupter der Bräute mit Blumengestecken. „Bürger" Bosredon de Ransijat, der derzeitige Präsident, hielt eine kurze, salbungsvolle Rede.

Paolo sah sich um. Einige Gesichter, in die er blickte, waren wie versteinert, aber die meisten Leute dicht hinter den Soldaten waren republikanische Malteser, die Hochrufe auf Frankreich anstimmten.

Er stieß seinen Vater an. „Wo finden die Trauungen statt?"

„In der Sankt Paulus Kirche, der Bischof ist schon dort. Danach kommen sie vermulich wieder hierher, um die Ehe im Büro der Stadtverwaltung registrieren zu lassen, wie es ja nun Gesetz ist. Sollen wir ihnen folgen?"

Paolo schüttelte den Kopf. „Die Pferderennen beginnen gleich nach der Trauung." Ein Mann neben ihm schrie sich die Kehle heiser. „Das kann ich noch eher ertragen als all die Franzosen in der Kirche", füsterte er dem Vater zu.

Eine Militärkapelle setzte sich an die Spitze des Hochzeitszugs. Die Camilleris kauften sich ein paar Pastizzi und aßen sie im Schatten eines Baumes.

Nach den Pferderennen – die Sieger erhielten als Preis Geld und Trikoloren – hielt der Gouverneur eine Ansprache unter dem „Freiheitsbaum", in der er Frankreich pries und die Malteser dazu beglückwünschte, dass ihre Heimat nun zu einem Teil der Republik geworden war. Dem General folgten noch viele Redner, die sich ähnlich euphorisch äußerten. Anschließend wurde neben dem republikanischen Altar ein Feuer entzündet und die Nobilità aufgefordert, ihre Adelsurkunden zu verbrennen. Unter Trommelwirbel machten die Barone Dorell, Parisi und Testaferrata, die ihre Sympathie für Frankreich schon zu Zeiten des Ordens bezeugt hatten, den Anfang. Sie verbeugten sich vor dem Altar und übergaben die Dokumente den Flammen.

„Ob man Baron de Neva auch dazu zwingen kann?", flüsterte Paolo.

Der Weinhändler zuckte mit den Achseln. „Vielleicht kann Lorenzo sich mit Krankheit entschuldigen. Wer nicht bei der Feier erscheint, muss mit drastischen Strafen rechnen. Und die Namenslisten der Betroffenen liegen schon lange aus."

Die Militärkapelle begleitete die Lobeshymne eines Offiziers, dann sang ein Malteser, einer der neuen Friedensrichter aus Vittoriosa, ein gewisser Joseph Azopardi, der auch bei Napoleons Ankunft in Valletta die Sprechchöre der Claqueure angeführt hatte. Er stellte sich auf ein Podest und schmetterte auf Maltesisch:

„Nun wir den Freiheitsbaum haben,
Gibt es keine Ritter mehr.
Verschwunden sind der Herrscher und sein Thron,
Fort sind seine Ratgeber.
Hier herrscht jetzt das Volk
Und das Gesetz ist in seiner Hand.
Zerbrochen sind der Unterdrücker Schwerter,
Alle fremden Herrscher verjagt.
Malteser regieren jetzt das Land."

Beim Refrain setzte die Kapelle ein und vielstimmig erscholl:

„Zu den Waffen, Republikaner
und nieder mit dem Adel!
Zeigt, dass wir siegreich sind,
Ruft: ‚Lang lebe die Freiheit!'"

Azopardi sang noch unzählige Strophen.

Paolo und Francesco Camilleri hörten sie nicht mehr, weil sie sich bereits im „Schwertfisch" befanden und sich mit Marcello und Gleichgesinnten unmäßig betranken.

38. Kapitel

Der Widerstand organisiert sich

Die pompösen Feiern überall auf Malta und Gozo waren nicht gerade dazu förderlich, die Herzen der Malteser zu gewinnen, zumal sich die ökonomische Situation von Tag zu Tag für fast jeden Malteser spürbar verschlechterte. Viele Leute sahen sich gezwungen, stückweise den Familienschmuck, oftmals die letzten Ersparnisse für schlechte Zeiten, zu verkaufen, denn die Steuereintreiber waren unerbittlich.

Am 6. August hing an einem Lagerhaus in Cospicua ein Plakat, das von der lokalen Verwaltung sofort entfernt und der Regierungskommission überbracht wurde.

Malteser!

Man hat uns getäuscht und verraten. Die Französische Republik treibt uns von Tag zu Tag mehr ins Elend und Verderben. Wir sterben vor Hunger, während die Regierung und ihre Schergen unser Blut trinken. Wehrt euch! Die Korruption der kriecherischen Parteigänger der Franzosen ist noch himmelschreiender als die der Ritter.

Malteser!

Wir sollten schleunigst überlegen, wie wir diese Büttel für ihre Schandtaten zur Rechenschaft ziehen. Was ist mit all dem Gold und Siber geschehen, das man unseren Kirchen geraubt hat? Hat man davon jemals wieder etwas gesehen? Hütet euch, Handlanger der Franzosen, die Kirchen weiterhin anzutasten! Wenn das so weitergeht, sind wir bald genötigt, uns gegenseitig aufzufressen. Die Getreidelager sind in spätestens acht Wochen leer, und der Weinvorrat reicht höchstens noch drei Wochen.

Malteser!

Schaut genau hin, wie einige französische Offiziere ihre Soldaten behandeln, dann wisst ihr, was auf uns zukommt!
Lasst uns endlich handeln! Habt Mut! Wir dürfen es uns nicht gefallen lassen, dass sich ein paar Hundert Regierungshandlanger weiterhin auf unsere Kosten die Bäuche vollschlagen und sich über unsere Ergebenheit lustig machen. Es reicht!

Dann folgte eine lange Liste mit Namen:

Unser Land betrügen aufs Schändlichste: Joseph Maurin – Bauunternehmer, Vincent Caruana – ehemaliger Sekretär des Bischofs, John Dalli – Weinhändler, Santu Vella – Baumwollhändler ...

General Vaubois sah sich genötigt, Gegenmaßnahmen zu ergreifen:

Franzosen und Malteser!

Einige verbrecherische Elemente benutzen ihre Freizeit, um anonym und deshalb unglaubwürdig gegen die ehrenhaften Mitglieder der republikanischen Regierung zu intrigieren und Lügen zu verbreiten. Bekämpft diese bösartigen Reptilien!

Auch in Valletta tauchten Plakate ähnlichen Inhalts auf. Paolo und Francesco sahen eines davon am Fischmarktbrunnen, bevor es von einer Militärpatrouille abgerissen wurde:

Wacht auf, Landsleute! Die französische Brut pflegt seit altersher die Kunst des Plünderns und verschont dabei weder arm noch reich!

„Wahre Worte", knurrte der Weinhändler. „Blutsauger sind es. Die Frauen der gepressten Marinesoldaten haben noch immer keine einzige Kupfermünze vom Sold ihrer Männer von der Militärkasse ausbezahlt bekommen. Hoch und heilig hatte man ihnen das versichert."

Paolo zog ihn vom Brunnen fort. „Ich denke, Vater, es wird Zeit, dass wir unser Geld an einem sicheren Ort verstecken. Beim Baumwollhändler Siggi haben sie das Haus mit einer bewaffneten Eskorte durchsucht, als er mit der Steuer säumig war."

„Was schlägst du vor?"

„Lass es uns nach Nadur bringen. Antonio hilft uns bestimmt dabei."

Francesco Camilleri überlegte. „Würde er auch den Wein wegschaffen können?"

Paolo schüttelte den Kopf. „Die Inspekoren vom Hafenmeister würden das vermutlich nicht zulassen. Es sind fast alles neue Leute, und sie haben ihren Posten nicht umsonst von der Regierung bekommen."

Paolo besprach daraufhin mit Antonio die Angelegenheit im „Schwertfisch".

Der Freund überlegte, dann sagte er: „Deine Idee, die Münzen in einem Weinfass zu verstecken, finde ich momentan zu riskant. Frachten, die ich von Mġarr nach Valletta transportiere, werden kaum kontrolliert, aber alles, was vom Großen Hafen nach Gozo hinübergeht, prüft der Zoll derzeit penibel. Neulich musste ich sogar das Reservesegel ausrollen, weil sie nach Waffen gesucht haben."

„Warum sollte jemand denn Waffen nach Gozo schmuggeln?" Paolo grinste und sagte leise: „Die brauchen wir hier doch selbst."

Antonio bugsierte den Freund in eine ruhige Ecke. „Ich bin zweimal an der Ostküste entlanggesegelt. Ein paar von den Wachtürmen schienen nicht besetzt zu sein. Dort gibt es sicher auch noch die eine oder andere Kiste mit Schießpulver."

„Ich weiß. Aber die Türme sind gut verschlossen."

„Na und? Ist das etwa ein Hinderungsgrund, sich zu bedienen?"

„Wohl nicht, wenn man den Patrouillen aus dem Weg zu gehen versteht. Die Franzosen schauen regelmäßig nach dem Rechten."

Antonio lachte. „Sie können aber nicht überall zugleich sein." Und dann erzählte er Paolo von einer neuen Heldentat des „Aals": „Die Franzosen haben gestern in Rabat auf dem Marktpatz eine Parade abgehalten mit Musikkapelle und allem, was dazugehört. Ihr Kommandeur hatte nämlich Geburtstag. Von der Zitadelle wurde Salut geschossen, und ein Pferderennen hat auch stattgefunden. Zum Abschluss gab es dann noch ein riesiges Feuerwerk. Auch auf Fort Chambray. Nun ja, wegen der Parade blieben die Patrouillengänge zu den Küstenwachtürmen aus. – Du kennst doch den Turm, der die Einfahrt der Mġarr ix-Xini Bucht bewacht? Die beiden Schießscharten neben der Zugbrücke sind durch dicke Holzbohlen gesichert."

„Sicher."

„Also, da bekannt war, dass es ein Feuerwerk geben würde, haben die Debrincat-Brüder und ich schon am Abend davor heimlich eine lange Bambusleiter nach Mġarr ix-Xini gebracht und in den Klippen versteckt. Als das Feuerwerk anfing, hat Maurizio eine Pulverladung in einer Schießscharte angebracht und die Bohlen weggesprengt. Der ‚Aal' war dann wieder für den Rest zuständig." Stolz fügte er hinzu: „Acht gute Gewehre, ausreichend Patronen und zwei gute Säbel hat uns das Abenteuer eingebracht. Die Franzosen haben es erst am nächsten Tag erfahren. Seitdem sind natürlich wieder ständig Wachmannschaften auf allen Türmen."

„Vortrefflich! Hier hat es ein paar ähnlich spektakuläre Aktionen gegeben. – Der Friedensrichter von Cospicua traut sich nur noch mit einer französischen Eskorte durch die Stadt, nachdem man ihn zusammengeprügelt hat. – Aber was schlägst du vor, wie wir Vaters Geld nach Gozo schaffen können?"

„Am besten wäre es, wir würden es wieder so machen, wie bei den de Nevas. Ich nehme euch in der Selmun Bucht an Bord und setze euch in Hondoq ir-Rummien ab. – Segelt ihr eigentlich beide mit nach Gozo?"

„Das muss ich mit Vater erst noch bereden."

„Tu das. Ich kümmere mich jetzt erst noch um die Ladung – wieder Weizen für die Franzosen in Fort Chambray – und komme danach zu euch."

*

Francesco betrachtete nachdenklich die Fassreihe an der Kellerwand. Ein großes Fass Zypern-Wein und zwei kleine Fässer mit rotem Bordeaux waren ihm verblieben, und an Nachschub war nicht zu denken.

Aus Furcht vor der englischen Flotte – mehrere ihrer Fregatten waren gelegentlich am Horizont zu sehen – liefen die wenigen verbliebenen französischen Kriegsschiffe nur selten aus, und die englischen Freibeuterschiffe hatten sich nach Abzug von Bonapartes Armada wie die Fliegen in den Gewässern rings um Malta und Sizilien vermehrt. Wenn ein Blockadebrecher es zufällig doch bis in den Großen Hafen schaffte und auch Wein geladen hatte, dann musste er ihn direkt an die Franzosen verkaufen.

„Ich denke, wir sollten der Mutter nach Nadur folgen", sagte der Weinhändler. „Es lohnt nicht mehr, das Geschäft offenzuhalten. Mit Marcello habe ich schon geredet. Er nimmt mir den Zypern-Wein und ein Fass Bordeaux ab.

Das andere Fass werden wir Lorenzo nach Mdina bringen, bevor die Franzosen es für einen Spottpreis für ihre Armee beschlagnahmen."

„Damit müsst ihr euch beeilen", gab Antonio zu bedenken. „Als ich eben vom ‚Schwertfisch' durch das Hafentor ging, haben sie alle Karren kontrolliert, die die Stadt verlassen. Sogar die mit Pferdemist."

„Marcello regelt das. Einige von den Soldaten sind ganz in Ordnung."

„Aber was ist mit dem Wein für den Baron?"

„Auch daran habe ich schon gedacht." Er zog grinsend ein Schreiben aus der Kittelschürze:

Bürger Camilleri, Weinhändler aus Valletta, Sankt Kristofu Straße, ist im Namen der Regierungskommission damit beauftragt, dem Standortkommandanten von Mdina, Hauptmann Masson, eine Gratifikation von sechzig Litern Bordeaux-Rotwein anlässlich seiner Beförderung zu überbringen.

gez. Präsident der Kommission, Bosredon de Ransijat

Paolo und Antonio lachten lauthals los.

„Vater, wenn dieses Schreiben echt ist, dann rühre ich nie wieder einen Tropfen Wein an."

Antonio griff sich den Brief. „Ransijat hat dir tatsächlich so einen Auftrag gegeben?"

Der Weinhändler verdrehte die Augen. „Die Unterschrift ist echt, der Rest ... Es arbeiten viele Schreiber im Büro der Regierungskommission. Nicht alle sind Franzosenfreunde. Der Standortkommandant bekommt schon seinen Wein, aber nicht von uns."

Antonio wedelte mit dem Brief. „Wie viel hat dich das gekostet?"

„Es war ein Freundschaftsdienst. Oder beinahe. Drei Flaschen Zypern-Wein, und die Sache war geregelt."

„Aber was ist, wenn der Schwindel auffällt?"

Der Weinhändler zuckte mit den Achseln. „Was soll groß sein? Der Schreiber hat dann eben etwas missverstanden und aus Versehen zwei Fässer Wein für den Standortkommandanten geordert. Schließlich hat Ransijat früher oft bei uns gekauft."

„Ihr kommt also beide morgen mit nach Gozo?", fragte Antonio.

„Hmm, das wird schwierig, weil der Baron ja noch den Wein bekommen soll", sagte Francesco.

„Im Brief steht: Bürger Camilleri, Vater, kein Vorname. Fahr du morgen mit Antonio. Ich komme bei nächstbester Gelegenheit nach."

„Es könnte einige Tage dauern, bis ich wieder nach Valletta segele", gab Antonio zu bedenken.

„Das ist egal. Da ich nichts zu befürchten habe, wenn man mich kontrolliert, kann ich mit jeder Speronara die Passage machen. – Aber wie willst du die Geldschatulle zur Selmun Bucht bringen, Vater?"

„Das wird einfach sein, denke ich mir. Die Wachen an den Stadttoren kümmern sich nur um Karren und Wagen. Ich miete ein Maultier von Marcellos Nachbarn, dem Fischmakler, und verstecke das Geld im Futtersack. Ich reite mit dir bis Mosta, dort wohnt ein Bruder des Maklers, der wird mich dann bis zur Bucht begleiten und das Maultier wieder zurückbringen."

Am nächsten Morgen wartete Paolo, bis sein Vater durch die Porte des Bombes in Floriana geritten war, dann folgte er ihm mit dem Eselskarren. Die Torwachen begutachteten kurz Ransijats Schreiben, dann winkten sie ihn durch.

In Mosta trennten sie sich wie geplant.

39. Kapitel

Aboukir – Der Rest der glorreichen Armada trifft im Großen Hafen ein

Als Antonios Speronara am Morgen des 28. Augusts 1798 den Großen Hafen gegen 10 Uhr verließ, näherten sich Malta von Osten her drei französische Kriegsschiffe, ein Linienschiff und zwei Fregatten.

Es handelte sich um das 80-Kanonen-Linienschiff „Le Guillaume Tell" des Admirals Villeneuve und die Fregatten „La Diane" und „La Justice". An Bord der Schiffe waren unzählige kranke und verwundete Soldaten.

Der Admiral und die Fregattenkapitäne begaben sich augenblicklich zu Gouverneur Vaubois, der mit der Regierungskommission im Palais National tagte.

Die Nachricht, die sie den Franzosen und Maltesern überbrachten, war für beide Seiten katastrophal: Nachdem Bonapartes Expeditionsheer in Ägypten an Land gegangen war, hatte Admiral Nelson die französische Flotte in der Bucht von Aboukir überrascht und vernichtend geschlagen. Von der ehemals so stolzen Armada war nur vier Schiffen die Flucht geglückt. Das Flaggschiff „L'Orient" hatte nicht nur die geraubten Schätze mit sich auf den Meeresgrund gerissen. Hunderte von maltesischen Familien, deren Männer in die französische Marine gepresst worden waren, hatten Väter und Söhne verloren.

Gouverneur Vaubois versuchte, das furchtbare Desaster schönzureden, als wäre bloß ein kleines Missgeschick passiert: Oberbefehlshaber Bonaparte hätte schließlich eine große Schlacht gewonnen, Ägypten wäre erobert, und die französische Flotte hätte den Engländern unersetzlichen Schaden zugefügt ...

Niemand glaubte ihm ein Wort.

Marcello und sein Nachbar, der Fischmakler, waren auf der Sankt Barbara Bastion gewesen, als sich die schwer von den Kämpfen gezeichneten Kriegsschiffe langsam in den Großen Hafen geschleppt hatten.

Das war also von der großartigen Flotte übrig geblieben! Drei beschädigte Schiffe! Sah so eine unbesiegbare Armada aus? Waren das die „unbesiegbaren" Franzosen, die die Redner auf der 14.-Juli-Feier unermüdlich gepriesen hatten?

Am Hafentor schlugen Soldaten zwei neue Propklamationen des Gouverneurs an:

Ab sofort war der Fährverkehr zwischen Malta und Gozo eingestellt. Das wäre zum Schutze der Bürger, bis die Marine die englischen Freibeuter aus den maltesischen Gewässern vertrieben hätte.

Aber die verkrüppelte Flotte machte aus gutem Grund keinerlei Anstalten auszulaufen. Die Gefahr, Teilen von Nelsons Flotte zu begegnen, war zu groß.

Die zweite Proklamation am Hafentor und an allen öffentlichen Gebäuden der Inseln kündete das an, was viele Malteser schon seit Langem befürchtet hatten:

Ab Sonntag, dem 2. September 1798, sollte der gesamte noch vorhandene Kirchenbesitz versteigert werden. Den Beginn würde eine Auktion in der Franziskanerkirche von Mdinas Vorstadt Rabat machen. Tapisserien und andere Wertobjekte stünden dort zum Verkauf ...

*

Als Paolo in Mdina ankam, berichtete ihm Baron de Neva von der Vernichtung der französischen Armada: „Ein Gerücht besagt, dass Admiral Villeneuve bald Verstärkung aus Frankreich erhalten und dann mit einer neuen Flotte nach Ägypten segeln will. Die Rekrutierung der Mannschaften soll schon begonnen haben. – Du bleibst besser bei mir in Città Notabile, Paolo. Gerade Männer in deinem Alter werden vermutlich zwangsverpflichtet. Außerdem kannst du jetzt wegen des Fährverbots eh nicht nach Gozo reisen."

Der Baron und Paolo verließen in den nächsten Tagen die Casa Gloriale nicht.

Von der Versteigerung in der Franziskanerkirche in Mdinas Vorstadt Rabat erfuhren sie von Pietro, dem Stallknecht.

Pietro zitterte vor Wut. „Alles soll versteigert werden, Herr Baron. Die Abendmahlskelche, die Kruzifixe, die Weihrauchschwenker. Das sind Teufel!"

Lorenzo de Neva verschränkte die Arme vor der Brust und trat ans Fenster. Über der verlassenen Casa Galea wehte eine Trikolore. Der Nachbar war von der Regierungskommission für sein republikanisches Engagement mit dem lukrativen Posten des Hafenzollmeisters belohnt worden und wohnte jetzt in Valletta.

Baron de Neva drehte sich abrupt zu Paolo und Pietro um. „Am Sonntag gehen wir zur Franziskanerkirche. Dieser Frevel muss verhindert werden!"

40. Kapitel

Der Aufstand

2. September 1798, Sonntag, 9 Uhr. Die Kirchenteller, die Leuchter, die Kelche waren auf dem Altar ausgebreitet wie auf einem Ladentisch. In der Franziskanerkirche von Rabat standen die Leute bereits dicht an dicht, aber immer noch mehr Menschen versuchten in das Gotteshaus zu gelangen.

Ihren grimmigen Gesichtern war abzulesen, dass sie sich nicht zum Kaufen der heiligen Gegenstände eingefunden hatten. Anfangs protestierte niemand lautstark, aber das noch verhaltene Murren der Menge wurde mit der Zeit bedrohlich wie das Fauchen eines gereizten Raubtiers.

Plötzlich schob sich Advokat Emanuele Vitale, der Rektor der Franziskaner, mit ein paar zu allem entschlossen aussehenden Männern nach vorne.

Die Notare Joseph Farrugia und Alessandro Spiteri, die mit der Auktion beauftragt waren, warfen sich einen nervösen Blick zu und machten, dass sie davonkamen. Als sie durch ein Seitenportal die Kirche verließen, stürzten sich die Leute auf den Altar.

Paolo und der Baron halfen, die Kirchenschätze aus dem Oratorium in das Haus von Advokat Vitale in Sicherheit zu bringen.

Ein Mann kam angerannt und schrie: „Farrugia und Spiteri sind jetzt in der Karmeliterkirche und wollen dort eine Auktion abhalten!"

„Das müssen wir verhindern! Los, Leute, zur Karmeliterkirche!", befahl Vitale und setzte sich an die Spitze.

Auch dieses Gotteshaus inmitten von Rabats engen Gassen war bereits von Protestierern gefüllt, dennoch drängten sich Vitales Männer noch hinein.

„Die Tür!", zischte der Baron. „Macht die Tür zu!"

Pietro und ein paar weitere aus Vitales Gruppe schlossen das Kirchenportal. Paolo hörte, wie Vitale jemandem befahl, auf den Glockenturm zu steigen.

Ein Helfer der Auktionatoren nahm gerade die roten Damastvorhänge der Altarverkleidung ab. Dem Mann war sichtlich peinlich, was er tat. Er brachte die Vorhänge zu Notar Farrugia.

Ein Priester in der vordersten Reihe schüttelte die Faust und rief mit lauter Stimme: „Schluss damit!"

Faruggias Kollege Spiteri, nervös, aber fest entschlossen, sich die Auktion nicht wieder stören zu lassen, ermahnte die Anwesenden streng zur Ruhe. „Das ist ein offizieller Verkauf auf Anordnung des Oberkommandierenden und der Regierungskommission. – Hier sind eine Anzahl Vorhänge. Was wird geboten?"

Er hätte besser geschwiegen, denn im Nu explodierte die Stimmung.

„Ein Sakrileg ist das!", brüllte der Priester. „Niemand darf dafür bieten!"

„Ihr versündigt euch! Verschwindet!", ließ sich Advokat Vitale vernehmen.

„Aber auf Befehl von General Vaubois", stotterte Notar Faruggia und hielt den Befehl des Oberkommandierenden hoch.

Die vorwärtsdrängende Menge ließ ihn schnell verstummen.

„Na gut", sagte Spiteri kleinlaut. „Die Versteigerung ist somit verschoben."

In diesem Augenblick begannen die Kirchenglocken Sturm zu läuten. Die beiden Notare schafften es mit Mühe und Not, die Kirche wieder durch einen Seiteneingang zu verlassen.

Mit dem ersten Glockenschlag waren die Gassen vor der Karmeliterkirche schwarz von Menschen. Ein Steinhagel prasselte auf Farrugia und Spiteri ein. Mehr tot als lebendig wurden sie von der aufgebrachten Menge aus Rabat gejagt.

„Was nun?", fragte Paolo den Baron.

„Wir helfen Vitale jetzt erst mal, die Sachen zu ihm zu tragen. Dann sehen wir weiter."

Unterdessen war es Mittag und unerträglich heiß geworden. Pietro und Paolo schleppten eine schwere Monstranz zum Haus des Advokaten.

*

Der französischen Besatzung von Mdina war die Unruhe in Rabat nicht entgangen. Gleich nachdem in Mdina und Rabat die Glocken zu läuten anfingen, konnten die Soldaten von den Wällen der Festung aus sehen, dass sich aus den umliegenden Dörfern viele Menschen auf den Weg nach Rabat machten.

Als alle sakralen Gegenstände aus der Karmeliterkiche sicher im Haus untergebracht waren, zertreute sich auch langsam die Menschenmenge in den Gassen von Rabat. Bislang hatte sich kein Militär gezeigt.

Baron de Neva unterhielt sich einen Moment im Flüsterton mit Advokat Vitale und kam zu Paolo.

Der wischte sich den Schweiß mit dem Handrücken aus der Stirn und stöhnte: „Ich muss unbedingt etwas trinken."

Der Baron nickte und rief seinen Stallknecht. „Komm, Pietro, wir gehen jetzt in den Palazzo zurück."

Am Stadttor von Mdina hielt sie die Wache an.

„Warum läuten alle Glocken?", wollten die Soldaten wissen.

„Ein Fest", sagte der Baron. „Wir feiern heute Nachmittag das Fest Unserer Lieben Frau des Trostes."

„Und was ist mit den Dörflern, die sich von überall der Stadt nähern?"

„Es ist ein großes, ein wichtiges Fest zu Ehren der Muttergottes. Alle benachbarten Gemeinden nehmen daran teil."

*

Hauptmann Lazarre Masson, der Kommandant der Mdinaer Garnison war ein Draufgänger, der keine hohe Meinung von den Einheimischen hatte. Bei der Landung, die er in der Sankt Julian Bucht miterlebt hatte, waren sie gerannt wie die Hasen ...

Der Unteroffizier der Torwache erstattete ihm routinemäßig um 13 Uhr Bericht.

„Ein Fest feiern sie?"

„Ja, Herr Hauptmann, ein Marienfest."

„Na, das schaue ich mir doch besser einmal an. Mir behagt es nicht sonderlich, wenn sich so viele der Malteser in Rabat versammeln, Heilige Jungfrau oder nicht." Er trat auf den Flur vor seinem Büro und bellte: „Leutnant Bonnehomme?"

Der Offizier eilte herbei. „Ja, Herr Hauptmann?"

„Holen Sie einen der Sergeanten. Wir gehen nach Rabat."

Der Offizier druckste herum.

„Was ist?", herrschte ihn sein Vorgesetzter an.

„Verzeiht, Herr Hauptmann, aber sollten wir nicht lieber ein paar Leute mehr mitnehmen?"

Masson musterte ihn nur verächtlich. Mit hohntriefender Stimmte sagte er: „Fürchten Sie sich etwa vor diesen Bauerntölpeln, Leutnant?"

„Keineswegs, keineswegs", beeilte sich der Offizier zu versichern. „Ich dachte nur, weil ..."

Hauptmann Masson schnippte als Antwort einen unsichtbaren Fussel von seiner Uniformjacke.

Sie verließen also Mdina zu dritt.

Auf der Saqqajja Esplanade, einem freien Gelände zwischen den Südmauern Mdinas und der Vorstadt Rabat, hielt Masson einen Passanten an. Aber der Mann verstand weder Französisch noch Italienisch.

„Tumbes Volk", knurrte der Hauptmann. Er zog den Säbel aus der Scheide und stapfte mit seinen Begleitern nach Rabat hinein.

Anfangs begegneten sie in den engen Gassen niemandem, aber plötzlich drehte sich der Leutnant um. „Da folgen uns welche, Herr Hauptmann."

Im gleichen Augenblick wurden die Fenster in der Gasse aufgerissen. Die Anwohner überhäuften die Franzosen mit lauten Verwünschungen. Masson stiefelte unbeirrt weiter.

Türen gingen auf. Die Gasse füllte sich.

Als Masson den kleinen Platz vor dem Sankt Paulus Friedhof im Stadtzentrum erreichte, war es zur Umkehr zu spät. Eine wütende Menschenmenge, Männer und Frauen, versperrte den Weg, viele schwangen Knüppel.

„Macht Platz!", brüllte der Hauptmann.

Ein Stein verfehlte seinen Kopf nur knapp und schlug krachend gegen eine Haustür.

„Sauhund!" Masson hob den Säbel und machte Anstalten, sich auf den Werfer zu stürzen. Ein Steinhagel stoppte ihn.

Der Leutnant und der Sergeant schubsten zwei Frauen zur Seite und verschwanden in einer Seitenstraße.

Unter Geschrei stürmte die Menge auf den Hauptmann los.

Masson hetzte seinen Begleitern hinterher. Eine Tür neben der Franziskanerkirche stand halb offen, Masson rannte in das Haus und verriegelte die Tür.

Der Besitzer, Notar Peter Antonio Bezzina, aufgeschreckt von dem Lärm, eilte aus einem hinteren Raum herbei.

„Nehmt Vernunft an und ergebt euch den Leuten."

Fäuste hämmerten gegen die Tür. Bezzina schob den Riegel weg; sofort stürmten Massons Verfolger das Haus.

Aussichtslos wie die Lage war, warf der Hauptmann den Säbel weg und bat um Gnade. Es war zu spät. Jemand schlug ihn von hinten mit einem Stein nieder, dann ließen die Männer ihre Wut an dem Offizier aus, bis er kein Lebenszeichen mehr gab, schleppten ihn ins Obergeschoss und warfen die Leiche über die Balkonbrüstung.

Auch der Leutnant entging seinem Schicksal nicht, aber dem Sergeanten gelang es, Mdina zu erreichen.

Sofort wurden die Stadttore verbarrikadiert und die Wälle bemannt. Um die Truppen in Valletta zu alarmieren, ließ Massons Stellvertreter in regelmäßen Abständen eine Kanone feuern.

41. Kapitel

Sturm auf Città Notabile

Baron de Neva horchte auf. „Pietro, finde raus, was da draußen vor sich geht!"

Wenig später kam der Stallknecht aufgeregt in die Casa Gloriale zurückgerannt: „Die Franzosen haben die Tore verschlossen. Vor den Stadmauern machen sich Hunderte unserer Leute zum Sturm bereit."

„Wie sind sie bewaffnet?"

„Viele haben Gewehre."

Lorenzo de Neva nickte zufrieden. „Das ist gut so. Hast du Advokat Vitale gesehen?"

„Nein. Ich konnte nur einen kurzen Blick über die Brüstung wagen, dann haben mich die Soldaten fortgejagt."

Schüsse fielen.

„Hört zu!", befahl er mit einer Stimme, die keinen Widerspruch duldete. „Ich habe jetzt etwas Dringliches zu erledigen. Verbarrikadiert hinter mir das Hauptportal gut."

Pietro nickte. „Ja, Herr Baron."

„Kann ich Euch irgendwie behilflich sein?", fragte Paolo.

Lorenzo de Neva schüttelte den Kopf. „Nein, mein Sohn. Dich kennt fast niemand in der Stadt. Wenn dich einer von Galeas republikanischen Kumpanen sehen würde, könnte das gefährlich werden."

Der Baron ging zu einer Truhe, entnahm ihr zwei Pistolen, lud sie und steckte sie in den Gürtel.

„Pietro, du weißt, wo die Gewehre und meine beiden Säbel sind."

„Ja, Herr Baron."

„Wenn Vitales Männer es schaffen sollten, die Mauern zu nehmen, dann schließt euch ihnen an. Wenn nicht, dann wartet, bis ich wieder da bin." Der Baron warf sich einen weiten Umhang über und öffnete die Haustür. Nachdem er sich überzeugt hatte, dass niemand auf der Straße war, ging er schnellen Schritts in Richtung De Redin Bastion davon.

Pietro und Paolo sicherten den Haupteingang der Casa Gloriale mit zwei großen Eichentruhen und lehnten zusätzlich vier schwere Balken gegen die Portalflügel.

*

Als Advokat Vitale von den Vorfällen in Bezzinas Haus Nachricht erhielt, schickte er sofort berittene Boten in die benachbarten Dörfer, mit der Bitte, beim Sturm auf Mdina zu helfen. Ein besonders vertrauenswürdiger Mann wurde nach Attard zu Xavier Zarb, einem Freund Vitales, geschickt.

Kaum war Vitales Bote wieder fort, brachen Zarb und Mitglieder der alten Dorfmiliz das Zeughaus auf. Unterdessen hatte sich das Sturmläuten aus Rabat über die ganze Insel fortgepflanzt.

In Żebbuġ forderten die Einwohner den von General Vaubois neu ernannten Präsidenten der Bezirkskommission auf, ihnen die Schlüssel vom Waffenlager der Miliz auszuhändigen. Er weigerte sich und büßte dafür auf der Stelle mit seinem Leben. Die Milizionäre aus Żebbuġ waren die Ersten, die den Belagerern Mdinas zu Hilfe kamen.

Da man allgemein annahm, dass der Oberbefehlshaber

der in Città Notabile eingeschlossenen Garnison unverzüglich Verstärkung senden würde, legten sich die Milizen von Attard, Birkirkara und Lija an der Straße Mdina-Valletta hinter den Feldmauern auf die Lauer.

Mdina war weit weg, in Valletta hörte man die Alarmschüsse der bedrängten Garnison nicht, wohl aber die überall auf der Insel läutenden Glocken. Gerüchteweise drang durch, dass es in Rabat irgendwelche Zwischenfälle gegeben haben musste.

General Vaubois schickte zwei Soldaten mit einem Befehl für Hauptmann Masson los, den die Rabater zu der Zeit bereits mit dem Leutnant in einem Feld verscharrt hatten.

Masson, so der Befehl, sollte vorerst die Bevölkerung beruhigen, er würde am nächsten Tag Verstärkung bekommen.

General Vaubois war nicht übermäßig beunruhigt. Plänkeleien hatte es wiederholt gegeben, bislang waren sie alle schnell unter Kontrolle gebracht worden.

Die Boten des Oberbefehls wurden von der Lija-Miliz abgefangen und verhört. So erfuhren die Aufständischen von dessen Plänen.

Die Versuche der Belagerer von Mdina, mit Leitern die Stadtwälle zu stürmen, scheiterten alle. Das französische Feuer war zu akkurat. Zwei Malteser verloren ihr Leben, dennoch ließen die Angreifer nicht nach, und die Feuergefechte dauerten bis spät in die Nacht.

*

Der Baron war bereits am Nachmittag in die Casa Gloriale zurückgekehrt. „Morgen brauche ich eure Hilfe", sagte er mit einem grimmigen Lächeln. Und dann weihte er Paolo und Pietro in den Plan ein, den er mit Advokat Vitale am Vormittag besprochen hatte.

Die De Redin Bastion im Osten von Città Notabile war selbst für die höchsten Leitern unerreichbar, deshalb befand sich dort nur ein einziger französischer Wachposten.

In einem günstigen Moment – die Franzosen waren fast vollständig auf den Rabat gegenüberliegenden Mauern und Bastionen postiert und damit beschäftigt, das Feuer der Angreifer zu erwidern – hatte Lorenzo de Neva die verabredete Nachricht an Vitale von der De Redin Bastion geworfen und gewartet, bis er sicher war, dass einer seiner Männer sie an sich genommen hatte.

Nach Einbruch der Dunkelheit stürmten Leute aus Birkirkara unter Leitung ihres Anführers Vincenzo Borg zwei von Franzosen besetzte Küstenwachtürme und eroberten mehrere Kanonen. Drei der feindlichen Soldaten wurden getötet, aber dem Rest der Turmbesatzungen gelang die Flucht nach Fort Tigné. Die Aufständischen schafften die Geschütze später auf Erhebungen, von denen aus man die Porte des Bombes und Fort Manuel im Marsamxett Hafen bestreichen konnte.

Raimondo Debono, der Sergeant aus Lija, und seine Milizionäre zerstörten in der gleichen Nacht die Wasserleitung, die Floriana und Valletta versorgte.

So erfuhr General Vaubois, dass es sich keineswegs um kleinere Scharmützel handelte, die seine Männer sich mit den Maltesern lieferten, aber noch immer dämmerte ihm nicht, dass sich derweil ganz Malta gegen seine Invasoren erhoben hatte.

*

Mdina, 3. September 1798, 6 Uhr früh. Die Belagerer rüsteten zum Großangriff. Dutzende von Leitern lagen bereit. Wer ein Gewehr besaß, schoss ununterbrochen auf die Franzosen. Diese beantworteten das Feuer aus allen Rohren.

Niemand entdeckte die fünfundsechzig gut bewaffneten Männer, die sich tief unterhalb der De Redin Bastion am Fuße der Stadtmauer nach Süden schlichen, bis sie zu einer verschlossenen, gerade mal schulterbreiten Ausfallpforte gelangten.

Baron de Neva sah auf die Uhr. „Los jetzt!"

Sowohl Paolo als auch Pietro verließen die Casa Gloriale mit schussbereiten Gewehren in der Hand. Mdinas Straßen lagen wie ausgestorben.

Der Baron führte sie zur Kathedrale. Eine schmale Sackgasse hinter der Kirche endete an der östlichen Stadtmauer. Dort standen zwei Steinschuppen, wie es sie überall an der Mauer gab. Schuppen für Holz, für Wagen und Karren oder Schuppen für Gemüse.

Lorenzo de Neva sah sich um, dann drückte er vorsichtig die Tür des mittleren Schuppens auf. Als Pietro und Paolo ihm ins Innere gefolgt waren, schloss er die Tür sogleich wieder. Im Schuppen lagerten Heuballen.

„Räumt sie beiseite!", befahl er.

Unter den Ballen wurde eine Falltür sichtbar.

„Ihr bleibt hier. Wenn zufällig ein Franzose in der Gasse auftauchen sollte, dann fackelt nicht lange." Der Baron wuchtete die Falltür hoch. Eine Treppe ging steil nach unten.

*

Advokat Vitale stieg als Erster aus der Luke. Als alle seine Mitstreiter im Schuppen waren, teilte er die Männer in zwei Gruppen ein. Der Baron, Paolo und Pietro schlossen sich dem Trupp an, der zur Banca Giuratale zog.

Die Franzosen, die plötzlich auch im Rücken angegriffen wurden, leisteten kurz Widerstand und sahen dann ein, dass sie der Lage nicht mehr Herr waren. Sie ergaben sich. Ein Offizier händigte dem Advokaten die Schlüssel vom

Haupttor aus, und ein gewisser Mario Vella begann, die Trikolore hinunterzuziehen.

Und dann geschah es. Paolo sah, wie Gewehrläufe von einer Mauer der Torbefestigung auf sie gerichtet wurden. Er stieß noch einen Warnschrei aus und warf sich hinter einen Karren, aber da stürzten bereits mehrere der Kameraden getroffen zu Boden.

„Das ist eine verdammte Falle!", brüllte der Baron und feuerte seine beiden Pistolen auf den Offizier ab.

Advokat Vitale bückte sich nach den Schlüsseln und hastete zum Tor.

Die Franzosen wussten, dass sie jetzt kein Pardon mehr erwarten durften und begannen, mit dem Mut der Verzweifelten zu kämpfen. Trotz der erdrückenden Übermacht – durch das Stadttor strömten Hunderte von Belagerern Vitales Männern zu Hilfe – schafften es noch einige Soldaten, sich bis zur Banca Giuratale durchzuschlagen. Noch während Vitales Kämpfer die Franzosen ins Obergeschoss des Rathauses drängten, ging das Archiv der republikanischen Stadtverwaltung in Flammen auf. Lorenzo de Neva hatte die Kapitulationsurkunde entdeckt, Vitale die Steuererhebungslisten. Gemeinsam warfen sie die verhassten Dokumente ins Feuer.

Vier Tote hatten die Aufständischen zu beklagen und unzählige Verwundete, als um 7 Uhr über Città Notabile wieder die weiß-rote Flagge der Inseln wehte.

Die Banca Giuratale war zum Grab der Franzosen in Mdina geworden. Kein einziger Soldat der Garnison hatte überlebt. Ihre Leichen wurden zum Marfa Hügel vor der Stadtmauer gekarrt und dort verbrannt.

Paolo war ohne Blessuren davongekommen, aber eine Kugel hatte Pietro eine leichte Schramme am Oberarm gerissen. In der Casa Gloriale desinfizierte der Baron die Wunde mit einer Heilkräutertinktur, und Paolo half, den Stallknecht zu verbinden.

Der Advokat stürmte plötzlich mit ein paar seiner Unterführer in die Casa Gloriale. „Baron, überall ist der Kampf aufgenommen worden. Aus Cospicua bittet man uns um Hilfe. Ich breche gleich mit dreißig Reitern auf. Übernehmt hier das Kommando und schickt so viele Leute wie möglich nach Ħamrun, um dort die Milizen aus Birkirkara und Lija zu verstärken. Sie liegen zu beiden Seiten an der Mdina-Valletta Straße auf der Lauer. Wenn Vaubois Truppen nach Città Notabile in Marsch setzt, müssen sie auf dieser Straße marschieren."

„Was ist mit Gozo?", fragte Lorenzo de Neva.

„Auch dort hat man sich anscheinend erhoben. Genaues wissen wir nicht. Ein Bote ist nach Mġarr unterwegs."

Advokat Vitale wandte sich zum Gehen.

Der Baron hielt ihn zurück. „Wartet, ich habe vier Pferde im Stall, nehmt die auch noch."

„Ich will mit nach Cospicua reiten, Herr Baron!", rief Paolo.

Lorenzo de Neva schüttelte den Kopf. „Dein Angebot ist löblich, aber für solch einen Gewaltritt bist du einfach nicht sattelfest genug. Schließ dich mit Pietro der Truppe nach Ħamrun an."

Und so traf Paolo den Sergeanten aus Lija wieder.

42. KAPITEL

Der Hinterhalt

Raimondo Debono hielt sich mit seinen Leuten hinter einer Trockenmauer auf der Nordseite der Mdina-Valletta-Straße verborgen. Die Naxxarer hielten eine Anhöhe besetzt, von der aus sie den Eingang von Ħamrun beherrschten, und auf der Südseite der Straße lag die Birkirkara-Miliz. Ihr Anführer Vincenzo Borg war der Kommandeur aller Kämpfer in und um Ħamrun. In Ħamrun selbst hatten die Bewohner ihre bewaffneten Verteidiger auf die Flachdächer am Dorfrand konzentriert.

„Na, mein Sohn", sagte der Sergeant. „Endlich nimmt der Franzosenspuk ein Ende. Ihr habt in Mdina tüchtig aufgeräumt."

„Es ging nicht ohne Verluste ab. – Ich sorge mich um meine Familie in Gozo, Sergeant."

Raimondo Debono nickte düster.

In diesem Augenblick reckte ein Mann der Naxxar-Miliz auf dem Hügel sein Gewehr fünfmal in die Luft.

„Sie rücken mit 250 Soldaten an", murmelte der Sergeant.

„Wie sind die Befehle?", fragte Pietro.

„Wenn die Spitze der Kolonne Ħamrun erreicht hat, nehmen wir sie von allen Seiten unter Feuer. – Männer?"

„Ja, Sergeant?"

„Es wird wirklich erst geschossen, wenn ich euch den Befehl dazu gebe, ist das klar?"

„Ja, Sergeant."

„Gut. Und nun absolute Ruhe alle!"

Paolo kauerte sich mit Pietro neben den Sergeanten hin.

Die Franzosen bemerkten nicht, dass rechts und links der Straße hinter jeder Mauer, in jeder Senke Dutzende von Gewehren auf sie gerichtet wurden.

Kaum hatte die Vorhut der Marschkolonne den Dorfrand von Ħamrun erreicht, gaben die Männer aus Birkirkara die erste Salve ab. Im Nu eröffneten sämtliche Milizionäre von allen Seiten das Feuer. Die Marschkolonne geriet in Panik. In einer offenen Feldschlacht hätten die Malteser mit ihrer unzulänglichen Bewaffnung keine Chance gegen die gut ausgerüsteten Infanteristen gehabt, aber hier war das Terrain zu ihren Gunsten. Kein Stein, kein Graben bot den überraschten

Franzosen Schutz vor dem Kreuzfeuer der Aufständischen. Hals über Kopf traten sie den Rückzug nach Floriana an.

Paolo und Pietro hatten ihre Gewehre nachgeladen und sprangen auf.

„Halt!", herrschte Raimondo Debono sie an. „Was habt ihr vor?"

„Ihnen nach!", schrie Pietro.

Der Sergeant riss ihn zurück. „Hier gebe ich das Kommando!"

„Aber sie fliehen doch ...", stammelte Paolo.

„Ja, aber wenn wir ihnen auf dem freien Gelände nachsetzen, gibt es unnütze Verluste. – Männer?"

„Ja, Sergeant."

„Hat es jemanden von uns erwischt?"

„Nein."

„Gut. Ihr verlasst die Stellung nicht, verstanden? Ich gehe jetzt zum Kommandeur."

*

Der Sergeant kam mit einem jungen Priester zurück. Er hatte ein Gewehr geschultert. In der Hand trug er eine Ledermappe.

„Das ist Dun Santaro. Er kennt deinen Onkel übrigens gut. Kommandeur Borg will, dass ihr beide den Milizen in Gozo Bescheid gebt, was sich in Malta ereignet hat. Dun Cassar organisiert drüben den Widerstand, heißt es."

„Der Sergeant meint, du kennst eine Stelle, wo man in Gozo unbeobachtet an Land gehen kann?", fragte der Priester.

„Es gibt mehrere dafür geeignete", antwortete Paolo.

„Das ist gut, denn ich halte es nicht für ratsam, in Mġarr zu landen. Es sieht so aus, als ob die Franzosen von Fort Chambray noch den Hafen beherrschen."

Paolo nickte. „Wer wird uns hinüberbringen, Sergeant?"

„Der Fischer Angelo wartet in der Sankt Paulus Bucht auf euch. Fragt im Wachturm bei unseren Leuten nach. Sie bringen euch zu ihm." Raimondo Debono deutete auf die Ledermappe. „Sollte euch zufällig ein französisches Patrouillenboot aufbringen, dürfen ihnen die Briefe auf keinen Fall in die Hände fallen."

Neugierig schaute Paolo die Mappe an, fragte aber nicht weiter nach.

„Wo bekommen wir Pferde?", fragte der Priester.

„Bis Lija müsst ihr laufen", sagte der Sergeant. „Dort stehen zwei Maultiere für euch bereit." Er grinste breit. „Eine Spende von ‚Bürger' Bosredon de Ransijat. In der Ledermappe steckt ein diesbezüglicher Befehl von Kommandeur Borg."

Nach Einbruch der Dunkelheit verließen Paolo und Dun Santaro die Sankt Paulus Bucht auf einer *Barca*. Der Wind war günstig. Als sie von Osten den *Fliegu*, die Meeresstraße zwischen Gozo und Comino, ansteuerten, hörten sie Geschützdonner aus der Richtung von Fort Chambray.

Angelo setzte seiner Passagiere in der Ħondoq ir-Rummien Bucht ab.

43. KAPITEL

Gozo in Aufruhr

Kaum waren Paolo und Dun Santaro ans Ufer gewatet, wurden sie barsch angerufen: „Keinen Schritt weiter, sonst schießen wir euch nieder! Wer seid ihr?"

„Keine Franzosen jedenfalls", antwortete Paolo, der die Stimme des Rufers erkannt hatte.

„Paolo!" Ein Schatten löste sich von einem Felsen.

„Toni!"

Sie fielen sich in die Arme.

„Das sind Freunde", rief Antonio Abela in die Dunkelheit. „Wir haben uns hier auf die Lauer gelegt, falls die Franzosen Verstärkung anlanden sollten", erklärte er und begrüßte auch Paolos Begleiter.

„Toni", sagte Paolo. „Dun San hat wichtige Nachrichten für Dun Cassar."

„Dun Cassars Leute greifen gerade wieder Fort Chambray an. Aber ohne ausreichend Artillerie wird ihnen kaum Erfolg beschieden sein."

„Und was ist mit Nadur, hat es im Dorf auch Kämpfe gegeben?"

„Nein. Die Nadur-Miliz hat die Küstenwachtürme wieder besetzt. Dun Salv und Advokat Fenech befehligen die Leute. Dein Vater ist, glaube ich, mit den Debrincat-Brüdern auf dem Turm in Daħlet Qorrot. Beim ersten Versuch, Fort Chambray zu nehmen, hat es etliche Tote gegeben, aber unter ihnen war kein Naduri."

„Wie stark ist die Besatzung?"

„Um die 60 Soldaten. Wir haben an die 500 Kämpfer rund um die Festung postiert. An Ausbruch kann die Garnison nicht denken. Sie sitzt in der Falle, aber die Falle hat dicke, hohe Mauern und wir nur drei, vier Kanonen, um sie zu knacken. Das Gleiche gilt für die Zitadelle. Mit unseren Mitteln vermögen wir da noch weniger auszurichten. Dort befinden sich 200 Franzosen mit genügend Bewaffnung und Munition, allerdings dürften ihre Getreidevorräte und sonstige Lebensmittel nicht ausreichen, um einer längeren Belagerung standzuhalten."

„Wo finden wir Dun Cassar?", fragte der junge Priester langsam ungeduldig.

Antonio zuckte mit den Achseln. „Am besten ihr geht

nach Nadur. Dun Salv wird schon wissen, wo sich der Kommandeur zurzeit aufhält."

„Du bleibst hier?"

„Ja. Heute Nachmittag ist eine Schebecke der Franzosen zur Erkundung im Fliegu vor Mġarr aufgetaucht, ist aber gleich wieder weggesegelt, als sie von unseren Leuten mit den Belagerungskanonen beschossen wurde. Seitdem halten wir nicht nur die Türme, sondern auch alle potenziellen Landungsstellen besetzt."

Eine Stunde später waren sie am Rand von Nadur. Eine Barrikade aus schulterhohen Sandsteinquadern versperrte den Dorfeingang. Wieder wurden sie aufgefordert, stehen zu bleiben.

„He, Matteo, ich bin's, Paolo Camilleri!"

„Jesusmaria!", brüllte der Bäcker und sprang über die Mauer.

Als sie das Haus des kleinen Priesters erreichten, fanden sie es von Milizionären umlagert, die ein frugales Abendessen einnahmen: Bohnensuppe, Zwiebeln, Brot. Dun Salvatores Haushälterin hob gerade einen leeren Suppentopf hoch.

„Wo ist Dun Salv?", rief Matteo. „Paolo und Dun San sind eben aus Malta eingetroffen."

Leonora starrte die beiden Reisenden an, als würde sie Gespenster erblicken, ließ den Topf fallen und rannte zum Haus. „Maria! Dun Salv! Paolo ist da!"

Die Naduri umringten augenblicklich freudig die beiden Ankömmlinge und bestürmten sie mit Fragen.

Der kleine Priester und Maria Camilleri erschienen in der Türöffnung. Sie verharrten eine Sekunde auf der Schwelle wie angewurzelt und stürzten sich dann mit einem Freudenschrei auf Paolo.

*

Paolo blieb in Nadur; Dun Santaro ritt mit einem Begleiter zu Kommandeur Dun Cassar nach Rabat.

Nachdem Paolo ausführlich über die Ereignisse in Malta berichtet hatte, erzählte Dun Salv, was in Gozo geschehen war: „Als euer Bote aus Mdina eintraf, hatte uns ein Fischer aus Sankt Julian schon von den Kämpfen in Città Notabile berichtet. Sofort haben die Milizen überall die Zeughäuser geplündert und sind nach Fort Chambray und zur Zitadelle marschiert. Die Franzosen waren völlig überrascht, konnten aber immerhin noch alle ihre Soldaten, die auf Patrouille unterwegs waren, in die schützenden Festungen zurückbringen. Daraufhin haben Maurizio und Tarcisio die beiden Vierpfünder aus ix-Xini vor das Haupttor von Fort Chambray geschafft und dann nach und nach andere Geschütze von den Küstenwachtürmen.

Ein paar Hitzköpfe haben sogleich versucht, das Fort zu stürmen, und es hat mehrere Tote auf unserer Seite gegeben. Dun Cassars Männer in Rabat waren umsichtiger. Sie haben sich darauf beschränkt, alle Zugänge zur Zitadelle zu blockieren." Der kleine Priester zog die Stirn in Falten. „Wenn wir keine Artillerieverstärkung bekommen, bleibt uns vermutlich nichts weiter übrig, als abzuwarten, bis die Franzosen vor Hunger kapitulieren."

„Aber aus Mġarr habe ich vorhin Gefechtslärm gehört", sagte Paolo. „Versucht man denn noch immer, das Fort zu stürmen?"

„Nein. Die Franzosen haben einen Ausfall versucht, sind aber nicht weit gekommen und haben sich wieder hinter die Mauern zurückziehen müssen."

In den nächsten Tagen verkehrten mehrmals täglich Boten zwischen Malta und Gozo, um die Aktionen der Aufständischen zu koordinieren. Bald waren die Franzosen in den Städten rund um den Großen Hafen in einer ähnlichen Situation wie die Garnisonen von Fort Chambray und der Gozo-Zitadelle.

44. KAPITEL

Lord Nelson schickt Hilfe

Trotz wiederholter Bitten aus Malta, die englische Flotte zu schicken, sah Nelson sich dazu nicht in der Lage. Nach der Schlacht von Aboukir waren auch viele der englischen Schiffe reparaturbedürftig. Aber Hilfe nahte dennoch am 19. September 1798 von einer mit England verbündeten Macht. Ein portugiesisches Geschwader von vier Linienschiffen und mehreren Fregatten unter dem Kommando von Vizeadmiral Marquis Domingos Xavier de Lima Pinto-Guedes de Nizza Reale näherte sich im Morgengrauen den Maltesischen Inseln. Von dieser Stunde an war jeglicher Nachschub der belagerten Franzosen aufs Äußerste erschwert.

Admiral Nizza Reale versprach den Kommandeuren Borg und Vitale, bis zur Ankunft der englischen Flotte die maltesischen Gewässer nicht zu verlassen, und er hielt Wort. Die Tage der französischen Herrschaft über Malta und Gozo waren gezählt.

Personenregister

Freiherr Fra Ferdinand Joseph Hermann Anton von Hompesch, letzter Großmeister des Johanniterordens auf Malta

Bischof Vincenzo Labini, Bischof von Malta und Gozo

Ovid Doublet, Hompeschs Sekretär für französische Angelegenheiten

Guiseppe Schembri, Hompeschs Garzone di Camera

Fra (Major) de Gornau, Befehlshaber der großmeisterlichen Leibwache

Fra Bartholomeo, ein Offizier der Leibwache

Fra de Mesgrigny-Villebertin, Gouverneur von Gozo und Befehlshaber der dortigen Ordenstruppen

Francesco Camilleri, Weinhändler, Valletta, geb. in Nadur, Gozo

Maria Camilleri, geb. Mary Targett, seine Frau, Engländerin, aus Portsmouth

Paolo Camilleri, ihr Sohn

Antonio Abela, sein Freund, Steuermann der „Seeschwalbe" und später Schiffseigner

Melchior Abela, sein Vater, Fischer in Mġarr

Maurizio und Tarcisio Debrincat, Eigner eines Lastenseglers

Marcello Mifsud, Wirt der Taverne „Zum Schwertfisch" am Fischmarkt vom Großen Hafen

Dun Salvatore Camilleri, Priester in Nadur, der ältere Bruder von Francesco Camilleri

Leonora Caruana, seine Haushälterin

Advokat Martino Fenech, einer der Dorfmilizführer von Nadur

Gabriel Fenech, sein Sohn, auch genannt der „Aal"

Matteo, der Bäcker von Nadur

Kaptan Agostino Sultana, Geschäftsfreund/Partner von Francesco Camilleri

Baron Lorenzo de Neva, Mdina, hat auch Landbesitz in Gozo/Nadur
Baronin Barbara de Neva, seine Frau, Freundin von Maria Camilleri,
    gebürtige Greensfield
Anna de Neva, ihre Tochter
Pietro, Stallknecht der de Nevas
Baron Giovanni Galea, Republikaner aus Mdina
Jean André Caruson, Konsul, Geschäftsträger der Französischen Re-
    publik
Hector Caruson, sein Bruder
Victor Sammut, Hausbesorger des französischen Gesandten
Fra Bosredon de Ransijat, Ordensschatzmeister
Raimondo Debono, Verwalter von Ransijats Villa in Lija, Reiterfüh-
    rer der lokalen Miliz
Carmena Debono, seine Frau, Köchin
Matthias Poussielgue, Bankier und Hafenmeister von Malta
Henri Poussielgue, sein Bruder
Fra Antoine François de Bardonnence, Befehlshaber der Artillerie
Fra Antoine Étienne Toussard, Chefingenieur des Ordens
Fra Filippe Jean Charles Fay, Direktor für das Festungswesen
Robert Legrande, Tuchhändler
Luigi Vella, Kellermeister im Großmeisterpalast
Jacomo Gonzi, Mundschenk von Fra Ferdinand von Hompesch
Bailli Fra Toussaint de la Tour du Pin und
Fra de Thiusi, Befehlshaber der Cottonera-Befestigungen

*

Generalmajor Ebenezer Reynier, Befehlshaber der französischen Inva-
    sionstruppen in Gozo
Generalmajor Claude Henri Vaubois, Befehlshaber der französischen
    Invasionstruppen in Malta, später Militärgouverneur von Malta
Çensu Barbara, maltesischer Republikaner
Deodat de Dolomieu, ehemaliger Ordensritter
Admiral Pierre de Villeneuve, kann sich nach der Schlacht von Abou-
    kir mit drei Schiffen nach Malta retten

Vincenzo Borg und Emanuele Vitale, Anführer der maltesischen Aufständischen in Malta

Dun Cassar, Erzpriester, Organisator des Widerstands in Gozo

Dun Santaro, ein Priester, Bote von > Vincenzo Borg und Emanuele
Vitale

Angelo, ein Fischer

*

*Vizeadmiral Marquis Domingos Xavier de Lima Pinto-Guedes de Niz-
za Reale*, Befehlshaber der portugiesischen Flotte, die auf Nelsons
Ersuchen als Erste den maltesischen Aufständischen zu Hilfe eilte

Glossar

Bailli: Oberhaupt einer Ballei. Anstelle der > Zungen gab es in Europa die in Balleien unterteilten Großpriorate

Banca Giuratale: eigentlich eine Getreidebörse, aber auch Versammlungsort der maltesischen lokalen Selbstverwaltungen von Mdina, Valletta und Rabat (Gozo)

Barca (tal Gozzo): ein kleineres Segelboot, das auch gerudert werden kann

Bastion: das vorspringende Bollwerk einer Festung

Batterie: die kleinste Einheit der Artillerie

Bei: Titel für die Herrscher von Tunis und Algier

Buonavogliere: ein Galeerenruderer, der sich für bestimmte Zeit freiwillig gegen Bezahlung zum Ruderdienst verpflichtet hat

Cacciatori Maltesi: eine leichte Infanterietruppe (Jäger), wurde nur im Alarmfall einberufen und mit Waffen und Uniformen versorgt

Compagnia della Bolla: das Milizregiment der Händler und Kaufleute Vallettas, nur im Mobilmachungsfall aufgeboten (siehe: Cacciatori), wie alle Miliztruppen nicht einheitlich bewaffnet und uniformiert

Fliegu: die Meeresstraße zwischen Gozo und Comino

Fra: kurz für Frater, Bruder; Anrede für alle Ordensritter, Dienende Brüder und Geistliche der Johanniter

Fregatte: ein schnell segelndes Kriegsschiff mit bis zu fünfzig Geschützen in einem geschlossenen Deck

Galeote: eine kleine Galeere („halbe Galeere")

Hakem: der gewählte Anführer der maltesischen Selbstverwaltung (Università) einer Stadt. Diese existierte neben der Ordenverwaltung, besaß aber nur eingeschränkte Rechte. Ein Hakem stand vier Juraten vor, zumeist lokale Adlige oder Horatioren wie Ärzte, Advokaten oder angesehene Händler

Kavalier: ein erhöhter, turmartiger Teil innerhalb des Haupwalls

Korvette: ein leichtes, kleineres, dreimastiges Kriegsschiff, weniger als zwanzig Kanonen Bewaffnung

Landauer: eine viersitzige Kutsche mit Klappverdeck

Linienschiff: großes mehrdeckiges Kriegsschiff mit über fünfzig Kanonen bewaffnet

Naduri: die Bewohner von Nadur

Pastizzi: mit Käse, Erbsen oder Zwiebeln gefüllte Blätterteigtaschen

Pilier: das Oberhaupt einer > Zunge des Johanniterordens

Schebecke: ein ca. dreißig Meter langes Kriegsschiff mit großer Segelfläche, das auch gerudert werden konnte

Speronara (del Gozzo – „gozitanische Speronara"): ein offener, leichter Einmastsegler mit drei Ruderpaaren

Sultan: Maltesisch für: König, Herrscher. Der Titel wurde auch auf den Ordensgroßmeister der Johanniter angewendet

Torta tal-Fenek: ein maltesisches Kaninchen-Gericht

Uditore: ein persönlicher Berater des Großmeisters in Sachfragen

Zunge: Bezeichnung für eine im Johanniterorden in Malta vertretene Nationalität (frz.: *tongue* – Zunge/Sprache). Es gab deren acht: Aragon (Spanien), Auvergne (Frankreich), Deutschland, England, Frankreich, Italien, Kastilien (Spanien), Provence (Frankreich)

Kurzer Abriss der Geschichte des Johanniterordens

Der Ritterliche Orden des Heiligen Johannes entstand aus der Bruderschaft eines Hospizes für christliche Pilger in Jerusalem. Nach dem Tode ihres ersten Vorstehers, Bruder Gerhard, im Jahre 1120 wurde der Aufgabenbereich der Bruderschaft auf den militärischen Schutz der Pilger ausgeweitet. Der Waffendienst gewann im Laufe der Geschichte mehr und mehr an Bedeutung. Aus den „demütigen Dienern der Armen und Siechen" wurde eine ritterliche Ordensgemeinschaft. Dennoch widmeten sich die Johanniter bis zu ihrer Vertreibung aus Malta durch Napoleon im Jahre 1798 (auch „Hospitaliter" genannt) immer auch noch der Krankenpflege.

Ritter konnte nur werden, wer den erforderlichen Nachweis erbrachte, von ehelicher Geburt zu sein und seit vier Generationen dem Adelsstand anzugehören. Das *Generalkapitel* war die Versammlung sämtlicher Ritter. Sie wählten ihren Ordensführer, den *Großmeister* auf Lebenszeit, der oberster Feldherr, Regierungschef und Richter in einer Person war.

Der Orden teilte sich in acht *Zungen* entsprechend der regionalen Herkunft der Ritter: Provence Auvergne, Frankreich, Italien, Aragon, Kastilien und Leon, Deutschland und England.

Den Zungen standen die *Piliers* vor. Der Pilier von Aragon war immer der *Großkonservator*, im Orden für Nachschub und Material verantwortlich. Das Amt des *Großmarschalls*, des Befehlshabers aller Streitkräfte, übte der Pilier der Zunge der Auvergne aus. Der deutsche Pilier, der *Großbailli*, war zuständig für die Befestigungsanlagen. Der *Turcopolier* von der englischen Zunge befehligte die leichte Kavallerie. Italien stellte den *Admiral*, Kastilien den *Großkanzler*, Stellvertreter des Großmeisters und für Verwaltung und diplomatische Dienste zuständig. Der Ordensschatzmeister kam aus der Zunge der Provence und hieß *Großkommendator*. Dem Pilier der französischen Zunge, dem *Hospitalier*, waren das Krankenwesen und die sozialen Einrichtungen des Johanniterordens anvertraut.

Als 1291 Akkon, der letzte christliche Stützpunkt im Heiligen Land, von muslimischen Truppen eingenommen wurde, zogen sich die Ritter nach Zypern zurück und siedelten sich dann in Rhodos an. Von dort aus setzten sie den Kampf gegen die „Ungläubigen" fort, bis sie 1521 von Sultan Süleyman dem Prächtigen vertrieben wurden. Mit dem Verlust von Rhodos fiel der christliche Vorposten, der die Marine der Osmanen und die Kaperschiffe ihrer nordafrikanischen Verbündeten in Schach hielt.

Im Jahre 1530 wurde Karl V. in Bologna zum Kaiser gekrönt. Er bot den Johannitern die Inselgruppe Malta, Gozo und Comino als Lehen an. Bis zu diesem Zeitpunkt war der Orden heimatlos gewesen.

Die Ritter waren anfangs von Malta als Hauptquartier wenig begeistert. Die Insel war unwirtlich, die Bevölkerung verarmt. Den Ausschlag, das kaiserliche Angebot zu akzeptieren, gab schließlich der Große Hafen mit den wettergeschützten, fjordähnlichen Buchten.

Der lokale maltesische Adel (Nobilità) blieb den Rittern gegenüber distanziert bis feindselig eingestellt, denn der Kaiser hatte das ihnen von seinem Großvater zugestandene Selbstverwaltungsrecht missachtet.

Wie schon Rhodos war bald auch Malta dem türkischen Sultan ein Dorn im Auge. Der Große Hafen war ein vorzüglicher Ausgangspunkt für die einträglichen „Karawanen",

Kaperfahrten der Ordensgaleeren, gegen türkische Handels-
schiffe im gesamten Mittelmeerraum. Mit dem Gewinn aus
den „Karawanen" wurden die Festungen im Großen Hafen
ausgebaut.

Im Jahr 1553 erlitten der Orden und seine christlichen
Verbündeten eine verheerende Niederlage bei einem Versuch, die Insel Djerba zu erobern.

Sultan Süleyman der Prächtige sah nun die Zeit gekommen, sich auch das Inselreich der Johanniter einzuverleiben
und rüstete in den folgenden Jahren eine gewaltige Invasionsflotte aus.

Am Morgen des 18. Mai 1565 war es so weit: Eine Armada von 180 Schiffen landete mit 35 000 Soldaten in Malta an, und man begann umgehend damit, die Ritterfestun-
gen zu belagern.

Trotz der erdrückenden Übermacht – die Verteidiger
zählten kaum mehr als 9 000 Mann – gelang es dem dama-
ligen Großmeister Jean Parisot de la Valette, Malta erfolgreich zu verteidigen. Mit dem Ende der Großen Belagerung
begann die neuere Geschichte Maltas. Der Papst und alle
gekrönten Häupter Europas, auch die protestantische Kö-
nigin von England, Elisabeth I., dankten den Johannitern
für das Abschlagen der türkischen Offensive durch groß-
zügige finanzielle Zuwendungen, mit deren Hilfe die neue
Ordenshauptstadt Valletta, benannt nach dem siegreichen
Großmeister, errichtet werden konnte.

Im 16. Jahrhundert verfügte der Orden bald über riesige
Besitzungen auf dem Kontinent. Der Großmeister an seiner
Spitze, der auf Lebenszeit gewählt wurde, unterstand nur
dem Papst. Malta wuchs und gedieh und versah im 16. und
17. Jahrhundert eine Art Seepolizeifunktion im gesamten
Mittelmeer.

Im 18. Jahrhundert nahm die Türkei diplomatische Beziehungen zum Papst auf. Durch seine Konstitution war

es dem Orden verboten, Krieg gegen Freunde des Heiligen Stuhls zu führen, und die Kaperfahrten, die sich nunmehr auf die nordafrikanischen Seeräuberstaaten beschränken, brachten nur noch spärliche Beute ein.

Es sollte noch schlimmer kommen. Mit der Französischen Revolution ging der Orden des Heiligen Johannes zu Jerusalem fast aller seiner Besitzungen in Frankreich und in den Ländern verlustig, die die siegreiche republikanische Armee überrannte. Die Einnahmen der Staatskasse verringerten sich schlagartig um fast die Hälfte. In Malta herrschte Arbeitslosigkeit, und die Unzufriedenheit mit der Herrschaft der Ritter wuchs.

Lange vor dem Einteffen Napoleons bildeten sich unter den einheimischen Maltesern republikanisch-franzosenfreundliche Gruppen. Auch viele französische Ordensmitglieder wünschten sich eine Republik nach dem Vorbild Frankreichs.

Fra Ferdinand von Hompesch, das erste deutsche Oberhaupt der Johanniter, sollte der letzte Ordensgroßmeister auf Malta sein. Napoleon eroberte auf dem Weg nach Ägypten mit einer riesigen Invasionsflotte die Maltesischen Insel in einem Handstreich. Er konnte zu Recht verkünden:

„Nous avons dans la centre de la Méditerranée la place la plus forte de l'Europe!"

Die Kapitulationsurkunde wurde am 12. Juni auf Napoleons Flaggschiff „L'Orient" unterzeichnet. Fra Ferdinand von Hompesch, der erste deutsche und letzte Großmeister des Johanniterordens auf Malta, musste am 18. Juni des gleichen Jahres die Insel verlassen.

General Napoleon hielt sich nur eine Woche in Malta auf, benutzte aber diese kurze Zeitspanne zu einer Reihe von Reformen im Sinne seiner damals noch republikanisch-revolutionären Ideologie, bevor er sich mit der Flotte nach Ägypten begab.

Die Malteser fanden schon sehr bald heraus, dass zwischen den revolutionären Schlagworten und der harten Wirklichkeit ihres neuen Regimes ein haushoher Unterschied lag. Die Steuern wurden immer erdrückender, sogar das Gold und Silber der Kirchen wurde eingeschmolzen, um die in Malta verbliebenen Besatzungstruppen zu bezahlen.

Vor der ägyptischen Küste versenkte die Armada Nelsons die französische Flotte bis auf drei Schiffe. Als diese Niederlage in Malta bekannt wurde, war die Stimmung reif für einen Volksaufstand gegen die Besatzer. Binnen Kürze beschränkte sich der Herrschaftsbereich der Franzosen nur noch auf Valletta in Malta und Fort Chambray in Gozo. Zur gleichen Zeit begannen britische Schiffe die Maltesischen Inseln zu blockieren und Truppen anzulanden. Die Belagerung der Festungen dauerte bis zum 5. September 1800, dann kapitulierten die Franzosen. Maltas politischer Status blieb noch Jahre ungeklärt, während die Engländer de facto die Inseln besetzt hielten.

Erst nach der Abdankung Napoleons und dem darauf folgenden Vertrag von Paris im Jahr 1814 wurde Malta offiziell in die Liste der britischen Kolonien aufgenommen.

Maltesische Aussprache

Informationen zur Aussprache ausgewählter Buchstaben des Maltesischen Alphabets mit IPA-Lautschrift sowie bestimmter Ortsnamen:

ġ: [dʒ], wie dsch in Dschungel

ħ: [ħ], sehr deutlich gesprochenes h, keine Entsprechung im Deutschen

għ: stumm; dient zur Längung des vorangegangenen oder folgenden Vokals

q: [ʔ], sehr deutlicher Stimmabsatz

r: [r], gerolltes r

s: [s], immer stimmlos wie in Gras

v: [v], wie engl. v, z.B. in vanilla

w: [w], wie engl. w, z.B. in water

x: [ʃ], wie sch in schön

z: [ts], wie z in Zunge

ż: [z], wie stimmhaftes s in Rose

„Mġarr" wird „Imdscharr" ausgesprochen

„Mdina" wird „Imdina" ausgesprochen

„Għajn" wird „Ain" ausgesprochen